妈妈日记

两代教育人的心声

王柏秋 著

河北大学出版社
·保定·

出 版 人：朱文富
责任编辑：马　敏
装帧设计：王占梅
责任校对：姚萌萌
责任印制：常　凯

MAMA RIJI LIANGDAI JIAOYUREN DE XINSHENG

图书在版编目（CIP）数据

妈妈日记 ：两代教育人的心声 / 王柏秋著. -- 保定：河北大学出版社，2023.7
ISBN 978-7-5666-2161-0

Ⅰ. ①妈… Ⅱ. ①王… Ⅲ. ①日记－作品集－中国－当代 Ⅳ. ①I267.5

中国国家版本馆CIP数据核字(2023)第118230号

出版发行：河北大学出版社
地址：河北省保定市七一东路2666号　邮编：071000
电话：0312-5073003　0312-5073029
网址：www.hbdxcbs.com
邮箱：hbdxcbs818@163.com
经　　销：全国新华书店
印　　刷：保定市北方胶印有限公司
幅面尺寸：170 mm × 240 mm
字　　数：300 千字
印　　张：19.25
版　　次：2023 年 7 月第 1 版
印　　次：2023 年 7 月第 1 次印刷
书　　号：ISBN 978-7-5666-2161-0
定　　价：78.00 元

序

父爱子，母爱女，是人的天性。将自己所爱传递给子女，并通过记录增益所爱，能这样做的人不多。王柏秋老师不只这样做了，还十余年一贯地做下来，用日记真实详细记录了女儿自任教那天起的教学生涯与教育生活细节。用记录做镜子，据此分析、思考、校正、改进，在女儿获得自身成长的同时，也使女儿任教学校的学生获益，几代人形成紧密相连的成长共同体、共享优质教育的共同体，以至可能成为探求真理与幸福的共同体。

在这些日记中，有教学、开学、听课、参观、评课、示范课、补课、军训、培训、开学典礼、比赛、国际会议、考察、试验、约谈、分班、家长会、研讨会、主题班会、主持，有教师、特级教师、骨干教师、教育新秀、学生、家长，有德育、评价、以生为本、承包责任制、班干部轮换制、家校合作、教学反思、统测、合唱、基本功、手术刀、考前心理、填写志愿、申报职称，有心灵、难题、课题、新课改、课堂、原则、体制、名师工作室、好事、坏事、差异，有吵架、冲突、失败、冤枉、担忧、压力、不公平、校园暴力、恶作剧、投案、青少年犯罪、误导、伤害、罚站、烦恼、不利、偏爱、老毛病、出乎意外，有成功、获奖、付出、回报、收获、关爱、怀念、感动、喜悦、希望、赞扬、友谊、恋恋不舍、育人奖，还有初恋、毕业、登记、结婚证、婚礼、休假、福利、生病、劳累、预产期、搬家、教师节、续合同、生存环境，等等。

这本日记的内容超出了正常界定的教育范围，它从平视角度全方位、近距离展现了众多自上而下的表述无法看到的内容、场景与形态，记录了许多看起来似乎不是教育却难以与教育截然分开的内容，它们似乎又是每位加入到教育行业的人在职业生涯中遇到的各种情景，呈现了教科书和各种图书资料未载的知识和信息，凸显了教育与生活相融的理念，这恰恰铸成了它的独特性和独特价值。

王柏秋老师说自己上小学时换了五所学校，自己给女儿写日记是缘于记忆深处影响自己一生的两位老师留下很深的印记，试图延续特殊年代世人皆认为学习无用自己却不放弃，陶醉于向往完美的体验。源流相延，显示日记就是跨越四代师承的印迹链接，是薪火相传的代际积累。希望更多的人读后将数千年传承下来的这一教育内在基因不断传承下去，这本书的价值就得以充分体现了。

遵嘱忝为序。

储朝晖

2023 年 7 月 27 日于中国教育科学研究院

自序（一）

从女儿工作的第一天起，我就开始为她写日记了，没想过汇集成书，只是源于对教育割舍不断的情结。直到女儿加入特级教师工作室、被评为区级骨干教师并晋升一级职称；直到女儿即将送走高三毕业班，完成初、高中两轮教育教学任务，我才找出过去的三大本日记，从头浏览，想窥看一下女儿的成长道路。这一浏览不要紧，八年往事历历在目，鲜活的教育画面呈现在眼前；这一浏览不要紧，新教师入职初期稚嫩的课堂表现跃入眼帘，这是教育人生初期感受的百味咀嚼；这一浏览不要紧，新班主任充满创造与挫折、苦恼与欢乐的教育生活跃然纸上，让我动情，让我感慨；这一浏览不要紧，教师的恋爱、结婚、育儿的家庭生活让人觉得幸福甜蜜……随着浏览的结束，我突然萌发将其集册成书的念头，我想以此为凭借，探索一条幸福的教育之路。强烈的愿望挥之不去。

曹禺曾说："想想你忍不住要哭，想想你忍不住又要笑啊。"这就是女儿八年的教师生活，有时喜，有时忧；有时痛，有时乐。于是我也喜，我也忧，我也痛，我也乐。

我开始整理日记。我毕竟是一名教育工作者，熟悉教育。三十多年来，我真切地触摸教育的脉搏，从未停止过对教育的思索，这是这本日记的长处；但我毕竟是一个普普通通的教育工作者，所学专业与文字、哲理不搭界，因此有太多的局限，这是这本日记的不足。

整理完毕，我掩卷沉思，思绪万千。突然，叠印在我记忆深处、影响我一生的两位老师浮现眼前。

一位是我小学六年级的班主任——语文老师。

因特殊情况，小学六年我转了五所学校。前五年的学习情况已少有记忆，但六年级却给我留下了很深的印记。这缘于我的班主任、教我们语文课的王秉成老师。

王老师高高大大、慈眉善目，稍微有点儿兜齿的嘴巴显得特别刚毅。

王老师语文讲得好，激情四射、感染力强；王老师的文字功底深，经常当堂在黑板上作文，见景生情、出口成章，为学生生动展现一篇篇文章从酝酿到生成的过程；王老师激励学生有方，看到写得好的作文，不但给予很高的评价，还会推荐到早操（或课间操）结束后的全校集会上宣读。我是经常被推荐朗读自己“大作”的同学之一。那时，我感觉良好，立志长大后当一名记者。

升初中，在王老师的极力推荐下，我报考了全市最好的中学。不讲任何客观理由，只怪自己功底不强，我中考落榜了。我落在了一所按现在的说法“连三类学校也不如”的初中。

这所初中师资缺乏，教初一的老师几乎都是高中毕业生，教我们语文课的老师是原来的数学老师改任的。或许是因为和王老师比较，我深深地感到初中的语文课枯燥乏味、干瘪刻板，此时的我对语文的兴趣丧失殆尽。闲下来的时候，我常常会想起王秉成老师，非常怀念他。

倒是年轻的数学教师王俊秋老师（据说她教我们时才十九岁，刚刚高中毕业）给人火一样的热情。她小巧玲珑、眉清目秀。她讲话语速很快，但她的思维严谨，条理清楚。我这个在小学一直对应用题头痛，对各种变量之间的关系怎么也厘不清的人突然顿悟了，列方程解应用题成了我的长项。我对数学学习的兴趣陡然大增，但真正促使我将学习兴趣从语文转移到数学方面的，却是王老师的一句话。

那是一次小测，我是全班唯一一个得 100 分的人。王老师发卷子念到我的名字时，幽默又不失爱惜地说：“百秋（王百秋是我“文革”前的名字），百秋就得考 100 分。”仔细琢磨这句话，放在现在的孩子身上，恐怕会产生很大压力——为什么百秋就得考 100 分呢？但当时的我心里美滋滋的，充满了对数学的向往。从此以后，我把数学学习放在第一位，以保证我在班中的地位。我常常陶醉在同学们围着我问问题的甜蜜中。直到“文化大革命”开始，我还幻想着复课后的风光，一直没有放弃数学。这也导致了我大学毫不犹豫地选择了数学专业。

我的学习兴趣从语文转向数学，还缘于王俊秋老师的名字与我的名字仅一字之差。与老师的名字相近，当时的我感到荣幸和自豪，现在想起来，有些滑稽，更有一种哀怨的感觉。因为，我发现在我的骨子里还是喜欢文字、喜欢写写东西。重新拾起，却发现自己原来只有小学水平……

今天，这本拙著能够出版，我第一要感谢的是张向文老师。他是我在保定市教委工作时的同事和朋友。当时我在普教处，主管全市中小学教育教学管理。他在办公室当秘书，主管整个教委的文字工作。为落实素质教育，我设计、制订的“区域性学校管理评价方案”进入试验阶段。在监控试验过程中，我需要写总结、写反思、写通报、写反馈报告，需要向学校发指导性的文件。所有这些都是我亲自动笔（直到我后来到保定师范学校当副校长，我的讲话稿及上级检查的汇报稿都是自己动笔），但每次都是张老师为我修改、完善。之后我写的所有文章，几乎都要请张老师过目、修改。正是在这个过程中，我的文字水平逐渐提高。就连我的女儿竞聘工作时的试讲稿也是张向文老师夫妇帮她准备，女儿工作期间教学方面的困惑也是张老师夫妇帮她化解。我们母女俩都受惠于他，这本日记的诞生，他功不可没。在这里，我再一次表达我们母女俩的感谢之情。

教育界，年长的一代已退休，年轻的一代在冲刺。为了共同的教育事业，在我六十岁生日来临之际，我愿把这本用八年的时间，真实记录对青年教师专业化成长的沉思、记录着两代教师成长的“杂记”奉献给我的挚友及年轻的教师、家长朋友，希望得到你们的指教。

2011 年 8 月 16 日

自序（二）

日记整理收尾之时，恰逢某出版社推出“新教师日记”系列丛书。我暗自庆幸，于是联系出版社，发去书稿。

然而，事情远没有我想象的那么简单。本日记不符合“新教师日记由本人撰写”的要求。如果出版，每篇需加上女儿自写的感悟。考虑女儿已身怀二胎，无力承担这个不小的“工程”，更重要的是不想破坏日记的原始性、真实性，希望保留其真情实境，于是，我放弃出版。我把部分日记放在我的新浪博客上，冠名《妈妈日记》。

2020 年初，“新冠疫情”来势凶猛，大年三十，北京受疫情影响，也紧张起来，大街上空荡荡的，少有人迹。原本订好的年夜饭被通知取消。老伴儿一直在天津照顾他九十七岁的老父亲，我独自在家。

大年初二，女婿带外孙去美国开会，我到女儿家陪伴女儿及外孙女。自从在市内买了房子，我就很少住女儿家了。这次疫情给了我与女儿朝夕相处的机会，我非常珍惜。祖孙三代其乐融融。

正月十五，女婿带外孙返京，我回到自己家里。疫情没有缓解的迹象，独自在家的日子无所事事。无聊之时，我重新翻阅日记，竟有了新的认识。

与大多数图书不同，这本日记起笔没有刻意追求，没有意图目的，没有预设计划，也没有虚构，更不受束缚，而是以事定写引发感悟、随事记录顺其自然。但却在不经意间践行了“基础教育面向每一个学生”的理念，摸索了“在差异的基础上尽量使所有学生都能得到提高”的技巧和方法，以及尊重与信任学生的态度；也在不经意中践行了专家的“园丁论”“种子论”学说；理解了“教师像园丁”不仅仅指教师的辛勤劳作，更重要的是“相信种子的能力”；证实了种子（学生）能力的厉害之处——能破土，也能破石，为教师、家长提供了相信学生（孩子）有自主学习、自主创新潜能的实践依据。

新教师遇到问题，不得已要查资料、找理论，并尝试着把观念和思想化为具体行动。女儿践行了“情感教育”“学生认知需要情感支持”的理念，就有了集体讨论，就有了在班级中建立“关怀型情感场”的设计，就有了“被学生感动”的场面；践行了“尊重平等教育——给所有学生提供担任班干部的机会”的观点，就有了“班干部轮换制”，让每个学生都经历“管理”和“被管理”的体验；践行了“尊重人的自然属性，发挥学生学习潜能”的观念，就有了“示范课”的原生态，不去规约学生，防止示范课变成表演课，更不能给学生以弄虚作假的感觉。学生联系着家长，一个学生对应着一个家庭。激活家庭教育，也是帮助教师自己，就有了“帮助家长就是帮助自己”“家校合作教育”的实践，加深了对“家庭教育是一个永恒的课题”的认识。

重新翻阅日记，也发现许多不足之处。这源于当时认知的局限，这次保持原样没有完善。

我愿把这本日记奉献给读者，但愿其中提到的观点和案例能给读者朋友们带来一些启示和思考。

2022 年 12 月 17 日

目　　录

初中教学的日子

高中教学的日子

初中教学的日子

妈妈的心

圆圆终于等到了这一天——教师报到的日子。

这是一个晴朗的早晨，东方现出了一片鱼肚白，圆圆比任何时候起床都早，兴高采烈地收拾着东西准备出发。

四年前，在我的诱导下，她报考了师范院校。

四年后，她以优异成绩毕业，顺利地应聘到北京一所国办中学任教。

今天，圆圆第一次参加学校全体教工会议，正式成为北京市教师队伍中的一员。当然，我也理所当然地成为“教师的妈妈”。

圆圆是独生女，从她呱呱坠地到牙牙学语、蹒跚学步，一直到她上中学、升大学，我和老伴儿花费了不少心血。我们在教育女儿的过程中，有过失败的烦恼，也有过成功的喜悦。看着女儿进入社会，参加工作，我百感交集，喜悦、担心之情油然而生。

喜悦，是因为她从事了我一生热爱的职业，在她今后的工作中，我能给予她适当的帮助，也会与她共同面对教育的新课题，母女俩的心会随着共同的事业心心相印。

担心，是因为报考师范院校并非她本意。她能否安心这份工作，能否把它当成自己的事业一生去追求，能否成为一名学生喜爱、社会认可、幸福感高的好教师？

在女儿大学报考志愿上我是自以为是的，今天，她真的从事了教师这一行当，我不由得开始反思自己当初的“武断”（实际上也得到了她的默许）是否正确。

教育是一种周期长、见效慢的事业，需要教师内心宁静、精神崇高，当今社会上浮躁之风盛行，我的女儿，你能守住心灵的一片净土、荡涤物欲、摒弃浮躁、排除杂念安心教书育人吗?

教师是一种特殊的职业，基础教育教师又是与活生生的、正在成长发育的青少年打交道的职业。正是它的这种特殊性，使得教师稍有不慎，就会对学生构成伤害，甚至影响学生的一生。我的女儿，你能敬畏自己的职业，慎用手中的权利吗?

新一轮基础教育课程改革（以下简称“新课改”）改变了教师的教学活动，对教师素质提出了更高的要求。我的女儿，你能把握教育教学规律、创造性地驾驭课堂吗? 你能够深刻洞悉、敏锐反应、灵活机智应对瞬息变化的教育现实吗?

人们常说教师这个行业，“好人”（能力强）不愿干，“坏人”（能力差）干不了。多年的教育经验，我感到一个好教师是需要“教育天赋”支撑的，我的女儿，你有这个天赋吗?

……

哦，我真觉得身心疲惫、忐忑不安、心神不宁，比我初当教师之时还要恐慌——女儿的前途牵扯着妈妈的心。

2003 年 8 月 30 日

开学第一天

学校教学楼加固维修，但因“非典”耽误了工期，开学后，学生们需要在外面借校上课，学校领导说：“这学年都要在外面上课了。”

圆圆所在的初一被安排在青少年科技馆。尽管只有一个年级三个班，但“校园”内还是生气勃勃。因为“非典”停课，学生们已经很长时间没有在学校学习了。结束了漫长的“假期”，也结束了漫长的想念，学生们蜂拥到分班标示栏前看着、议论着。小学的同学如同久别重逢的朋友聚在一起欢呼雀跃、嬉笑打闹。部分家长滞留在校门外。几个看完分班名单的家长在一起议论着，每个家长都希望自己的孩子能遇上一位好老师、好班主任……

初一（1）班是学校按成绩分出来的“快班”，冠名“实验班”，学生成绩较好。（2）班和（3）班是普通班，生源平均分配。圆圆任（1）、（2）班语文课，并担任（2）班班主任。（3）班的语文课由年级组长闫老师担任，班主任是与圆圆一起竞聘来校的数学教师李玉霞。

（2）班教室在三个教室的中间。圆圆进来时，教室里已经有了不少孩子。

“王磊，你带刘少峰、闫祁、齐岳跟我到办公室搬新书。”圆圆冲着这几位学生微笑着说。在场的同学都大吃一惊，“老师怎么知道我们（他们）的名字?”圆圆看出同学们的疑问，狡黠地说：“我是如来佛，能掐会算，以后呀，你们就是孙悟空也逃不出我的手掌心了。”几句话使得师生拉近了距离。

20 世纪 80 年代我当班主任时，中学招生工作都在暑假前完成，班主任假期前就能拿到分班名册及贴有照片的学生登记表。家访是那个时期班主任的一项重要工作，利用长假几乎能走访全班每个学生的家庭，在这个过程中，教师能了解学生的家庭、家长，认识学生，并能记住部分学生的名字。有心的班主任还会下功夫对照照片背背名单。开学后，利用学生报到这一天，人、名对号，教师对学生的了解也就差不多了。开学第一天能叫出学生的名字，会增加教师与学生的亲切感，拉近师生情感距离，这对班主任顺利开展工作是一个良好的开端。

然而，不知从什么时候开始，有的地方招生改在暑期，班主任要到快开学时，有的甚至是在开学的前一天才能拿到名册，根本来不及了解、认识学生及学生的家庭。

圆圆所在的学校是普通学校，生源不是很多，一个班仅二十多人，记二十多个学生的名字，对圆圆来说小菜一碟。

新书搬来，学生们集中在教室。圆圆进行了自我介绍："同学们，大家好！首先祝贺你们升入初中，成为一名中学生。我姓周，教语文，大家可以叫我周老师。从今天开始，我就是你们的班主任了，今后的三年，我将与你们共同度过美好的初中生活。"

为了这一天，圆圆还精心地打扮了自己，新买的套裙格外养眼。看得出学生们也很喜欢这个阳光女孩儿。

原本圆圆还想说些激励学生的话，但开学第一天，学生刚刚知道自己被分到"差班"，现场的直觉告诉她：这时的激励语言恐怕会使学生更加反感。圆圆将事先准备的激励话语咽了回去。

哦！我庆幸，圆圆还真有点儿教育方面的灵感和变通思维。

接下来圆圆和学生们进行了集体聊天，其内容主要是自我介绍及对未来班级的希望，偶尔也聊了"非典"的可怕经历。师生聊得尽兴，气氛很融洽。

放学之后，几个学生还久久不愿离开，或许是对中学生活的向往，或许是对初中校园的好奇，或许是对新教师的期待，也或许是喜欢圆圆的亲切。几个学生围着圆圆，讲小学的故事，讲自己如何从老家来到北京上学，讲老家的生活习惯与北京的不同……相逢是缘，相逢就是一首歌！

分手之前，一个学生还神秘地把圆圆叫到一边，悄悄地告诉她："周老师，你知道吗？李晨是一个'弱智'的学生。"

圆圆突然一惊，顿时一愣，毫无准备地顺口答道："不要随便说……"——简直有些语无伦次。

圆圆还没来得及转换思绪，这位学生又说："我不骗你。他小学和我是同班同学，我们班的同学经常欺负他，还让他吃过大鼻涕呢！”

李晨是智障学生，随班就读分到（2）班，这是圆圆拿到分班名册就知道的事情（李晨的登记表后边附着一张智障证明信）。第一天见面，圆圆并没有过多地关注他，因此也没有感到他有什么特殊之处。听了学生透露的消息后，圆圆原本轻松愉快的心紧绷起来，她原想这个情况暂时不让学生知道，谁承想有的学生比她知道得还详细。圆圆与这位学生做了约定——暂时保守这个秘密，不要外泄。

班级有这样一名智障的学生，会增加许多管理上的困难。

如何让李晨不受欺负？如何使全班同学和谐相处、相互关爱、健康发展？圆圆的思绪有点儿乱。

听到圆圆说她班有一个智障的学生，我的第一感觉是“可能不是‘智力障碍’，或许是‘学习障碍’学生”。我这一直觉是有根据的。曾经有一位家长向我哭诉：“她的孩子自打上学，成绩一直不好，到了升中学时，老师非要她开个‘智障’证明来……”我听了非常愤怒，这无疑是给孩子的发展判了“死刑”。仅为“不给学校和班级拉后腿”就毁灭一个孩子的一生，这是教育吗？片面追求升学率的教育（我不说应试教育），已经在“智障”和“学障”间画了等号。悲哀呀！

李晨是否是以上这种情况，我嘱咐圆圆要细心观察、用心应对。

班主任工作是科学也是艺术。说它是科学，是因为教育实践活动是有规律可循的，按照这些规律办事，才能取得成功；说它是艺术，是因为教育实践活动本身是一种创造性的劳动，没有一个固定不变的公式，也没有包治百病的良方，需要根据教育对象的不同特点采取多种灵活的方法。

考验圆圆聪明才智的时候到了。但愿圆圆能掌握这门科学和艺术，在班主任工作中摆脱困境，勇往直前。

2003 年 8 月 31 日

开学第一课

网上看到几则新教师第一次上讲台的趣事：

某新教师实习时第一次上讲台，看着下面一片黑压压的人头，直冒冷汗，上课铃响了，他开口说的第一句话居然是："下课！"

一位体育老师，上课前毕恭毕敬地站着等体育委员整队，学生一副吊儿郎当的样子，完了他跑步过去，啪的一个立正，学生哄堂大笑，这位教师当即就蒙了，一弯腰，说了句："同学们再见！"

一位教师，为了让自己不紧张，课前先进教室和学生聊了一会儿天，铃响后，班长喊"起立"，学生们都站了起来，他立刻一弯腰说："老师好！"

……

说实话，新教师在上讲台的前几分钟还应该是个学生，从这点来看，圆圆还是个学生。

因为"非典"的缘故，圆圆没有参加实习，应聘时的讲课内容是我教育界的朋友张向文老师的夫人帮助她临时突击的，好在不是学校临时指定的课文，才使圆圆有机会获得了这个教师岗位。

今天是真刀真枪的实战了，我心紧缩。

如果不是"非典"，我会在她入职前联系一所学校让她登登讲台，系统了解备课常识，了解导入、讲解、板书、演示、提问等各项技能，让她见识见识老教师的精彩课堂……但这一切都因“非典”而泡汤了。我担心她因为没有实习而不适应教学工作，我担心她因为不熟悉业务而手忙脚乱……

学游泳时第一次下水，呛水是肯定的。我虽有思想准备，但还是担心她被“呛”到水底。

下午接到圆圆的电话，第一次登讲台的她自我感觉良好。

这节课她没有讲新课，只是与学生共同探讨如何学好语文——这是她整个假期查资料准备的内容。

上课伊始，圆圆问同学们：“你们说，语文到底是好学还是难学？”

学生有说好学的也有说难学的。

圆圆问：“在小学，有谁语文经常考 95 分以上？”

学生东张西望，看有没有人语文经常考 95 分以上的，结果，没有一个人搭言。

圆圆环视了一周，突然意识到她教的班的学生是经过三次筛选剩下的，基础差，没有 95 分以上的是再正常不过。于是，她又问：“你们小学时的班级，有多少人语文经常考 100 分？”

学生发出“啧啧”的声音，面面相觑，摇头不语，暗示语文得 100 分太不容易了，几乎没有。

圆圆话锋一转：“那么你们原来的班级，数学经常考 100 分的同学有没有？”

学生们一下兴奋起来，纷纷举出他们原来班级经常考满分的同学。

圆圆接着问：“你们在小学是语文经常不及格还是数学经常不及格？”学生们又互相看了看，不约而同地说：“我们在小学不及格的时候不多，只是数学成绩不如语文成绩。”（这是学习落后学生的普遍现象。）

这个说法出乎圆圆意料，因为她原以为学生会说“数学经常不及格”，没想到她这个班考试不及格的学生并不多。

其实，是圆圆不了解情况。

目前小学取消了升学考试，小学考试考的是基础，只要学生跟着听了就能及格，掌握了就能拿高分。但初中不同，初中三年后面临中考，六年后面临高考，因此，初中考试含有选拔性质，重视的是区分度，所以试题难了，考试时间短了，分数普遍不如小学。这也是初中学生、教师面临的难题之一。但圆圆并没有意识到。

虽然学生的回答不是圆圆所要的，但她还是按事先设计的话题继续进行："你们已经学了六年语文，对这门课已经很熟悉了。那么，语文到底是好学还是难学?"

学生有的说好学，有的说不好学，也有的说比数学好学。

圆圆接着说："我上中学的时候，感到语文也难也不难。语文课上，你听了，好像也没学到许多东西；你没听，好像也没吃多大亏。所以我们那时请假缺了课，都急着补数学，而不大着急补语文。数学课你几周不专心听讲，它立刻就给你个样儿瞧瞧——让你不及格。语文就没那么严重，几周不听讲，自己看看书，也能及格。数学题你要是不会，那就真的是不会，一点儿办法也没有。语文就不同，比如分段，你再不会，也可以分分试试；作文你写得再不好，也能诌几句。因此，同学们都知道，语文是不难对付的学科。"

圆圆一直讲了下去："可话又说回来，语文又特别难。数学题只要你全会，就能得 100 分。语文根本没有全会这一说，所以很少听说有语文拿满分的。语文不及格固然不易，但得高分也非常难。出一个作文题《我的妈妈》，小学生可以写，中学生可以写，大学生可以写，大作家也可以写，你怎么判分？数学就不会有这种事，没听说让大学生做 2+3 等于多少的（学生哈哈大笑）。所以许多人都说语文没有边，语文摸不透，确实如此!"

"语文是一个积累的过程，像水滴石穿，像铁杵磨针。这道理很简单，因为字得一个一个认识，词得一个一个地见面，逐渐理解。至于对文章含义和写作技巧的理解，那更不是短时间能完成的。"

圆圆突然发觉面对小孩子讲话，比面对成人自如多了，索性就一讲到底："语文是一个熏陶的过程，'随风潜入夜，润物细无声'。我们每日背一首唐诗，好像并没有解决什么问题，也没见什么效果，但过了一年半载，就看出背唐诗的与没背唐诗的同学区别很大：感情更细腻，举止更文雅，思维更灵活，整个精神状态和气质都不同了。但你又搞不清这种不同是在哪一刻发生的、这种差距是在何时拉开的。这是一个不知不觉的渗透过程。"

借着兴头，圆圆甩掉事先设计的"交流式"，滔滔不绝地继续讲："语文需要天天读、天天练，但每天并不要很长时间，要的是坚持，而不是突击，这是学习语言的共同规律。记得有位专家告诉初学英语的学生说，你一天读四个小时英语，其他三天不读，其效果远不如四天每天读一个小时。英语如此，汉语也是如此。”

“基于语文的这些特点，我建议，从今天起，每一个同学都坚持写周记，每周一交上来，我逐一批改。”

开学第一课，圆圆倾注了她对工作、对学生的满腔热情。她对语文课的理解令我刮目相看。与她交流才知道她也是现“囤”来的。

圆圆入职的表现让我高兴，但我也担心，教学还没进入正轨，她对教学的各个环节还不熟悉就承担起全班批改周记的任务，恐怕得不偿失。

每一个新教师都要经历一段磨炼，才能更好地掌握教学工作。没有激流就称不上勇进，没有山峰则谈不上攀登。让她在实践中好好去磨炼吧！

2003 年 9 月 1 日

校长听课（一）

——不知所措

今天是开学第二周的第一天，校长轮流转教学点，第一站首选青少年科技馆。

初一三个班的第一节课分别是语文、数学和外语。校长是中文专业毕业，她选择第一节听圆圆的语文课。

有大学期间学生干部的管理激情，有竞聘试讲的“成功”体验、有对新工作的满腔热情，有对学生的热爱之心，圆圆已经很认真地备完了四周的课程。所以，当校长坐到教室里的时候，圆圆并没有感到紧张，整堂课，她讲得眉飞色舞，学生也听得精神振奋。

下课了，圆圆得意扬扬，以为校长会表扬她。

然而，下课铃一响，校长一声招呼都没打就阴沉着脸迈出了教室的门，径直到别的教室听课去了。

圆圆愕然、不知所措。

学校今年共招聘了四名新教师，圆圆是受学校重视的一名。

想当初圆圆的叔叔共给她投出三份简历（当时圆圆还在外地上学）：一份投给了北京市西城区一所重点中学，一份投给了一家杂志社，一份投给了她现在供职的这所中学。三个单位都有意录用，都通知了面试的时间，只是另外两个单位没有这所学校坚决——每天电话不断，追得很紧；单位领导也没有这所学校的领导热情、执意、满足任何条件——如分配宿舍。圆圆没有听家里人希望她选择重点学校的建议，而是义无反顾地与这所学校签订了工作协议。她的理由很简单：将来这所学校一定会重视我。这是否是“80 后”年轻人以自我为中心的思维呢？我不得而知。

学校确实对她很重用，年级尖子生组成的“实验班”，教师配备力量很强，其他学科都是有十年以上教龄的骨干教师任课，唯独语文教学重担放到了圆圆这个小毛孩儿肩上，看得出，有二十多年语文教学经验的现任年级组长心里还真有些酸溜溜的。

“这未必是一件好事。”但看到圆圆喜形于色的表情，我把话咽下去了。

自从来到这所学校，圆圆所见到的校长总是笑容满面地主动和他们这批新来的教师打招呼。今天校长的脸色是这样的难看，到底是自己讲课出现了问题还是学生出现了问题，或者是自己多疑？圆圆不知所措……

2003 年 9 月 8 日

校长听课（二）
——评课约谈

校长之所以脸色难看，也不是圆圆的课上得太差，而是因为事前对她期望太高，导致失望越大。

的确，校长力排众议，将圆圆安排在重要的岗位上，这学期第一次听的第一节课就选择了圆圆，可见校长多么重视，但听课的结果却令她失望，或许她也感到了压力，难看的脸色也是自然流露。

冷静后的校长，也意识到对一个刚上讲台的新教师不能要求太高，她把圆圆叫到了办公室。

校长倒了一杯水递给圆圆，并关心地问："学校住着习惯吗？"

从河北省的一个小城应聘到祖国的首都北京，这是圆圆感到非常自豪的一件事情。

没分配宿舍之前，我们租住在德胜门内大街北京后海（什刹海）边上的一间面积很小的平房里，风景虽然很美，但居住条件很差。相比之下，学校的宿舍有供备课用的新桌椅，有新床、空调、淋浴和健身器材，条件简直是天壤之别，圆圆点头表示满意。

"你感觉昨天那节课上得怎么样？"校长开门见山地问。

昨天和今天，圆圆一直都在思考自己的课堂表现，对照大学学过的教法及新课改的一些理念，她也做了一些反思，听校长这样问她，她回答说："我讲得太多了，和学生的互动太少，没有让学生尽情地提问，没有让他们很好地去思考文本后面的内涵。"

校长严肃地指出了问题所在，一针见血毫不留情："你这一讲到底，学生收获了什么呢？别小看初中，初中教学并不是那么简单的事情。"

一气呵成的非交流语气，让圆圆心情不悦。特别是最后一句话，说者无心，听者有意，圆圆心头一惊：校长还记得那一幕。

那还是全体教师开学报到前的一天，学校通知圆圆这批新招聘来的教师到校开会。会上进行了分工：圆圆和数学专业的李玉霞被分配到初一年级，物理专业的韩瑞被分配到初二年级，数学专业的王海娇到高一年级任教。分工宣布完毕，被分到初中的三位教师都不太满意，特别是李玉霞，她和王海娇是大学同班同学，王海娇任高中教师，自己却在初中，心里有些不平衡。但谁也没有表露出自己的不满，唯独圆圆提出："当时学校不是按高中教师招聘的我们吗？试讲也是高中的课，现在怎么变了？"

其实这话说出口，圆圆就后悔了。圆圆可不是那种说话不懂分寸的人，也不是那种把心事挂在脸上的人，但这次不知哪根神经发了威，或许是她自我感觉太好了，或许是学校对她宠爱有加造成她盲目自信，她居然口无遮拦，冒犯学校领导。

"你试讲不是挺好的吗？"听到校长的问话，圆圆才从沉思中缓过神来。

校长似乎感到自己说话的语气有点儿重，于是换了口气，态度尽量和蔼，以减少圆圆的压力。但在圆圆看来，这似乎是在揭她的疮疤（当然校长绝对不是有意的），再说她试讲的也不是初中课程。

没有参加实习，圆圆一直没有和学校说过这件事。竞聘时，是我的教师朋友帮她突击的"试讲"课，各个环节圆圆并没有完全理解，但是课堂上应该设计与学生交流、合作的环节，圆圆是知道的，所以圆圆首先在这方面进行了反思。

她不想回答，但还是无奈地喃喃地说："我想过，主要是考虑教学内容多，怕完不成教学任务，所以没有考虑学生的学习状态，没有让学生尽情地阅读。"面对校长，圆圆胆小的一面凸显出来。

"新教师在课堂上，往往心中装教材多，装学生少，这是新老教师的区别，你锻炼锻炼就会好的，慢慢来吧。"校长用平和的语气收场。

圆圆的耳朵里一片嗡嗡声，仿佛有一面铜锣在她的脑子里轰鸣，不知道怎么离开的校长办公室。圆圆神魂颠倒地回到宿舍，躺到床上越想越委屈，眼泪不知不觉地顺着脸颊流到枕头上，她感觉自己下了这么大的功夫，却没有得到校长一丁点儿的肯定。

的确，为了这份工作，圆圆提前做了很多准备，仅班主任和语文教学的书就买了一大摞，其中魏书生老师的教育教学书是她最青睐的，她很喜欢魏书生老师的班主任工作方法。今天校长评课，一句赞扬的话都没有，她甚至感到自己“祸从口出”得罪了校长，她在这所学校甭想翻身了。

“纸上得来终觉浅，绝知此事要躬行”，这话一点儿没错，理论终归只是理论，当把它们付诸实践时可以说是困难重重。但愿圆圆能早点儿悟出这个道理，而不是为自己的“差课”找借口。

2003 年 9 月 9 日

校长听课（三）

——屋漏偏逢连阴雨

校长又来听课了。圆圆似乎有了心理阴影，明明准备得好好的，一进教室心情就变了。这节课圆圆没有了上次校长听课时的激情和自信，双目失神，课讲得很低迷，战战兢兢地总算完成了授课任务。

圆圆和校长前后脚走进教师办公室。圆圆自我感觉不好，没有胆量向校长征求意见，就直径走到自己的桌子前。校长进门就找词典。

圆圆自打当了教师，就买了两部《现代汉语词典》，一部放在家里，一部留在手边。听到校长找词典，圆圆顺手把办公桌上的《现代汉语词典》递到校长手里。校长翻开词典，迅速找到要找的那页，看过之后，交给圆圆。不知道校长葫芦里卖的什么药，圆圆接过词典，扫了一下翻开的那页，这一眼，足以让圆圆目瞪口呆、全身麻木，脑子嗡的一下，她意识到自己课堂上的板书出现了一个错别字，这是自己慎之又慎的地方，怎么还是出现了呢？（圆圆没有告诉我是什么字，我也不便问。）

语文教师居然在讲课的板书中出现错别字，并且这个“丑事”竟然是校长发现的，这个打击对圆圆来说如同五雷轰顶，大有天塌下来的感觉。

圆圆是个乖乖女，从小到大很少犯错。十七岁考上大学，入党、毕业、工作一路顺风。二十一年来，很少经历挫折的她，内心是脆弱的，特别是一帆风顺走过来的人，很在乎别人的评价，圆圆也不例外。这次课堂上出现错别字，对圆圆来说更是雪上加霜。接二连三地遭到打击，她要崩溃了。

电话那头她哭得唏里哗啦，电话这头我静耳倾听。我知道这时的女儿需要倾诉，更需要有人听她的倾诉、懂她的倾诉。

电话打了一个多小时，我边听边想“如何让她解脱”的话。她的话终于停止了，我接着话音问了一句："校长为什么找字典来确认?"圆圆无语，似乎在思考。

我说："这说明有这么多年语文教学经验的校长也不敢确定这个字是否是错别字，还要找词典确认一下，这足以说明这个字确实是个生僻字，你出个错也不稀奇，别太把它当回事，纠正过来就行了。"

说这话并不是助长一个语文教师的"专业水平不够、语文功底不深"给课堂教学带来的问题，只是为了减轻她的压力。我也希望圆圆能从这件事情上悟出汉语的博大精深、一辈子学习也恐难精通的现实，最终能成为一个有文化品位的教师。

最后的对话让我醒悟，我终于明白了圆圆的苦衷。

即将放下电话的时候，我嘱咐说："你好好备课，把课上好……"其实，我并不想讲大道理，只是想告诉她只要用功就能扭转现状。

没等我说完，她立马接过来说："我什么时候不想上好课？我真不知道怎么能上好课。"

出于自然反应，我说："你多听听老教师的课，多请教他们就能行。"

这一下她的反应更激烈了："我听谁的课？在科技馆上课的语文老师就是我和闫老师，可她不让我听她的课。"

这又勾起了她的委屈和担心，她说："和李玉霞同头的，教（1）班数学的杨老师就让李玉霞听课，并给李玉霞具体指点，可我没有人指点，我苦恼的是这个。"我感觉到了女儿希望得到老教师指导的强烈愿望，我也感觉到这是圆圆入职就担任重点班语文课教师的代价。

同是一起进校的新教师，同教一个年级，在教学获助上对比这样强烈、反差这样悬殊，这也是让圆圆焦虑的重要原因。

圆圆这段时间的经历，我一直认为是她用功不够、努力不够、读书不够……我还经常用我刚当教师时的刻苦精神来鞭策她，直到今天我才知道女儿的心是多么痛苦。

对圆圆来说这是个"黑色的星期五"，但我坚信"经受了火的洗礼，泥巴也会变成钢铁一样的体魄"。

2003 年 9 月 12 日

学校“班级德育量化”评比（一）

——失败的感觉

学校采用“班级德育量化积分”管理，用以制约学生违纪行为。这套措施有严格的扣分标准。

开学第一周，（2）班扣分最少。按积分多少评比，圆圆的（2）班应该评为第一名。这是圆圆很自豪的一件事，那时校长还没有听课，圆圆的状态一直是开朗热情、阳光灿烂的。

第二节课课间，几个学生慌慌张张地跑到办公室，他们探头探脑地示意圆圆出来，圆圆也掩饰不住自己的喜悦，健步走出来问：“什么事？”

学生很沮丧地说：“公示栏公布的周评比结果，（3）班综合评比第一名。”

学生为什么这么在意评比结果，这与圆圆的动员有关，特别是当积分在三个班之首时，圆圆和学生有一番激情的对话。

“同学们，看到积分栏了吗？”学生齐刷刷地、很得意地高声答道：“看到了，我们班第一。”“这个结果来得容易吗？”学生无声，他们不知道圆圆问这话的意思。

圆圆接着说：“要我看，来得不容易，我们班有不少同学是凭自己的顽强毅力来克服散漫习惯，完成学校的纪律要求的。这么不容易的事情，我们都做到了，今后我们还有什么事情做不到呢？”圆圆列举了不少学生的优秀表现，一件一件的具体好事娓娓道来，说得声情动人。学生们睁大眼睛，吃惊地看着圆圆，似乎在说：“哦！我们的表现都在老师的眼里。”圆圆的话一定在他们的内心深处激起了向上的浪花。最后，圆圆提高嗓门儿，“让我们共同努力，保住年级第一的位置。”

这个评比结果，当然也出乎圆圆的意料，但教师毕竟是教师，她比学生冷静很多："我们肯定还有做得不到位的地方，你们回去仔细找一找，下周努力。"

初一年级共三个班，(1) 班是实验班，学生成绩好，(1) 班的班主任并不把积分放在眼里，她只关心学习的"分"，并不在乎班级德育"分"的多少。(2) 班和 (3) 班的班主任是圆圆和李玉霞，是两名刚刚毕业的、有满腔热情、竞争意识强的"大学生教师"。所以，衡量班级管理优劣的德育积"分"的竞争，几乎是在 (2) 班和 (3) 班两个班进行。为了少扣分，两个班的学生和教师都想出很多避免扣分的措施。圆圆班上的一名学生甚至从家里带来十五条红领巾，为的是应对有的学生忘戴红领巾而扣分。但第二周积分公布，(3) 班扣分最少，积分最多，理所当然，(3) 班又是综合评比第一名。

"怎么他们班得分多和少全是第一。"

"这太不公平了。""综合评比到底是按'分'还是不按'分'?"……学生们议论纷纷，并列举了 (3) 班许多不是。这时的圆圆也陷入了"错字门"的烦恼，对学生的不满也有同感，但值得欣慰的是，圆圆知道自己作为一班之主，不能在学生面前流露出半点儿不满，更不能发牢骚，否则，这个班就会破罐子破摔没法管了。

或许是 (3) 班已经获得两个第一有点儿满足，或许是 (2) 班有点儿灰心丧气不再争分，总之，第三周量化积分，(1) 班最高，这周的综合评比 (1) 班拿了第一名。

开学近一个月，(2) 班一个第一也没拿到，这对一向争强好胜的圆圆来说，郁闷之极，这对被圆圆煽起激情的学生们也是一个打击。

圆圆事后也进行了反思：我想得太简单了，以为积分拿了第一，就是综合评比第一，真不该在学生面前鼓动情绪。

但愿圆圆能成功地处理好这样的事情，早日成熟。

2003 年 9 月 22 日

学校“班级德育量化”评比（二）

——伤害师生心灵的一把利剑

德育用“分数”衡量，到底是谁的“发明”？已经没有人知道了（至少我不知道），但这个“发明”从20世纪80年代我当班主任时就开始了，一直沿用至今（关于德育量化管理，我在《班主任》杂志上曾发表过一篇文章），并且扩展成为学校管理各班级的“撒手锏”，这与素质教育提出的课堂教学改革理念至今落实不到位形成了鲜明的对比。

虽然圆圆对自己班级综合评比的结果不满意、很郁闷，但我还是感到他们学校没有把德育量化积分作为班级综合评比的唯一标准是进步的。虽然这样容易导致人为因素掺杂其中，但起码淡化了德育分数的“权威”。

“德育量化”管理，在教育界、理论界争议很大，且反对者占绝大多数，这是因为一个人的思想品质、情感、意志等心理活动是不能用分数来衡量的，比如同是80分的学生，品德状况绝非完全相同。一旦把它作为衡量人或班级的唯一标准，将会给教育带来灾难。

不由地记起我当班主任时的一件事。一名学生迟到了，为避免学校对班级扣分，这名学生不走学校大门，而是从与学校一墙之隔的家属院后墙洞里钻进学校，并得意地炫耀自己是如何保护班级荣誉，没给班级丢分的（那时的班级管理主要提倡集体对学生的影响，强调集体感，与现在提倡发展个性，强调竞争意识不同）。我知道这件事情后，在第一时间，利用自习课，以“如何维护班级荣誉”为题组织了讨论。大家一致认为，不能用弄虚作假来获取荣誉，这种荣誉要不得。当然，最后的结果是，这位学生主动到学校教务处（当时还没有德育处）说明了情况，并把漏扣的分数扣去。班级虽然失去了几分，但同学们从这个事件上受益匪浅。

时代不同了，理念不同了，价值观也不同了，据我所知，现在很少有班主任再做这样的事了。类似圆圆班的学生“用十五条红领巾”来防止班级扣分的扭曲现象层出不穷。如经常违纪的学生会用做好事来弥补扣去的分数，做好事的目的变了味儿……当前，在德育量化管理的学校中，千方百计追分数、不择手段争高分（德育分）的功利化倾向某种程度上已经弥漫校园，可以说它对师生心灵的破坏力绝不亚于原子弹的威力，只是前者是隐性的，而后者是显性的罢了。

学校采取“班级德育量化”评比的核心思想，是使班级之间的竞争直观便捷，竞争结果一目了然。但学校不加限制地强化竞争意识是否对教育有益？竞争的气氛对班级同学之间的关系产生的影响是否有利？记得心理学家明茨对这种不加限制的竞争危害讲得很尖锐：“一旦合作的行为类型遭到破坏……于是竞争的形势便易于发展，而这可能导致灾难。”

明茨是用一个实验来证明这个论断的。明茨要求参加实验的每个人都拉着一根附着纸椎的线，把纸椎从一个窄口瓶中拉出来。瓶口的宽度恰好只能一次拉一个纸椎。时间紧迫的程度是，水通过一根管子从瓶底缓慢地进入瓶中。当参加实验的成员被要求在水未浸到纸椎之前与他人合作把纸椎拉出瓶子时，实验人员很快学会了一个个顺着次序轮流拉，并及时地把纸椎拉出了瓶子。但是当参加实验的人被告诉说，谁第一个拉出纸椎有赏，谁拉得慢罚款时，他们就不能成功地去合作了，结果，所有纸椎都挤塞到瓶子的颈部。的确，现实的情况也能证实这点：在竞争激烈的环境中，人人自危，彼此充满敌意，怎么可能做到真正的合作？怎么可能惺惺相惜？

明茨指出：“……合作的技巧在当今的世界比起竞争的技巧来，对大局是更具有举足轻重的意义。”

我深深地感到：教师走进新课程不难，难的是教育管理者怎样才能真正走进新课程。

学校“班级德育量化”评比掌握不好，就会成为伤害师生心灵的一把利剑。

2003 年 9 月 23 日

由学校德育量化评比想到的

一夜无眠。20 世纪 80 年代，我当班主任时的情景历历在目。那时的学校管理，已经采用了“德育量化”方法，但我已记不清当时的执行情况。我找出 1996 年第 2 期《班主任》杂志，因为我曾在上面发表过关于这方面的文章。这是主编王宝祥老师的约稿。

关于德育用分数来衡量的办法，业界争论很大。恰巧班主任杂志社主编兼法人代表王宝祥老师来保定讲学。我与他相识在 1984 年，那一年保定市教委德育处选派五位教师去北京参加“全国优秀班主任经验交流会”，我是其中之一。由此认识了当时还是北京市教科院基础教研室的教研员王宝祥老师，他是会议主持人之一。

关于基础教育问题，我们私下聊了很多，感觉相识恨晚。但因我们都很忙特别是他身兼数职，我不便打扰，十多年没有联系。这次重逢我们都很兴奋，聊得很开心。话题转到学校“德育量化管理”上，我是基层班主任，是执行者，他让我谈谈看法后约我成文发表。

重读十多年前的文章，我感慨万千。目前的学校德育积分已经超越了手段、舍去了过程变成了追求的目的，且大有不择手段追求之势。一种无奈涌上心头。教育本来应该是隐性的、潜移默化的，但现在的评价却处处彰显外部压力且愈演愈烈。在外施性的德育过程中必定形成功利德行。我的女儿你能经受各种功利考验，灵活运用量化评价，变不利因素为有利因素，促进德育过程的良性循环，引导学生向上、向纯真、向美好、向友善的方向发展吗？

我把《班主任》杂志放在显眼处，等她过来时送给她。

2003 年 9 月 24 日

虎头蛇尾的“周记”

开学第一天圆圆就要求学生写周记。这是她从中学老师那里学来的。周记的作用有二：一是了解学生的情况（表现），二是促使学生练笔。

今天是周一，开学已整四周。前两周的周记，学生的文笔虽然不佳，写作水平很低，但他们却能用心写、积极交；圆圆虽然时间有限，精力也不足，但还是用心看、认真批。周记成了圆圆与学生交流的工具。看着学生在本子上坦露心声，把家里的大小事情一股脑地向外端，把对父母的不满也一并倾泻出来，圆圆有的予以文字回复，也有的当面用谈话来化解。

比如李鉴君在周记上写道：“……我与妈妈说话的时间越来越少，我无法和她沟通。比如每次我和同学相约出去，回到家里妈妈开始还会微笑着问：‘小君，你和谁出去啦?’我告诉她和×××出去了，她又会很温和地问：‘这个同学的学习成绩比你好还是比你不好?’（其实，她开始态度温和，是为了套我的话）如果我回答‘不如我’，她立马翻脸：‘你总跟这样的孩子在一起混，成绩怎么能好?’如果我回答‘比我好’，她也会很不高兴地说：‘你看看人家的学习成绩那么好，你再看看你，还有脸和人家在一起玩儿!’总之，不管我怎么回答，她都有话截我……”看到这篇日记，圆圆写了评语：你的文笔不错，形象思维很棒，情节描述得很形象，加倍努力！看得出你妈妈对你寄予无限希望，但方法确实欠佳，老师都感受出来了。我也是刚走出校门，你的经历也是我的经历，我做学生时，也有对家长的做法很不理解的时候，现在想起来，他们是一片苦心‘为了儿女’，我们做儿女的还是多理解为好。以后碰到这种情况，你可以幽默一下呀！你的口才这么好，不要对妈妈吝惜!”

再比如周涛是单亲家庭，父母在她很小的时候就离异了，她随母亲生活。母亲含辛茹苦地抚养她，她是知道的，但她不能接受母亲对她高期望、高标准的要求，母女俩常常发生口角。每当这时，母亲就会哭天抹泪数落她没良心，然后把自己为带她所吃的苦头再一一述说一遍，就像祥林嫂一样，不但没有获得女儿的同情，反而招致女儿心烦。周涛在周记上写道："……有人说我和我妈的关系是代沟所致，何止代沟，简直就是仇恨……"圆圆则利用放学后的时间，以女儿的角度与周涛进行了交谈。

我建议圆圆找周涛的母亲交流一下，但圆圆没有同意。她说：第一，自己的年龄太小，还无法理解父母的思想，没有资历与长辈谈家教问题，更无力为家长指点迷津；第二，周涛写在周记上的东西是不能外泄的，因此，自己无理由去和周妈谈孩子的问题。

女儿的确心细，我不得不反思：为什么自己总是站在个人的立场考虑问题？为什么总想用自己的方法指导她？

虽说是周记，有的学生感觉遇到了知音，就不只是一周写一篇了，有的索性给圆圆写信表述自己的困惑。他们谈生活、谈心态，谈学习的艰辛、谈成长的烦恼，谈自己的好朋友……从周记上，圆圆了解了学生的家庭，了解了学生的心声，也清楚了学生对自己的要求。圆圆的批语也常常似心桥直达学生心底，激起学生共鸣。

学生们没把圆圆当外人，这让她非常开心。记得第一次发周记时，圆圆曾极富情感又抑扬顿挫地说："同学们，我很高兴你们在周记上说真话、写实话。写周记是一条培养写作兴趣和提高写作能力的非常好的途径，当然，能写日记最好。希望同学们能坚持下去。"

然而教学"错字门"的出现、班级评比积分的落后，一连串儿的烦心事，又让圆圆心烦意乱，加上对教材不熟，备课花费的时间长，圆圆真真实实地感觉到批阅两个班学生的周记的确很困难。备课、上课、班主任工作，使圆圆已到了手忙脚乱的地步，哪还有时间、精力批改周记。

圆圆开始在周记上只批"阅"字，有时连日期也不愿意多写了。这种情绪影响了学生，学生也无心倾诉心声了，上交的周记越来越少。

正应了其他语文教师的论断，周记，就这样虎头蛇尾的结束了。

这也证明了教师的心态会影响学生。

2003 年 9 月 29 日

分　班

“分班名单下来了，王磊，你分到（1）班。”快嘴的徐丽冲进教室，大声吆喝着。

王磊似乎早就知道，并没有兴奋感，相反还有些闷闷不乐，嘴里嘟囔着：“我不愿意去（1）班。”

王磊是（2）的班长，在班里享有很高的威信，一个多月来，他对（2）班已经产生感情，他喜欢（2）班给予他的心理满足，不愿意失去它。

对王磊的培养，圆圆煞费苦心。

圆圆的学校是普通校，说白了连二类校都不如。虽说小学升初中是分片招生，但不少好的学生也在入学前“择校”走了，加之学校又分出了一个“实验班”，所以圆圆接班时，（2）班学生一个担任过班干部的都没有。圆圆矬子里拔将军，选了王磊做一班之长。开始，圆圆手把手地教他，后来，放手让他管，出了错老师兜着。或许是初中生可塑性大，一遇时机就能转化；或许是王磊有潜力，以前没有被开发；或许是“干部”的体验刺激着他，总之他很快就适应了班级管理，他的学习成绩也有了大幅度提高。

作为班干部的王磊，也很清楚将学习成绩看得太重的（1）班氛围——学生的凝聚力、向心力、同化力不同程度地都弱于（2）班，学生的精力大多用在了自顾自的学习上，而忽略了人与人之间的关系。初中学生“玩儿”的本性更重，他们往往更看重人际交往，有没有知心朋友，这也是王磊不愿意去（1）班的理由。

家长的思想和学生正好相反。家长看重的是学习，很少关心孩子的情感生活。听说自己的孩子被调到实验班，王磊的妈妈眼睛笑成了一条线，唯恐孩子把这个好事让给别人，妈妈还特意来了趟学校。在家长的意识中，（1）班才是孩子有可能考上重点高中乃至大学的阶梯。就这样，王磊去了（1）班。

月考后，根据成绩调整班级，普通班每班的第一名要调到实验班，实验班的最后两名分别分给（2）、（3）班。这种做法的理论基础是“激励法”，优胜劣汰，激励学生奋发努力。

圆圆班分来了（1）班最差的一名男生，这个结果圆圆早有预料，因为教（2）班的其他任课教师早就议论过：年级组长教（3）班，肯定不能把最差的留给（3）班。

或许是月考后分班，好班的差生终究要调走，（1）班对末位学生疏于管理；也或许是末位学生在好班自信心丧失殆尽，自暴自弃，总之，这学期，年级最差的学生反而在（1）班（王晨除外）。现在这个“最差”的学生落到（2）班。加上智障学生李晨，（2）班的管理真够圆圆喝一壶的了。

2003 年 9 月 30 日

不想当教师

工作一个月，圆圆的烦恼比出生以来经受的所有烦恼的总和还多，每天闷闷不乐、郁郁寡欢。

圆圆学龄前曾在天津爷爷家住过，与爷爷、奶奶有很深的感情。工作一个月，即将拿到第一份工资，我们全家决定借“十一”放假的机会，回天津看望圆圆的爷爷、奶奶、姑姑、叔叔等人，也顺便散散心。

圆圆出生时，爷爷、奶奶已经快六十岁了，按过去的人均寿命算，没想过他们能看到圆圆毕业工作。看到圆圆来了，老人无比高兴，容光焕发，张罗着拿水果，指挥着儿女做饭。

饭桌上，圆圆拿出工资中的 1500 元（其实，圆圆还没开工资，1500 元钱是我先垫付的）分给各家，一家 500 元。圆圆长大了，工作了，有工资收入了，全家都为她高兴。饭桌上，说笑不止，其乐融融。

在天津的几天里，我们在家里与家人共享天伦之乐、逛劝业场买东西、去五大道看小洋楼、到水上公园游玩儿……圆圆暂时忘却了烦恼。

今天一大早，我们告别家人，准备返程。我和爱人老周返河北老家，圆圆自己返回学校准备上班。

在天津的时间不长，家里人也多，加之出来的目的是散心，不想提起不愉快的事情，所以，我一直没有与圆圆谈论工作。在火车站等车的时候，我看到圆圆表情呆呆的样子，轻轻地问了一句：“想什么呢？”这一问不要紧，圆圆突然趴在我的肩头抽泣起来，整个身子不停地抖动。

想起马上要回学校，她一脸的恐惧，眼神中流露出一种被追捕的恐惧感。积压多时的自卑感、挫折感、失意感、沮丧感……被即将面临回校的事实引燃，像火一样燃烧了起来。

我用手拉住她的手，她的手冷冰冰的。她不想回学校，她害怕回学校，除了学生，她恐惧学校的方方面面。她更担心自己的学生也看不起这个班，看不起她这个班主任，这是她出生以来最失败的体验。她用乞求的语调告诉我，学校太窄，再待下去她整个身体都要爆炸，她不想当老师，她想换一个工作。

看到她眼睛中流露出的恐惧，我的心碎了，似乎在滴血，直到这时我才意识到问题的严重性。我安慰她："如果你实在不愿意做教师这个职业，我们重新物色新岗位。如果你不愿意在这所学校，我们也可以回河北另找学校，但你要给个准备的时间。"

火车是从秦皇岛开往石家庄的，车上人很多，我们说话很少。看到圆圆痛苦的表情，我想改道在北京下车去见校长——没有别的意思，主要是想了解一下圆圆是否有当老师的基本素质。如果她真的不是当教师的料，我想也不能为难她，趁早做改行的准备。这个想法被老周和圆圆制止了。

圆圆下车时，我嘱咐她把心态放平和，"世上本无事，庸人自扰之"。为给她一颗定心丸，我告诉她："没什么可怕的，大不了回河北保定，我们一家人在一起。"

话是这么说，但看着圆圆远去的背影，我的心还是随之吊了起来，我担心女儿这种悲观无望的状态，低沉、郁闷的不良心境会产生多米诺骨牌效应，影响她一生的发展之路。我更担心她的这种自我"精神虐待"会让她生病。懦弱无用的人最容易惊慌、恐惧。我的女儿，难道你是那种懦弱无用的人吗？

担心一直伴随着我挥之不去。我给圆圆发去一条短信："托尔斯泰说：'人们为你的作为而夸奖你不为不幸，但当你为夸奖而行事时则属不幸了。'"

2003年10月5日

吵　　架

我和圆圆在火车站的谈话内容，老周很反对，只是当着圆圆的面他没有表现出来，但回到家里，他指责我助长女儿逃避困难。

他说：“我 16 岁去黑龙江农场，那段日子很艰难，冬天送粮，人背肩扛，步行多少里路，没包严实的脸都冻得起大泡。还有，想家的日子多么难熬，但我没有退缩，硬是坚持下来了，这成了我一生的财富。”

我说：“她不能跟我们那一代人比，生长在蜜罐里的她，心理承受力没有我们那一代人强大。再说我也不是真让她辞职，她现在在焦灼中，给她点儿心理安慰，告诉她不只是这一条道路通罗马，这样她心里会好受点儿。”

“你这是安慰吗？你这是助长她做逃兵，一旦这次逃跑了，以后她一遇不顺心就会选择逃避，那些啃老族不就是逃避心态吗？你这是害她。”老周的声调加大。

“其实我是间接让她坚持，告诉她，我们做她的后盾，帮她想后路，让她带着希望等，带着希望坚持，心里会好受点儿。带着希望坚持，她也可能会坚持到云开雾散……”

我话还没说完，老周就抢过话头：“你总是考虑让她心里好受，等我们百年之后，谁考虑她的心里是否好受？趁我们还在，让她把痛苦都承担了，以后她就坚强了，我们也可以放心地离她而去。”老周有点儿激动。

“她这段时间已经承受了出生以来的所有痛苦，我们不给她安慰，这与没有我们有什么区别？再说，教师这个职业是个特殊的职业，也不是所有的人都能干的，如果她真干不了，还不如提早改行。”

“我说我跟校长见个面，了解一下她是不是具有教师的素质，能不能当老师，你们又不让。”老周已经不说话了，我又补充了一句。

我把担心女儿身体的话咽了回去。这是因为老周根本不懂。我在北京环度生涯规划研究所做心理辅导师，我知道恐惧、焦虑带来的后果有多么严重。消极的思想不断地重复，不但会转化为心智问题还会伤害身体。她需要倾诉、她需要温暖，她需要帮助。让我庆幸的是圆圆能把自己内心的感受、痛苦向我们倾诉，如果把它埋藏在心底，那可是最严重的事情——促使她改变想法，不想那些不愉快的事情才能走出阴霾。

千百年来，母爱一直是文学作品的“永恒主题”，赞美母亲的佳作如林，但没有一篇能写尽母亲全部心血的重量。

2003 年 10 月 6 日

怀 念 八 中

早晨无所事事，心神不宁，圆圆的事情让我挂心。

于是，我不禁想起了二十多年前自己刚参加工作的那段日子。

岁月流逝无声，但印记却历历在目。我师大毕业被分配到保定市第八中学数学组。那是一个教师缺乏的年代，在我到来之前，已经有几个优秀的高中毕业生留校，并担任了英语、数学、物理等重点学科的教学工作；那是一个群情激奋的年代，刚刚被承认身份的老教师们满腔热情地承担起了教育下一代和培养新教师的任务。

八中数学组的师资力量很强。

邵锡彬老师，新中国成立前是北京大学数学系的高才生。就在他得到通知让他到清华大学集训准备出国留学的当头，家境变化，供他上学的财源中断，他虽然初期还利用假期代课挣扎一番，但终因入不敷出终止了学业。他来到离北京不远的、曾经代过课的保定第二师范学校（以下简称“保定二师”）当了一名数学教师。

保定二师是个百年老校，许多中国共产党人都毕业于这所学校，它还因梁斌的《红旗谱》而享誉全国。新中国成立后，保定二师更名为保定师范学校，是培养小学教师的中等专科学校（几年以后，我调到这所学校当了副校长）。

邵老师学识渊博、教学一流，桃李满天下，在保定数学界享有很高的声誉，但特殊时期他受到的冲击也很大。保定八中数学教研组组长、邵锡彬老师的学生田喜亮老师力排众议将他调到了八中。

这期间，保定八中储备了很多重点大学的高才生，可以说是藏龙卧虎：如数学组有河北大学数学系毕业的张秀琪老师、白希鹏老师，北京师范大学毕业的李陀（音）玲老师等，还有一位教平面几何的权威老教师，我却忘记他姓什么了；语文组有曾经跟随过康克清在全国妇联工作，后随丈夫调往天津，在一所中学任校长的谢宜老师——谢宜老师古文功底在全市首屈一指，她培训全市语文老师古文从不拿书本，篇篇古文在心中，还有河北大学毕业的张志芬老师；还有物理组的李月东老师、政治组的王继良老师……保定八中各个学科教研组在保定市教育界都大有名气。当然这些教师最后都高就了：邵锡彬老师调到保定市教师进修学校担任教授，专门培养数学教师；谢宜和李陀（音）玲老师调回北京；白希鹏老师和他夫人双双调回天津；田喜亮、张秀琪老师分别晋升为八中校长、副校长；李月东、张志芬和王继良老师分别提升为校长和书记，调入他校……这是后话。

学校很重视对新教师的培养，各教研组承担了培养的任务。

我们数学组加上我共有三位新教师，但另外两位是头一年留校的高中生，教龄已经一年，所以，真正的新教师只有我一人。

记得我是放假前报到的，并参加了学校放假前的教工大会。散会已经很晚，教研组组长田喜亮老师将我留下，问我第二天是否有时间，方便的话来学校一下。我答应了。

第二天，我如约来到教研组，田老师询问了我的实习情况，我如实道来，说明自己没有被分配到中学实习，是在石家庄元氏师范学校参与高中教师短期培训（当时急缺教师），上大课搞讲座，没有参与过学生管理。田老师告诉我，就是在中小学实习也与真正上课不同，实际上课需要教师独立处理问题，而实习有老师帮助。

这次约谈，田老师主要帮助我准备开学的头几次课。因为初二缺教师，我接初二（7）班班主任，任两个班的数学课，半截接班对新教师不利，田老师特意帮我领来了初一的教材，让我利用假期熟悉一下。

想到这儿，惯于跳跃思维的我，突然联想：当前的教研组长有几个能像田老师这样为新教师考虑得这样周全，培养新教师的责任心这样强？我又进一步地想：如果现在新课改教师培训，各校基层教研组能发挥更大作用，那将是一个什么状况？当然，在一波又一波改革的推动下，各种新的教育理论、思想、观点纷至沓来，各种新的教育教学模式、方法、技术、手段不断涌进课堂，教研组长恐怕也很难应对，那么又如何谈得上发挥作用呢——我们的教改呀！

开学后，我满以为田老师会来听课，但一周过去了，田老师并没来听课，我倒有点儿沉不住气，主动问了他。田老师告诉我："头几节课是你熟悉班里情况和步入工作正轨的时候，我去听不合适。"

他问我感觉怎么样，我很肤浅地谈了自己的感受，但把管不了学生的痛苦咽了回去。

田老师告诉我组里任何一位教师的课，我们三位新教师都可以随时去听。

以后的日子，田老师也听我的课，我也听田老师的课。我们三个新教师也不断地去听邵老师、张老师、白老师、李老师等老教师的课，课后我们会讨论。

特别是邵老师，他把他几十年积累的"绝招儿"都毫不吝惜地传授给我们。他的"诗化数学"（记忆数学公式的顺口溜）至今还令我记忆犹新。

那段日子，我们三个新教师如饥似渴地学习。那段时间，我们三个人都做了大量的习题，至今我还记得我们借来民国时期出版的《三 S 平面几何》一书，将书上所有题统统做一遍，至今我藏书柜的底层还积压着几大摞习题本。

老教师们把他们所说和所建议的东西做给我们看，这是我们真正受益的地方，这比我们当前的教师集训纸上谈兵，光讲理论、点评案例要好很多。我们常常看到有的教师对专家的点评很不服气："说得好，你们做做看？"我甚至在想，当前的教育培训之所以见效慢或有负效应，主要是没有专家能把自己的理论"做给教师看"，能让教师服气。记得一位到处做报告的专家，自己上课却是一塌糊涂，学生根本不买账，这样只有理论而无实践的专家少点儿更好。

几年后，我读了苏霍姆林斯基的《帕夫雷什中学》，才知道，八中数学组培养新教师的方法恰恰是从苏霍姆林斯基处学来的。在帕夫雷什中学，苏霍姆林斯基就是这样"做给教师看的"。课堂上，新教师能看到"学生在学习新教材时是怎样被激发进行积极的脑力劳动的"，学生"独立认识事实是怎样进行的，识记和熟记是如何建立在深刻理解基础之上的"。

与现在轰轰烈烈的新教师理论培训相比，20 世纪 80 年代的新教师培养更注重的是实践。

怀念在八中的日子。虽然我在八中没做出一点点成绩反而摔了很多跟头（比如初期当班主任不会管班的尴尬），但它却是我铭记在心的地方。当我婚后为解决就近上班问题调入另一所学校后，竟意外获得很多荣誉和奖励……我知道这些都是在八中积累的结果，更是这所学校的杨本厚校长支持、鼓励的结果。

恍然间，人生的确如梦。怀念已经故去的邵锡彬老师，怀念在八中退休的田喜亮校长和张秀琪副校长，怀念已经调往天津和北京的白希鹏和李陀（音）玲老师，怀念八中数学组的全体老师，怀念八中的全体教师。

2003 年 10 月 7 日

第一次家长会

今天下午开家长会，只有二十一岁、一张娃娃脸的圆圆能被家长认可吗？我的心忐忑不安。

工作一个多月，磕磕绊绊一个多月，这次家长会上一旦不被家长认可，对圆圆来说如同火上浇油，那么，她离开教师岗位的日子真的不会远了。

两节课后，家长陆续到来，学生们将凳子摆到教学楼的空地上，不到百人的大会在这样的条件下召开了。这是孩子们进入初中的第一次家长会，几乎所有的家长悉数到齐。

年级组长组织会议，学校德育处主任到场介绍学校情况，大会开得并不长就结束了。

总会下来是分班会，各班主任及本班参与服务的学生们在自己班的教室门前恭候家长们。

圆圆班的教室布置一新，新换的黑板报张开笑脸迎接宾客；四周墙壁上贴有警句名言、伟人照片，显得格外亮丽；黑板的正上方端端正正地贴着一面五星红旗，鲜红耀眼；八个大字“团结”“紧张”“严肃”“活泼”分立国旗两边(用这八个字是我的建议)；教室后边的墙角布置有科技角和读书角，给教室增添了文化氛围。

教室里，同学们把桌凳摆得整整齐齐，地面扫得干干净净。这一切都给人以舒适的感觉。

我庆幸，圆圆在这一连串的打击下，还能带领学生精心布置教室，这说明圆圆的心态还是上进的、阳光的。她没有被挫折击倒、没有被困难吓倒，她是坚强的。我替女儿高兴。

先到的家长围在讲台桌上看成绩单。一位家长皱着眉头说：“我儿子在小学，语文成绩一直没有掉下过 85 分，怎么这次才考了 76 分？”她的话音刚落，一位妈妈紧接话茬：“是呀！我女儿在小学学习成绩是不怎么样，但数学从来没有考过不及格呀！这次怎么不及格了？”……家长们议论纷纷。这些质疑的话圆圆听到了，但她并没有惊慌，这缘于我给她打了预防针。

为了开好这次家长会，我也费了不少脑筋，因为圆圆再也输不起了。我绞尽脑汁把我在朝阳家长学校所经历的各类家长情况从脑海里翻腾出来，帮她做了各种准备。我希望她能通过这个会找回自信，所以这个会最好能成功，最好能得到家长的好评，效果一般都不是我希望的。

家长会的现场情况如下。

家长到齐、落座，圆圆开场说话了：

“各位家长，大家好！2003 年的 9 月，我们因为您的孩子、我的学生走到了一起，成为一家人，客气的话我就不说了。

“今天，我也不想占用大家太多的时间，只希望家长们能了解两个问题：一是了解初中与小学有什么不同，这很重要，关系到孩子下一步的学习。二是班级现在的状况。

“刚才我也听到了你们的一些议论，大多数家长感到孩子升入初中成绩不如小学了，这个问题我会提到，请大家注意听，我不单列出来讲。

“第一个话题：初中与小学有什么不同？

“一、与小学相比，部分孩子的心理落差增大。

“小学六年级，孩子们是学校里的大哥哥、大姐姐，到了初中，他们变成了小弟弟、小妹妹，主导感没有了，反差很大。

“小学六年级是毕业班，学校从领导到老师都极度关注。到了初中是起始年级，学校关注得少了，反差很大。

“二、与小学相比，学习方法有了很大变化。

“小学的学习方法是多记、多背、以作业代替复习，学什么考什么。一般情况下，只要遵纪、用功，成绩都不错。到了初一，有的同学仍然采用小学那种上完课赶作业，写完作业就算完成学习任务的做法，结果造成学习上的问题越来越多；有的同学学习效率很低……这些都影响学习。初中的学习方法应该是……

“对不起，我跑题了，这个问题在下一部分介绍班里情况时讲。

“三、与小学相比考试分数普遍下降。

“刚才听到不少家长不满意孩子的考试分数。其实，孩子们进入初中后，考试分数与小学相比普遍下降，这是因为中学考试与小学不同，小学取消了升学考试，所以，小学考试主要考的是基础，掌握了就能拿高分。进入初中，三年以后面临中考，六年以后面临高考，因此，初中考试含有选拔性质，重视的是区分度，所以试题难了，考试时间短了，考试分数自然普遍下降。尖子生也不会有小学的好分数。这时，成绩的好坏，不是看分数多少，而是看在班上或年级的位置名次。如果您的孩子在班上已经是前几名了，即便考的分数不高，也不能说成绩下降。希望我们家长回去不要再用小学的分数来要求您的孩子了，这会使您的孩子失去自信，一旦孩子的自信心被破坏了，接踵而来的是厌学；孩子一旦厌学，那可就麻烦了。

“这样说，家长也不要误会，看到孩子没考好也感到无所谓。孩子到了初中，分数下降的背后有两种情况：一种是我上面说的，分数下降，但成绩没有下降；另一种是分数下降了，成绩真的下降了。到初一下学期或初二上学期极易产生两极分化。这是因为小学学习的学科相对少，加之老师盯得紧，一些头脑聪明的孩子不勤奋也能领先。中学不行，中学学习不勤奋就会落后。可以说，小学相当于短跑，跑得最快的同学和跑得最慢的同学不会落得很远。但初中不行，初中相当于长跑，比的是耐力、意志力，我们在看长跑比赛时，常常看到跑得最快的和跑得最慢的能差好几圈。因此，初一阶段老师和家长的一个重要的任务是防止两极分化。

“四、与小学相比，老师的管理方法不同了。

“小学采取的是细致、周到、全面、具体的管理方法，表现为盯得紧、管得严、扶得多。到了初中，一方面课程增多，老师也随之增多，除班主任外，其他老师和学生的接触机会很少，不像小学老师那样形影不离。中学管理要锻炼孩子的自主性，主要目的是培养学生的自觉性和自制力。这点家长要清楚理解。

（注：以上情况及观点与当前几乎每个孩子都经过培训班提前学习的情况不同了。）

“五、与小学相比，学习任务重了。

“进入初一，所学课程增加，学科增多，一天六节课，几乎每节课换一门课程、一个老师，有的学生不适应。

“第二个话题：介绍一下我们班的情况。

“家长朋友们可能都知道，我们班是年级的普通班，分班时的分数不如（1）班，但我们班孩子的精神面貌喜人。不，我们是一家人，我还是用咱们班吧！咱们班的气氛是融洽、和谐、欢乐、团结、上进的。举一个例子，咱们班有一名病儿（圆圆没有用‘智障儿童’这个词），这里我就不提他的名字了。他在小学受到过很不公平的待遇，经常有孩子欺负他，但在咱们班不但没有人欺负他，相反，咱们班的每一名成员都悉心地爱护他，让他感到我们集体的温暖。

“可能有的家长感到这些并不重要，重要的是学习，班级好不好用分数说话。没错，但要有好成绩，没有一个良好的学习环境是达不到的，让我们首先为孩子创造一个具有良好学习氛围的班级和家庭，帮助孩子树立坚定的学习信心。

“在学习上，的确有一些孩子没有养成良好的学习习惯，自控能力也差，但这也不是短时间就能转变过来的，需要给他们顿悟的时间，需要给他们促使改变的环境，我相信在下一个家长会上会有很大的改观。

“圆圆看看时间接着说：

“时间不短了，初中学习方法也不是一句两句能说清楚的，以后咱们慢慢聊。最后我想讲一个故事来结束我今天的家长会。

“有一个生活平庸的年轻人对自己的人生没有信心，一天他带着对命运的疑问去拜访禅师，他问禅师：‘大师，请您告诉我，这个世界上真的有命运吗？’

“禅师让这个年轻人伸出他的左手，指着手掌对他说：‘你看清楚了吗？这条横线叫作爱情线，这条斜线叫作事业线，另外一条竖线就是生命线。’

“禅师让他把手慢慢地握起来，握得紧紧的。

“禅师问：‘你说这几根线在哪里？’

“那人迷惑地说：‘在我的手里啊！’

“‘命运呢？’”

“那人恍然大悟，原来命运是掌握在自己手里的。不管别人怎么跟你说，不管算命先生如何给你算，记住，命运在自己的手里，而不是在别人的嘴里！

“家长朋友们，这个故事我已经给我们的孩子们讲过了，他们激动、他们跃跃欲试，他们希望自己掌握自己的命运，让我们相信他们能够自我管理，主动学习。

“我的介绍就到这里，家长们有什么具体问题需要咨询，可以随便提。”

……

会议少讲负面的、学生不好的一面，这是我和圆圆共同制定的原则。

家长会是成功的，家长喜欢具体指导而非理论上的夸夸其谈；家长会是成功的，圆圆的表现得到了家长们的认可。

我心稍许宽慰。

2003 年 10 月 24 日

消灭错字

今天来北京卄会，散会后，我到圆圆学校找她。学校已经放学，办公室里只有她一人。办公桌上堆满了学生的作业，圆圆整个人被埋在作业堆里——有作文，有默写的生字，好像还有随笔。我想作文是教师必看的，但生字可以发挥学生的积极性，让学生自己批改。我把我的想法说给圆圆。圆圆问：“我们学校的学生可以吗?”看得出，她也很头疼看作业。

我说：“初中的学生可塑性强，可以试试嘛!”

圆圆来了精神，也不看作业了。我们商量的结果，让学生批改生字程序如下：

互批。生字默写后，让学生以抽签形式或自找同学同桌互批。这样，批改的同学必须把生字写会，才能为别人批改，从而达到主动学习的目的。学生批改后签上自己的名字上交。

核对。因为有些学生的基础差，恐怕批改的有错或有漏，为此再让小组长或抽签确定检查人，检查批改的情况，最后签上检查人的姓名上交。检查人必须认真核对，核对过程又是一个主动学习的过程。

会诊。老师将收上来的默写试卷检查一遍（或责成课代表检查）。确定无误后，用一个自习课的时间发下去。首先让学生计算一下自己的正确率（这也复习了数学中的百分率计算问题）。对错误多的学生要求他们写一个说明书，没错的可以写一份经验介绍等（这是从魏书生老师那学来的），这样也练习了学生的语文写作能力和对问题的分析能力等。然后让每个学生把自己曾写错的字写在黑板上。为避免学生难堪，可以一个小组同时上讲台，各写各的。可能有的学生错多，有的学生错少，因此要淡化是谁写的。

重复。让学生把全班出过错的字（重的去掉）抄回去，不论采取什么方法，在规定时间内写对，然后重新默写这些字，范围可能缩小。然后循环上述过程。没有错的学生可允许复习别的或看课外读物。

最后，教师强调消灭错别字的重要性。

看起来挺烦琐，在实践中再完善吧！

苏霍姆林斯基曾说："消灭差生的办法，就是提高阅读能力。但提高阅读能力的基础，关键是必须消灭错别字。"前几天我看到一篇文章说，我们的教育，高中生学了九年的语文，最后错字连篇。这是我们的母语，用这么长的时间连错字也消灭不了，真是我们教育的悲哀。我很希望圆圆在消灭错别字方面有所突破。

2003 年 10 月 26 日

重操旧业（一）
——教师的地位

今天是我在保定市一所重点学校任教满一个学期的时间。

一年前，我申请从保定师范专科学校副校长的位置上退下来，随后来到了北京。

一年的时间，我考察了北京几乎所有的非公立教育——民营全日制学校、私立培训学校、家长学校。其实 2002 年我就通过了新课改二级理论培训，具有了教师培训者的资格，但对新课改后的实验教材却一直没有实践过，这是我的一大憾事。

2003 年 3 月开始，“非典”来势凶猛，人心惶惶，北京各学校停课，我与正在北京应聘的女儿如期回到了保定。7 月份疫情解除，9 月份学校如期开学。

在家的这段时间，我一直不能释怀，渴望到中学亲自过一遍教材的心愿一直牵扯着我的心。于是，我与离家最近的一所重点学校主管教学的主任联系，他批准我在该校初中任教，可以不坐班。

新课改的教材变化很大。

今天是我重操旧业满一个学期的时间，原打算执教一年，但我却迫不及待地要离开了。不是因为我不适应一线教学，也不是不喜欢教学工作，更不是不受学生欢迎，而是学校个别领导及教师的不理解心态——从大学校长到中学教师，似乎是犯了什么错误，似乎是已落寞到向人讨饭的地步……学校的氛围让人压抑。教师的地位显而易见。

在疏导女儿转变负面情绪方面我是努力的，但自己处在这种不愉快的氛围里却选择逃避。因为对一位已过半百的老人来说还是自娱自乐、心情舒畅为好。

在中国，能上能下的人是需要足够勇气的。

我深深地体会到教师的地位还有待提高，也理解了为什么不少人削尖脑袋往校长的位置上钻。一个校长如果他看不起教师这个职业，又怎能为教师创造宽松的工作环境？一个校长如果他看不起教师的职业，又如何能为教师提供更好的发展机会？一个教师连自己的职业都瞧不起，又怎能担当起教育下一代的责任？一个教师连自己的职业也瞧不起，又如何能承担教育改革的重任？当然这也与当前大环境影响有关。

这次回保定做课改实践虽然时间不长，但我增长的知识、见识，以及人生冷暖的体验，会使我一生受益。

正是这次实践，我掌握了教学一线的第一手资料。这是任何坐在办公室的专家们所不及的。我有幸参加了由教育部课改专家组组长钟启泉教授带队、在中央教科所进行新课改的阶段汇报会。会上我提出的问题，让所有与会专家们震惊，多年来的成就感又回来了。当然这次会议也起到了上下沟通的桥梁作用。

2004 年 1 月 16 日

重操旧业（二）
——什么是“以生为本”

期末统测结束，试卷已经阅完，成绩已经上报，我重操旧业在一线教学的工作彻底结束。我即将离开我曾寄希望搞点“教改实验”的这所学校了。

我在办公室里整理东西，偶尔看到市统测的政治试卷上有这样一个问答题，大体意思是（当时没有出书打算，没记原题，整理日记时凭记忆补上）：

> 一个寒冷的冬天，滴水成冰，老师来上课，推开虚掩的教室门，一盆冷水从天而降，将老师从头到脚浇了一个透心凉，老师没有追问谁在门上放的水盆，也没有发火，只是不断地擦拭身上的水迹，然后宣布上课。在上课过程中，老师不断地打喷嚏、瑟瑟发抖，但一直没有停止讲课。请同学们评价这个教师的行为。

怀着好奇心，我浏览了这个班级学生的解答。学生答题基本是对这位教师的赞扬。因为题目并没有问及对搞恶作剧的学生有什么评价和认识，所以，整个答卷并没有人对学生的做法进行评价，更没有人指责这种不道德的行为。

我愤怒：出这样一道题的主观思想是什么？如果仅为表扬教师，那对学生教育放在何处？如果是“以生为本”理念使然，难道学生就可以胡作非为吗？难道“以生为本”，教师就可以任意被人欺凌吗？难道学生是人，教师就不是人？这道题的内容对学生的影响一定是深刻的，我甚至认为它对那些走在道德滑坡边缘的学生是个滑下去的加速器。

如果真的是出于“以生为本”的理念，这道题也应该设计评价学生行为的问题，至少也能让学生通过这道题明辨是非。

我正想着，政治老师走进来，我让她看学生的解答，并说出自己的第一反应，她好像突然感觉我说得很有道理，一脸的惊奇、兴奋，她非常赞同我的说法。我愕然……心想：你的认识呢？你可是政治老师啊！

不得不承认，我们中国的教师是多么可爱，没有一位教师对这道题提出质疑，没有人感到这是对教师的侮辱，包括政治老师。也或许是教师的忍耐力、服从意识超强。

不可否认新课改的理念是好的，新课改的出发点是好的，但是新课改理念能被执行人消化、理解还要经过一个过程，从出这道题来看，我们的教研部门都没有很好地理解新课改的理念，何况教师。

2004 年 1 月 17 日

第一次获奖

学校一年一度的三十五岁以下“青年教师评优课”拉开了序幕。今年是文科教师评比，每个文科专业的青年教师必须参加。

“错字门”的阴影至今挥之不去，如果可以选择，圆圆肯定不会报名参加这次评优课。圆圆无奈报名，权当心理锻炼，并不想争奖。

真是“有心栽花花不开，无心插柳柳成荫”。

出乎意料的是圆圆获得了学校“青年教师评优课”二等奖。

虽然级别不高，是校级的；虽然奖项不高，是二等奖，这对别人来说可能无所谓，但对圆圆来说是极大的安慰，起码证明了自己的教学并不是一无是处。

原来存积的那么多的汗水和泪水、那么多的痛苦和郁闷、那么多的寂寞和挣扎、那么多的矛盾和困惑、那么多的失误和抉择……一同化为乌有，这个奖来得太及时了。

我眼前仿佛看到了女儿在惊涛骇浪中搏击、在小桥流水中闲庭信步。我坚信她会越来越成熟、越来越自信，内心越来越强大，当然不排除会反复。

2004 年 5 月 10 日

校园暴力

18日（周二）下午是学校教工大会的时间，教师集中开会，学生上自习。

自习课之前的课间，在女生厕所里，(1) 班的几个女生围着本班的学生李娜拳打脚踢，并一起动手去扒李娜的裤子。这时上课铃响了，大家一哄而散。

李娜穿好裤子，最后一个回到教室，几个女生还是没完没了，她们将李娜截在教室门口内，扬言不下跪就扒下她的所有衣服。教室里有男生，李娜害怕她们真的会扒下自己的衣服，在僵持了很长时间，在她们的拳打脚踢、凶残撕扯下，她哭着给她们跪下了，头离地面很近，鼻涕眼泪也流了一地。这时一位女生又喊着："她把教室地面弄脏了，让她舔干净，不舔就扒下她的衣服!"李娜用求救的眼神扫了一眼教室，可是全班竟无一人站起来制止，无奈，李娜只得去舔，这一舔不要紧，她晕倒在泪水洼里。这时才有人去叫老师。

李娜是学校一位中层领导的孩子，到底是什么原因发生这种事，圆圆不得而知。她只知道李主任得知这一情况痛苦欲绝，那几天他神魂颠倒。这件事是怎么处理的圆圆也不知道，她只知道从这天起李娜就没在教室里出现过。

据说李娜受欺负已经不是一天两天了，但她一直没有跟家长和老师说。

校园暴力，这几年屡见报端，青少年犯罪已呈上升趋势。真希望我的女儿是一个细心的、善于观察的、密切关注学生状况的教师，唯有这样才能把校园暴力消灭在萌芽之中。保护弱势学生也是教师的职责之一。

2004年5月21日

预防青少年犯罪

听了圆圆讲述学校发生的暴力事件，不由得想起我心心念念的工读学校。1990 年，我在上海教育学院学习，曾参观了上海市的一所工读学校（上海每个区都有工读学校），感到很震惊。我不禁联想到保定市乃至河北省没有一所工读学校，保定市普教系统的教师不但要承担所有义务教育阶段在校生的教育，还要承担教育智力和心理残疾的学生的任务，工作量之大难以想象。教育不是万能的，教师也不是神仙。

工读学校是普通学校的补充，是教育转化“问题学生”、预防青少年犯罪、矫治未成年人严重不良行为的专门学校。工读学校的存在也是对班主任教师做后进生转化工作的坚强后盾。其可以为一线教师减轻负担、为家长排忧解难，为优化社会环境出力。这于学校、教育、社会、家庭有百利而无一害。我在河北省政协会议上发言时、在提案中建议，并在《保定市报》上撰文呼吁。

惯于跳跃思维的我翻箱倒柜找出发黄的报纸。1993 年《保定市报》第三版。(因当时保定地区和保定市没有合并，保定市的报纸是《保定市报》，1994 年地市合并后，报纸才分了日报和晚报。)

读旧文，思旧事。当年我在教委普教处进行区域性评价实验，对青少年犯罪现象了解很多。特别是那些有轻微违法行为的在校生，仅凭普通学校的教育显得力不从心。这无疑加重了普教压力，增加了学校教育的难度，恶化了育人环境。校园暴力就是在这种环境下滋生发展的。从学校、教师、班主任的角度看，我越发感觉工读学校存在的重要性。

不知什么时候，国办的工读学校消失了或者说萎缩了。代之而来的是个人承办的高收费的“择差”学校（招收家长管不了的学生的学校，如×××行走学校）。其发展迅速，越来越火爆。这足以说明问题学生越来越多、家庭教育问题越来越严重。这也印证了社会，特别是家庭教育失败的家长需要工读学校。

然而私立的“择差学校”真能代替国办的“工读学校”吗？答案是否定的。我国的工读教育起始于1955年，已经形成完整的教育体系。工读学校是国办全日制学校，学校开设政治思想、科学文化、劳动技术课等，贯彻全面发展的教育方针，为学生终身发展负责；师资从优秀教师中选拔具有高尚情操、博大胸怀及勤恳踏实的工作态度和无私奉献精神的教师。有一定的专业知识和教育心理学背景，能给学生全面教育、矫治；工读教育也有一定的强制或半强制措施，但是从爱护和特殊保护出发，而不是从惩戒出发。学生经过矫治随时可以回到普通学校，也能升学就业。

当前的“择差学校”基本是短期的。主课就是让学生千里行走磨炼意志。我们考查的一所“择差学校”学生是用搬砖磨炼意志。这不是在建筑工地搬砖劳动，而是纯给砖头搬家，在师资（管带、教官）、教育方式、理念等方面，特别在体罚学生方面都有待提高。

预防青少年犯罪问题需要政府重视。

2004年5月22日

学生第一次获奖

学校举行“2003—2004学年度文化节踢毽比赛”，这是借校上课以来学校搞的第一次集体活动。这项活动学校在开学初的学期计划中已经下发，为迎接这项活动，各班都做了相应的准备。

为使这项活动能够普及到每个同学，圆圆和班委会体育委员商量，班级暂不选拔参赛选手，先动员全体同学参加训练。虽说是训练，但并没有要求固定练习的时间，而是学生自带毽子，利用课间活动的时间“玩儿”，有时圆圆也插上一腿，与学生们“疯玩儿”一气。

在圆圆的语言动员及身体力行的感召下，学生踢毽的兴趣竟然被激发出来了。每当上课铃声响起，学生们则恋恋不舍地回到教室，但亢奋的状态很久挥散不去，迟到的也明显多起来；每当下课铃声响起，不管老师说没说下课，学生们早就跃跃欲试地想往外冲了。任课老师明显感觉到（2）班踢毽子活动已经影响到上课状态和课堂秩序了。

圆圆与学生们进行了一次集体谈话。首先，肯定了学生们为参加学校踢毽比赛积极准备；其次，列举出了这段时间班里出现的许多不良现象，并与学生们共同讨论了如何摆正踢毽与上课的关系。最后，她宣布参赛程序：4月15日前，各组选拔出两名参赛选手，准备参加班级比赛；5月1日前，各组推选出来的选手参加班级比赛，最终选出五名选手参加学校比赛。

各小组分头准备自己的小型比赛活动，学生上课状态也有了改善，这让圆圆很欣慰。

今天是学校踢毽比赛的日子，虽然班级参赛选手只有五人，但（2）班的同学们像过节一样，都换上了干干净净的校服，佩戴上了鲜艳的红领巾，准备为自己班级参赛的同学加油。

比赛规则是以年级为单位，每班选出五名参赛选手，每位选手只能上场一次；比赛不分时间，踢到毽子落地为止，每人可以踢三次，以踢中次数最多的一次成绩为准；五名选手累计踢中的次数为团体总成绩，如果团体总成绩相等则某个人踢中的次数最多的团体获胜，如继续持平则延长比赛时间来决胜负。

比赛场上欢声雷动，同学们都在为自己班级的参赛选手加油，(2) 班的啦啦队尤其让人瞩目。

老天不负有心人，圆圆班的动员、准备没有白做，(2) 班获得团体第一名。这对学生们来说是一个很大的激励。同学们簇拥着拿着获奖证书的体育委员回到教室，立刻摆好桌子，拿出双面胶把证书规规整整地贴在墙上。他们欣赏着，跳跃着，无比兴奋。

从这件事上，圆圆也对近几年来提倡的“重视过程”有了新的理解：过程发展到一定程度，结果也就成了一种自然的升华。

在这之前，圆圆所教 (1) 班的两名学生在第五届“春蕾杯”全国作文征文大赛中也获了奖，圆圆也因此获得了“园丁奖”称号。

2004 年 6 月 20 日

回到校本部

天高云淡，秋风送爽，又到了开学的季节。学校教学楼加固维修完毕，学生回到阔别已久的校园。其实对于圆圆他们这个年级的学生来说，还是第一次见识自己的学校。

学校并不大，黑漆的大门洞坐北朝南竖立在街道的北侧，新加固维修、装饰一新的教学楼迎门而立，格外壮观。

毕业班离去，新年级到来，两个中间年级（初二和高二）的学生也未曾蒙过面，因此学校里互相熟悉的面孔并不多。但是，校园里还是显得很热闹，学生们欢声笑语、打打闹闹，欢快热闹的开学气氛弥漫着整个校园。

准备就绪的孩子们怀着梦想、带着希望一路走来了。他们将会像老师和家长们企盼的那样，以良好的姿态投入新的学年。

初二年级被分配到教学楼的二层，学生们走进崭新的教室，欢呼雀跃。

开学的第一天，对初二年级的学生来说似乎也平淡无奇。报到、检查作业、交暑假生活、分发新书……这一切虽然平淡，但也点燃了校园欢歌；教室里大部分同学都报到完毕，坐在座位上等待分发新书，久别重逢的学生三五成群地交头接耳，拉扯、笑谈个没完没了，声浪此起彼伏，教室好不热闹！

随班就读在圆圆班的智障学生李晨由妈妈陪伴着来了。

办公室里，晨妈对圆圆给予儿子的照顾表示感谢。她眼里含着泪水向圆圆诉说着李晨在小学被欺负的情景。说到中学，晨妈破涕为笑："初中完全不同了，大家不但不欺负他，全班同学都在照顾他、呵护他，一旦发现外班学生欺负他，大家还会出面保护。"

"孩子生活在这个班里很温暖，还不到开学的时间，他就嚷嚷着要上学，要见周老师，要看周老师的笑脸。"晨妈如是说。

临走，晨妈还不忘加一句："对您的感激我千言万语也无法表达。"

送走了晨妈，圆圆感到了自己的努力没有白付，获得了家长的肯定，幸福之感油然而生。

2004 年 8 月 31 日

关爱的约定

老师的幸福来自社会的尊重和支持，来自家长的理解和信任，来自学生的喜爱和拥护。然而，幸福的背后是辛苦。

对晨妈的感激之语，圆圆当时虽有幸福之感，但静下心来，还是感到苦大于甜。

自从与学生见面的第一天起，圆圆就在李晨的问题上绞尽了脑汁，费尽了心思。开始，她认为随班就读的智障学生都是轻微智障，或许在班里能隐瞒李晨的“智障”情况，不妨把他当正常孩子来对待。为了达到这个目的，为了让李晨在课上（或活动中）能像其他孩子一样正常举手发言，圆圆先与李晨约定：“如果老师在课堂上提出的问题，你感觉能回答就举起手来（圆圆示范给他看：胳膊肘放在桌子上，小臂垂直竖在桌上，五指并拢）；如果你不会，那么你举起的手，将大拇指弯进去，只有四根手指伸直在外（圆圆示范给他看）。”

圆圆告诉李晨：“当我看到你五指都伸直的举手，就会叫你，你就大胆回答，错了也没关系；当我看到你的大拇指弯进去了，你虽然也举手了，但老师不会叫你的。”

晚上，圆圆又和李晨的家长联系，把这个“约定”告诉家长，希望家长配合，每天提醒一下。当然，这个“约定”只限于语文课。

没有想到的是，李晨很认真，开始也有举错手的时候（或许是自己认为能回答，但站起来后却不能回答），但圆圆都很巧妙地化解了尴尬。以后，经过多次的实战、鼓励，李晨竟然也能回答部分问题，当然都是圆圆特地为他准备的问题，非常简单。

原本只是想瞒天过海，不让同学们知道，以避免他受到部分学生的欺负。

但这招儿使用后，其目的并没有达到，却对李晨的自信意外地起了激发作用。自此，李晨上课的状态极好，学习积极性很高，这个意外的收获，也让圆圆和家长高兴了好一阵子。

李晨妈妈说："自打他上学，就是陪别人上课，课上根本没有他什么事，家长和老师的目的就是让他混过这九年义务教育。没想到进了初中，他也有动脑的机会了。"

但是，小学同学的举证和李晨平时暴露出的行为表现，让他的"不太正常"很快被学生发现，于是班里出现了拿李晨开涮，侮辱、欺负李晨的苗头。这个苗头一旦扩大，后果不堪设想，圆圆感觉不能再隐瞒下去了，要正面教育。

但如何进行班级教育才能避免李晨的人格不受侮辱？学生的课下行为教师能控制得了吗？圆圆绞尽脑汁。

在李晨生病请假这天，圆圆利用下午的自习课给学生们讲了一个故事："一个孩子出生时，母亲难产，孩子在母体里因缺氧导致大脑轻微受损，智力受到了影响。后来，这个孩子上学了，学校里的学生发现他与正常人不大一样，于是大家都叫他'大傻'，经常群起攻击他，让他给自己下跪，还给他大鼻涕吃。母亲知道了这个情况，痛不欲生，她辞去了工作，专门抚养这个孩子。为了能集中精力照顾他，妈妈本可以再要第二胎，但她没要，她要把所有的爱都投给这个孩子。母亲没有别的愿望，只是希望自己的孩子在学校能像正常人一样生活，不受欺负。我们今天来讨论一下这个故事好吗？"圆圆话题一转："就讨论这么几个问题吧：如果这个孩子生活在我们班，我们如何对待他？我们能让这个妈妈放心吗，能让这个孩子快乐地生活吗？如果这个孩子是你，面对同学们的侮辱，你做何感想？"

没有大道理，没有华丽的辞藻，全班学生似乎一下子成熟了，懂事了，他们斥责侮辱同学的行为，同情之心油然而生，同学们一致表示：我们一定会呵护李晨，不让他受任何委屈，不让他受任何人欺负。

看到自己用爱心和汗水浇灌、培育、呵护的一株株幼苗枝繁叶茂、姹紫嫣红、茁壮成长，圆圆的喜悦之情溢于言表。

无论是酸、甜、苦、辣，老师的情感皆因学生而起；老师的欢笑和泪水，也皆因学生而发。老师坚持用心去对待每一个学生，用爱心、耐心去感化教育他们，就一定会有收效。

2004 年 9 月 1 日

班级卫生承包责任制

新装修的教室很漂亮，雪白的墙壁、浅蓝色的地面、崭新的桌椅，一切是那么新鲜。学生们小心翼翼地活动，生怕弄脏教室中的任何物件。

这么干净的地面，如何保持呢？单一的颜色太单调了，学生们很想将教室布置得更漂亮、更有文化，但墙上不能钉钉子，也不能贴胶带，怎么办呢？

围绕教室卫生、环境，同学们不时地向圆圆提出建议。

圆圆心中早有想法。入职之前圆圆就买了《魏书生文选》一、二卷，关于班主任工作，圆圆不知读了多少遍。她最欣赏魏书生老师的班级承包方法，只是在科技馆临时教室里，有一点儿应付感，并没有把这个方法落实到实践中。现在回到学校，班级卫生必须有个长远的打算。

刚刚结束学生生活，圆圆深知班规需要学生制定，她更知道只有学生有需求时才是最佳的时机。

既然学生也在考虑卫生如何保持、教室如何布置，这正是讨论制定班级卫生管理办法的最佳时机。

为使这项工作顺利进行，圆圆事先与班长进行了交流，并把承包的打算与班长交换了意见，他们甚至在教室实地勘察了哪些需要承包，哪些是公共部分，不必承包。

下午放学后，圆圆示意班长召开班委会讨论这个问题，能拉出个框架来更好。

会开得时间很长，圆圆在办公室里边批改作文边等。考虑时间太晚恐学生回家路上出问题，也怕家长等着着急，圆圆起身准备去教室看看。这时，办公室的门被推开了，班委会全体成员都来了，班长手里拿着讨论的结果，圆圆没来得及看，就催他们赶快回家，以防家长惦念，同时嘱咐他们路上小心。

随着关门声，圆圆重新坐到椅子上，她要看看班委会制定的框架。

这种放手让学生干部独立工作的思路，也是魏书生老师的赐教。

令圆圆没有想到的是，承包责任制方案写得很详细。比如地板砖被分成两部分，一部分是每个学生脚下的四块，由学生自己承包，每天保持清洁；桌椅以外部分为公共部分（如教室前后及过道的地板砖），由每天的值日生负责。当然还有窗台、讲台桌、装卫生工具的橱柜、电视橱等，也都明确了承包人。

日记整理到此，我突然想起华南师范大学教授、博士生导师郭思乐老师的一句话："学生不仅是教育的对象，也是教育的重要资源……"这是郭老师在中央教科所"理论工作者与一线教师对话沙龙"上所作的"教育激扬生命"讲座中的一句话，我却深深地记在脑子里。创造性不是靠教，而是靠培养。

是呀！圆圆在实践着，虽然她并不懂。

2004年9月9日

全校参观

圆圆利用班会时间，将学生起草、自己精心修改的承包责任制草稿公布出来，先分组讨论。在不涉及具体承包人的情况下，草稿很快通过。

紧接着，就该落实到具体责任人了。圆圆采取先整体分给小组，再由小组分配到个人的办法，这样难点分散。

当然圆圆事先也召开了小组长会议，提出组长要掌握平衡，并提出这次分配也是考验组长能力的机会——哪一组矛盾少，哪一组的组长就是有能力的人。圆圆最后说："哪组有问题都可以找我，我帮你想办法，这不算你没本事，但一旦矛盾闹到我这里，就是你组长的水平问题了。"

组长们当然不愿意被认为是"无能"的人，承包分配下去，没有引发不满的代价是组长将"难题"留给了自己。

圆圆建议采取轮流制，这样对小组长也比较公平。

对这样的管理形式，学生们感到新鲜，因此执行起来也很顺利。

每个人承包自己脚下的四块地板砖，学生们都精心地维护。

周一，刘思雨从家里带来了一块儿抹布，只要看到自己脚下的砖有点儿脏，她就会用抹布擦一擦。因此，她脚下的砖是最干净的。

没有人评比，第二天就有不少同学也从家里带来了抹布，效仿刘思雨的做法。

第三天，几乎全班的同学都带来了抹布。一时间，(2) 班学生徒手擦地的事情不胫而走。

开始是学生自发看新鲜，今天又逢周一，学校德育处利用班会时间组织学生参观。

看着窗明几净的教室、看着自己精心吊挂的名言警句、书画作品、伟人头像画（为不在墙上钉钉子或贴胶带，学生们将绳子两头拴在暖气管子上用来挂名画），看着川流不息的参观者，学生们很有自豪感，班级的凝聚力更强了。

一个学生，如果在整个受教育阶段从来没有在师生关系中体验过教师的平等对待，从来没有通过教育活动经历过民主的过程，或者始终处于尊严被漠视的处境，那么，他的思维和行为将只是在服从或反抗的两极间游走，绝无机会以平等的方式为人处事。圆圆不想让她的学生游走在这两极之间。

初中的学生正处在半成熟时期，是独立性和依赖性、自觉性和幼稚性共存的时期，他们具有上进心，易于引导，可塑性强，能接受新事物。圆圆尽可能地创造条件把学生个人的积极性、创造性引入集体的轨道，把小溪汇入大河。这就是引导的力量，是班主任应该具备的素质之一。

2004 年 9 月 20 日

德育研讨会上发言

圆圆的班级管理效果较好，受到了学校上下的一致好评。上周，学校通知她，让她在今天的德育研讨会上做经验介绍。圆圆以《构建关怀型情感场，提高班级德育效果》为题，做了如下演讲。

在我还是学生的时候，常常看到一些教师对学生倾注了全部爱心，换来的却是学生恶作剧的捉弄。

2003年9月，我正式成为一名人民教师，成为初一（2）班的班主任。一个新的班级刚刚成立，应该如何使这个松散的群体迅速成长为一个班集体，甚至是一个优秀的班集体？这就需要凝聚力。以什么来凝聚人心、凝聚行为？传统的方法是以教师为中心，采取过度或严格控制的手段，使群体中的每一个成员行为规范。用这种传统方法，也许能很快建立起一种新的秩序，但这需要的是教师的资历和权威。我，一个刚出校门的年轻教师，既无资历又无威信，是否能用好班主任的权力，值得怀疑。因为权力与威信相伴，没有威信，权力很难发挥作用。自己的性格也决定我用强行控制的办法行不通。同时，这种管理方式也有悖于“以人为本”的教育理念。况且，尽用单向的“爱”来感化学生，在集体未形成前也难得奏效。怎么办？联想到物理的“电场”“磁场”以及勒温的“心理场”，我决定在班级管理中尝试构建“关怀型”情感场。大家在这个“场”中，不但获得关怀，也要送给别人以关爱。从师生、生生，扩展到家庭——母子、父子之间，共同完成人格的塑造。在这个“关怀型”情感场中，师生都是情感的主体，由教师、学生，知识、活动等载体所输出的情感信息，使学生的道德动机、兴趣爱好、追求意向，有效地被激发，从而达到育人的目的。

构建“关怀型”情感场的想法，还源于我看了中央教科所所长朱小曼的《情感教育论纲》一书。她提出：少年期（9—14岁）的孩子在情绪、情感上的基本特征之一是重视集体评价、他人评价，重视友谊。这个时期，朋友的价值、同龄人集体的价值有了特别的增长。只有保证学校集体中感情上的顺遂，才能为青少年创造良好的心理基础。否则，少年便成为“难管教”的对象了。为了使我们这样的经过三四次筛选的班级不再制造“难管教”学生，我选择在班中构建“关怀型”情感场。

构建“关怀型”情感场的想法更缘于我们班有一名智障学生。入学初，他的妈妈就跟我把孩子的情况大致说了一下。孩子在小学受到过常人所想象不到的凌辱。如何保护这个孩子成了我的心病，思前想后，我感到必须解决学生情感问题，否则智障生很容易遭欺辱，从而影响情绪。唯有选择情感教育，从集体的情感氛围建设切入来实现学生间的平等尊重，不管是残疾人还是正常人。构建“关怀型”情感场，正是试图通过班级良好的人际情感关系，为学生提供一个安全、温暖、鼓励、理解的环境，让学生在这个环境中享受关爱，获得尊重，寄托情感，陶冶自我。

开学初，由于学校刚刚装修完毕，学生换了一个新环境，我们以“爱班如爱家”为主题，组织讨论。有位同学在周记中写道：“（2）班就是我的家，真心实意爱护她。”我抓住这个契机，号召班中的每一位成员，包括我在内，都要用爱心把这个“家”布置得温馨、舒适，并带头把用于装饰的花篮拿到教室，这一举动引起了学生们的共鸣，没过几天，整间教室就变成了一片花的海洋。

新装修过的教室用浅色瓷砖铺地面，十分漂亮，却极不易清理，用拖把总是擦不干净，全班同学就自备抹布，平时，值日组的同学负责擦教室前后的地面，其余同学负责把自己脚下的地面清理干净。为了把地擦干净，同学们常常跪在地上，但大家丝毫没有怨言，因为他们知道，班集体是我们每一个人的，我们有义务把这个“家”收拾得更漂亮。师生对班集体付出的关爱真情，化作一缕和煦的春风，让教室中的每面墙壁、每件物品都散发出关爱的气息。同时，在这一过程中也培养了学生关爱学校一草一木的行为习惯，关爱集体、关爱他人的情感在师生之间得到了升华。

在我们班里，教室前面的电脑桌从来不上锁，但从未有人随便玩儿电脑。人、物交融，和谐共处。

回顾近一年来对班级的情感投入和收获，我深切体会到，为德育而德育的出发点和做法，往往道路艰难而收效甚微，而在情感上舍得耕耘的人，当他收获时，会收到事半功倍之效。我是一名新教师，更是一名新班主任，在以后的征途中，我愿意接受各种磨炼和考验，开拓进取，进一步做好我的本职工作。

女儿成熟了，我为她高兴。

2004 年 9 月 27 日

迎国庆合唱比赛

——被学生感动

秋天就是一首美丽的歌，歌里闪耀着金色的光芒。秋天，五颜六色的景物，就像跳动的彩色五线谱。

一年一度的国庆节就要到了，学校组织的全校合唱比赛今天就要登场了。这段时间，圆圆和她的学生们为了准备这场比赛，付出了很多。

借校上课、分散教学整整一年，师生许久没有这样的集会了。这次全校合唱比赛，也是对各班的检验。

为了这次集会，为了这次比赛，为了在全校师生面前展示（2）班的精神面貌，圆圆和班里的同学商量，准备届时统一服装。两周前，圆圆曾带着班干部到动物园服装批发市场选了几件样衣，有一种样式被全班同学认可，圆圆马上按人数批发回来。衣服不贵，总共不到 500 元钱，是圆圆垫付的。衣服放在办公室的桌子底下。

然而就在上周，德育处主任找到圆圆问："你向学生收钱统一买服装了？"圆圆回答："打算。全班同学都愿意统一服装。但钱还没有向学生收，您怎么知道的？"德育主任说："这你就别管了（后来知道是同年级的一个班主任反映的）。上边三令五申禁止乱收费，查得很紧，你不要给学校惹麻烦。比赛时，不能让学生穿这批衣服。"圆圆说："这批衣服我不收学生的钱，算我给学生买的。"主任斩钉截铁地说："不论谁花钱，都不准穿。"

圆圆很委屈地离开德育处，回到办公室，原来看着这些崭新的衣服喜悦无比，现在看着这些衣服愁眉苦脸。竞争难道是这样的吗？圆圆不解。

学校之所以这样做，还是怕惹麻烦，怕万一有人向上级反映，虽然能解释"没有向学生收费"，但也会影响学校的声誉——多一事不如少一事。圆圆释然了。

比赛地点在学校的阶梯教室。下午一点半，同学们开始入场，两点正式开始。圆圆班的学生虽然没有穿上新衣服，但还是精神抖擞，意气风发。

比赛从一年级开始。一年级新生进校仅一个月，一切还很新鲜，纪律明显比其他年级好。

真是好事多磨，轮到圆圆的班级上台了，同学们精神饱满地站在台上，一切准备就绪，静等音乐伴奏。但负责播放音乐的学生不知怎么走神了，错将京剧带子当（2）班的伴奏带放到了播放设备中。播放键一按，高分贝的京剧唱腔顿时震撼全场，可想而知，全场哗然，瞬间的沉静后（吓着了）会场大乱——起哄的、嗷嗷叫的、敲桌子的……

这个突发事件也使圆圆的心头一紧，任何可能出现的问题都想过了，唯有这种情况没有料到。圆圆紧盯着台上，奇迹出现了，只见（2）班全体同学，每一个都还保持音乐响起时的姿势——体不动、嘴张着。指挥的同学双手上举，悬在半空，保持着打拍子状态。难能可贵的是，不管场下多么乱，他们这种状态一直坚持到换过伴奏带，开始演唱。

看着塑雕群一样的学生在场上屹立不动，圆圆感动了，全校师生感动了。这在现代的初中生中是少见的，更何况（2）班还是经过四次筛选的“差班”。这绝不是班主任高压下所能达到的控制效果，道德教育不是靠规则和禁令来完成的。这完全是自律的结果，是“关怀型”情感场塑造出的集体力量。虽然没有用统一服装来展现自己，但同学们以自己的德行征服了在场的师生。

当前我们的学校，有必要把班级的“集体感”找回来。这是因为一个“优秀的班集体”就是一种巨大的教育力量——一个屡受挫折而心灰意冷的学生到了一个积极上进的班集体后，也能够变得振奋、有信心；一个人出于自私的动机而出现非道德行为的时候，心理上感到了一种集体的压力，很有可能为此转变行为。

我常常担心作为新教师的圆圆跟学生走得太近，有时甚至没大没小地开玩笑，会丧失威信，没有办法管理班级和课堂。现在看来，我的担心是多余的，学生蹬鼻子上脸的现象不但没有发生，反而增强了亲和力、凝聚力，使班级更加和谐。

圆圆的班主任工作受到了学校的重视，她终于迈出了第一步，我很为她高兴。

2004 年 9 月 30 日

机会来了就抓住

区教研室“随班就读”评优课活动的通知来了，学校决定让教初二（2）班数学课的李玉霞老师参加。

“随班就读”属特殊教育，普通学校的老师并不想在这方面有所发展，加上这个活动又和学校理科教师的“评优课”在时间上发生冲突，李玉霞老师想重点准备学校的评优课，不想分心牵扯精力，就推掉了区里的“随班就读”评优课活动。

全校智障学生只有一个，这就是初二（2）班的李晨，或许学校也没有重视，但不参加也说不过去，教务主任找到圆圆，说服她参加。

因为李玉霞推掉才找圆圆，圆圆心有不爽，也不想接这个任务。圆圆没有遗传我的特质——我是东北人，心里想什么就会脱口而出，不考虑后果。相比之下，圆圆比较沉稳，虽然她心有不快，但嘴里并没有说出来。她给学校的答复是：“让我考虑考虑。”这就给她下边的决定留有了余地。

晚上她给我打电话，把心里话说出来了——一堆不想参加的理由。

直觉让我感到这是一次锻炼的机会，准备过程是个提高的过程，面对区级这样大范围讲课更是锻炼。

记得我当老师的那个年代，没有十年、八年的磨炼，根本不能登上地级市公开课的讲台。圆圆这代教师是幸运的，赶上了新课改。新课改从理念到实践大有推倒重来之势，而年轻人有接受新事物快的优势，为推广新课改理念，年轻教师做公开课、示范课、研究课的机会越来越多，我常常羡慕他们。

虽然这次不是普通教育的示范课，但能有机会在更广的范围内展示，也是对圆圆心理上的锻炼。

我告诉圆圆：“既然学校分给你这个任务，我看还是接下来好，不要考虑评比结果，权当锻炼自己。”

圆圆近乎是个完美主义者，什么事情只要参加就想获得成绩，这个缺点是我一直担心的。我不希望她活得辛苦、活得累心。我希望她参加任何活动来锤炼自己，但不要事事争先。

“不争先参加它干什么？”圆圆反问。

“重视过程，不计结果”这句话再一般不过，但要真正理解它，还需要年轮的沉淀。

我不想和她争论这个问题，也不指望她能理解，但我还是鼓励她参加，年轻人累点儿、苦点儿不算什么。

圆圆决定参加这次特殊教育的评优课，我并不知道，但令人想不到的是，她竟然真的拿了成绩，幸运地荣获区“随班就读”评优课一等奖，并且全区只有两个一等奖。

通过这次活动，区初中语文教研员认识了圆圆。

我不禁感慨：机会来了一定要抓住。

2004 年 11 月 17 日

家长的烦恼

圆圆的付出换来了学生的爱戴。不论是（2）班的学生还是（1）班的学生都愿意和圆圆聊天，喜怒哀乐都愿意向圆圆倾诉：从和父母的矛盾到与同学的冲突都会一一诉说。但圆圆事情也很多，时间也不允许她拿出那么多的精力与每一个同学聊。这时，常常也有家长找圆圆，这些家长的共同特点是与孩子的沟通出现了问题，他们找圆圆的目的是想让圆圆多与自家的孩子交流，从中与孩子和自己搭一座桥。家长们常对圆圆说："因为孩子最佩服的是你。"

圆圆很纳闷：怎么会有这么多的孩子与自己的父母发生冲突？有一位父亲说："我与儿子，小学时是人民内部矛盾，到了中学就变成了敌我矛盾。"一位女生在谈到与父母的代沟问题时，竟然恶狠狠地说："何止是代沟，简直就是仇恨!"

初二年级的学生正值青春期的烦恼进入高峰，这时期的学生有了强烈的自我意识——敏感，自尊心比任何一个时期都强；还有的学生表现为情绪不稳，易怒，常与家长发生冲突。这时的家长也很烦恼。

家长很纳闷：谁不是从青春期走过来的，我们那时也没像现在的孩子这样难教育。这话没错，时代不同了，青春期的表现形式也大不相同。我们那个年代，生活还不富裕，社会比较净化，所以，生理发展不像现在的孩子营养过剩、催发早熟，社会负面刺激诱发早熟。例如，现在的青少年平均身高比二十年前的青少年平均身高要高，女孩月经、男孩遗精都比过去有所提前。

从心理上看，过去的孩子兄弟姐妹多、家务负担重，家庭需要孩子为父母承担一定的家务劳动、分担一定的烦恼和忧愁、担负一定的责任和义务。一句话，穷人的孩子早当家。可以说，过去的孩子心理成熟早于生理发展，或是同步发展，所以，出现问题能自己调节。

现在不同了，现在的孩子大多是独生子女，是在家长溺爱娇惯下长大的，他们衣来伸手、饭来张口，过着无忧无虑的生活。孩子在这样重点保护之下，心理是幼稚的。孩子在这种环境下长大，心理成熟严重滞后于生理发展。但在社会负面影响下，性朦胧意识却是提前的惊人。正是因为心理幼稚而生理早熟，所以，现代孩子的青春期内心矛盾的激烈、内心冲突的尖锐，是我们那个时代的人无法感受到的。理解了这些，家长们的烦恼可能会减轻。

我给圆圆的建议是这阶段让家长尽量采取“无为而教”。即多观察，少议论，尽量少和他们较劲。

之所以提“无为而教”或称“无为而为”，主要还是针对当前社会的现状——全社会都在关注教师、紧盯孩子，就像阳光聚焦在纸上会将纸烤煳烧焦。孩子出现的问题、教育改革出现的困难都不能说和这无关。当然试图通过圆圆来达到淡化社会对教育的关注也是不可能的，但总比没人做要好些。

我还建议圆圆最好在这段时间多腾出些时间和精力与孩子交流，尽量缓解孩子和家长的矛盾。这时期教师的作用可能比家长大，如果学生能顺利通过这个阶段，班主任工作也就大大省劲了。

为了孩子，也为了自己的工作，我希望圆圆在这方面下点儿功夫。不知圆圆理解了没有。

2004 年 12 月 7 日

论文获奖

圆圆虽然是语义教师，但她手很懒，不愿意动笔。

自从“随班就读”评优课获得了一等奖后，圆圆受邀写一篇关于随班就读方面的论文。在万般无奈的情况下，她写了《一切为了每一位学生的发展——谈智障儿童随班就读的体会》，论文竟在北京特殊教育研究会 2004 年论文评比中荣获了表扬奖。由此，她也被《特殊教育杂志》聘为通讯员。

荣誉证书

老师：

您的论文《一切为了每一位学生的发展——谈智障儿童随班就读的体会》在北京特殊教育研究会 2004 年论文评比中荣获：

表　扬　奖

北京教育学会特殊教育研究会

北京市特殊教育师资培训中心

2005 年 3 月

圆圆获奖论文荣誉证书

得到这个信息我暗暗高兴，希望借机能激发她的写作兴趣，促使她在写作方面下点儿功夫，将来也能像我的恩师王秉成老师一样，在黑板上与学生同作一篇作文，为学生展现一篇篇文章酝酿、生成的过程；也希望她能像保定一中、保定师范学校的语文老师们一样在学校中组建“文学社”，培养学生的写作兴趣，提高学生的写作水平；更期望她常有文章见诸报端；当然也希望她在冷门的特教领域做些研究。我甚至认为在特教方面发展应该更容易一些……

胡思乱想中被来人惊醒。梦醒之后是现实，圆圆是不会按照我希望的路径走的。

2005 年 3 月 17 日

主持研讨会

——是特例吗

学校承担全区的教育研讨会，主题是“文明始于足下，礼仪从我做起”。会议的规格很高，区委、区政府的领导和全区兄弟学校的领导都来参加。会议由圆圆主持，没想到圆圆的语言流畅、思维缜密，纯正标准的普通话让与会者刮目相看。

听到圆圆主持了这样的大型会议，而且受到好评，我很吃惊。

圆圆没上过幼儿园，长到八个多月到天津的爷爷、奶奶家，直到四岁才接回来。因为爷爷、奶奶不善交际，她出去与其他小朋友玩儿的机会不多，环境造就她胆子非常小，长大了也不敢在大庭广众下讲话。记得有一次，我教育界的一个朋友夫妻俩来家作客，圆圆怕见生人竟然躲了出去，午饭都没敢回来吃，那时她已经是初中生了。人们常说“从小看大”，直到今日，我的这位朋友见到我还会提起圆圆小时候胆小的样子。从他们的言谈、眼神中我看得出他们很不认可圆圆能当好老师。

我建议她报考师范院校，也是基于这方面的考虑。至今，报志愿前我们的对话我还记忆犹新。

圆圆喜欢历史想报历史专业。我从就业角度分析：学历史就要考虑毕业后考研究生，专攻一个方向，考虑将来搞专职研究，否则社会上很难找到工作。她退缩了。

当时经济和法律专业热门，我建议她选择其中一个报考。当时还是孩子的她说：“我不学经济，一旦弄错账就要坐监狱。我也不学法律……”

文科的选择范围太窄了。她决定报考中文。我提议：学中文最好报师范院校，这样就业面宽，除了记者、编辑还有教师，而且教师的需求量更大。

希望她能在讲台上面对学生讲课而锻炼胆量，希望她在语言表达方面有所提高。这是我的主导思想。

对教师来说，语言技能是最基本的技能。她如果能在教师这个队伍中站稳，那么她就必须发展语言能力，如要讲好普通话，就要字音正确，语言流畅、准确，逻辑严密、条理清楚。

圆圆是个上进心强的人，大学期间，她的普通话测试就拿了一级乙等（除播音员外的最高等级）级别。圆圆是个不甘落后的人，大学期间她在班干部这个岗位上有意识地锻炼自己、充实自己。这或许就是她今天能够成功主持这样较大型研讨会的积累吧！尽管这样，我对她的表现还是很吃惊的，我感到我对女儿并不了解，甚至有些陌生了。

我知道作为主持人主持一个大会，与在大会上发言是截然不同的两件事。主持人除了需要语言简明、生动有趣、富有启发性外，还需要有机敏的思维、机智的反应、良好的个人品德和悟性。我为女儿的进步感到自豪。

“饱读诗书气自华”，虽然圆圆还没有达到“饱读诗书”（这是我所希望的）的境界，但她的气质已经受到她周围同事和朋友们的赞扬。

从一个怕见世面、不敢与生人讲话的人，成长为大型会议的主持人（尽管只有这一次），这是特例吗？这是潜能，还是后天教育的结果？

2005 年 4 月 12 日

初　　恋

圆圆从小单纯，开化很晚，直到高三她还没有像一般女孩那样注重打扮，注重梳妆，饮食上她胡吃海塞，体形越来越胖。我和老周常常提醒她："女孩子要控制点儿体重。"但她总是不屑一顾："控制什么，营养跟不上我能考上大学吗?"没有办法，只能顺其自然。

上了大学，离家很远，我常常莫名其妙地担心，担心她在情感方面受骗。女孩不比男孩，女孩是错不起的。女孩在外最牵扯妈妈的心。

大四快毕业了，圆圆没有交过男朋友，没有谈过恋爱，我又担心她不会与异性交往，不会谈恋爱，将来影响她如期成家育子。我甚至想，恋爱应该早经历，这样才能早免疫、早成熟。

唉！做妈妈的好累呀！

今年年初，经人介绍她认识了北京航空航天大学毕业、在国航工作的一个男孩子。他们是 3 月 19 日见的面，双方互有好感。

说来也巧，圆圆和他虚岁相差两岁（周岁仅差一岁多），高中还是同一所学校同一年级的校友，二人所在班级班号相连，教室仅一墙之隔，但当时他们并不认识。

在这之前，也有人给圆圆介绍过几个对象，但见面后都以"没有感觉"结束。这次见面，或许是在同一学校上过学，有共同语言，或许是双方的家庭互有了解，不用多虑，总之，他们谈得来、谈得欢，特别是他们二人都是初恋，真是缘分呐！

圆圆来电话说晚上让我们和她男朋友（在她心目中已经确定）见一面，地点约在安定门的九头鹰饭店。对于男孩的外貌，我们没有异议，让他们先处处吧，感觉感觉。

2005 年 5 月 21 日

担忧（无言以对）

我们准备用圆圆的名义在北京天通苑买一套经济适用房，这样圆圆就可以经常回家了。前期的手续已经办好，老周排了一整夜队，终于要到了购房号。

和圆圆去天通苑看房回来已经很晚，我们在圆圆学校旁边的饭馆里吃的饭。

圆圆很高兴，说她年终考评为“优秀”。我也替她高兴，总算稳定了。但她也告诉我：“区教委中教科科长来听她的课了，自我感觉不好，还有一个地方出错了……”看着圆圆轻松地说这些，完全没有了开始工作时的那种担心、焦虑、恐惧，没有了箭绷在弦上的感觉。我感到她成熟了、成长了、自信了。但我也担心：一点儿压力也没有未必是好事。

因为申请经济适用房必须本人亲自跑，所以这段时间圆圆跑外很多，备课很潦草，有时甚至不备课就上课；也或许因为学校认可了她的工作能力，她有点儿自满也说不定。

但我感到课上出错，还是知识功底不深。阅读量不够、知识面窄肯定对教材的处理缺乏悟性。圆圆应该博览群书，积累文学素养，尽量汲取多方面的知识来充实自己。

或许是我的教育有误，没有引导她养成读书的习惯；或许是因为应试状态下，学校没给学生读书的时间和空间，形成的惯性。但圆圆却不承认自己不读书：“非要你看到读书才算读书呀！还老眼光看人。再说现在网上东西很多，汲取知识也不见得非从书本上获取。”

对于网上的东西，我总是不以为然。我认为，要想提高写作水平，还是要读纸质的书，因为它是经过审查、多次修改的精品。圆圆不以为然。

我无言。

2005 年 6 月 15 日

支教新疆（一）

——报名

圆圆发来短信说他们学校有“援疆支教”任务，要选派一名优秀教师，参加北京市支教团去新疆支教一年。

我常想圆圆这代独生子女生在蜜罐里、泡在甜水里，未必是好事，如果能有像我们那一代经历下乡吃苦的磨炼机会就好了。能在艰苦环境里锻炼自己的适应能力，这是人生的宝贵财富。

现在这个机会来了，这个时间去经历，也是最佳时期。

第一，她还没有成家，没有拖累。圆圆还小，一年后支教回来，也才二十四岁，这时再考虑结婚成家也不晚。

第二，我已退二线，能随她一起去，也能有个照应。

这样，我又犯了总想用自己的意志引导女儿的老毛病，我建议她报名。

这个建议也遂她的意，否则她就不会告诉我这个信息了。

就这样，圆圆决定报名去新疆支教。

2005 年 6 月 28 日

支教新疆（二）

——填表

圆圆在北京第二聋哑学校开会，学校离我们后海的家不远，我们去找她。

会散已经中午，圆圆要回学校看午自习，不能和我们一起吃饭了。临走她告诉我们："学校让填表了。"我说："填吧。"

不知怎么回事，整个下午我都在思考去新疆的事情。三十多年前，我是一个激情澎湃的青年，当国家号召支援边疆建设时，我首批报名去内蒙古生产建设兵团，但因种种原因没有成行。这次我真想能随女儿去新疆，圆自己青年时期的梦想。最重要的是，女儿经过一年的锻炼，会更加成熟。这是她一生受益的机会。如果错过这次机会，就不可能再有下次，因为明年以后，圆圆要成家，要育子，家庭、精力都不允许她去支边、去锻炼。

我不时地担心，担心申请不批。我虽然没有看到选派支教的有关文件，但也清楚支教的条件是很高的，需要的是有资历的、经验丰富的优秀教师。圆圆工作还不到两年，距离这些要求相差很远。但我又想，一般有经验的中青年教师，也是家庭中的顶梁柱，他们上有老、下有小，考虑家庭因素，他们很难脱离开。从这点考虑，我感到圆圆去新疆锻炼的可能性还是很大的。

胡思乱想中，圆圆发来短信，告诉我她已经填了去新疆支教的申请表。

2005 年 6 月 29 日

统　　测

圆圆晚上过来，我们共进晚餐。她是有话要说才过来的。

全区统测，(3）班通过做工作，“差生”没有参加考试，圆圆担心（3）班的语文成绩高过（1）班（实验班)。她还估计（3）班这些“差生”也不会参加中考。

我问：“这是谁说的?”

她说是她班的其他任课老师告诉她的。

圆圆是个性格随和的人，人缘好。大四下学期，她因应聘试讲，被“非典”隔在了北京，毕业前返校。因为北京是重灾区，圆圆到达学校所在地的车站就被学校专车接走，直接拉到学校招待所隔离起来，十五天后才能解封。

隔离到期的前一天，也就是隔离的第十四天早晨，学校毕业班照毕业合影。圆圆申请早一天“解放”以便参加拍摄毕业照，但怕万一出事。学校答复：“必须隔离满十五天才能出来，早一天也不行。”就这样，圆圆错过了毕业照，四年的大学生活却没有留下毕业照，我为她感到惋惜。

没想到，圆圆出来后，全班同学一个不差的又为她补照了一张合影（只是缺少了教师)。这是很难想象的事情。毕业前，大家都忙着找工作，毕业照照完，应该是大家各奔东西的时候，但全班同学竟然一个不落地又集合了一次，这说明圆圆是有人格魅力的。

圆圆的人格还体现在与人为善上。

年级“实验班”的语文课，按道理应该是有二十多年教龄的年级组长闫老师担任，但学校却给了她这个黄毛丫头。对此，圆圆一直心里不安，她很关注闫老师的心情，年级里没有利益可图的事情圆圆都抢着干，她想尽量为闫老师分担困难。开学初期几次考试，(2）班的语文成绩确实不如（3）班，这是生源的原因，但后来（2）班的凝聚力上升，班级整体水平也在上升，加之初中学生的可塑性大，后来考试成绩（2）班的语文有时也会超过（3）班，但每当出现这种情况，在汇总分数时圆圆都会有意识地压低（2）班的语文成绩，使其持平或低于（3）班成绩。这点闫老师都是看在眼里记在心上的。

圆圆的人缘很好，不论是上学和同学相处，还是工作与同事共事，圆圆从来都不背后议论别人。

这次统测，（3）班采取“外科手术”的方法，排除了“差生”分数；加之（2）班王晨只考了 4 分，这样的成绩还有可比性吗？圆圆是为这事心里郁闷才来找我们的。

我说：“排除‘差生’这种情况学校应该是知道的。”

圆圆说：“老教师都说，学校很欢迎老师们这样做，因为成绩提高，也给学校争了荣誉。”

这种用排挤“差生”来提高成绩的做法，在我教学的时候就有，20 世纪 80 年代有，90 年代有，新课改几年了，也没有改得了，反而更加变本加厉了。

鲁迅先生说过：“人生最苦痛的是梦醒了无路可走。”当前的教育现实是，明明知道有问题，却硬要沿着问题往前走。在世俗功利的浸染下，学生遭受的伤害极其严重。真希望圆圆这代教师能在困难中跋涉、突围。

2005 年 7 月 1 日

学生的一封信

期末考试结束，学生就回家等成绩，不到校了。对班主任来说，期末很忙，为赶时间，各班往往要留下几个班干部帮助老师统计分数、在家长通知书上填写分数，等等。早晨一上班，（1）班的李萍就叫住了圆圆，她从口袋里掏出一封信交给圆圆后扭头跑掉了。李萍是（1）班的班长，和圆圆关系不错。因为忙，圆圆晚上才看李萍给她的信。

周老师：

您相信一分耕耘一分收获吗？我不赞同这个说法。事实证明，不一定付出多收获就多，而收获多就一定会付出多。耕耘和收获往往不成正比，不是吗？真的，这次考试我比哪次考试都复习得认真，为什么是这样的一个成绩，真让我灰心。我妈更是饶不了我了。我现在就像是被囚禁了一样，郁闷极了。

一提到我妈，我就有说不完的话，但好像没几句好话。我恨她，我在她身上很少能体会到母爱。我更不能原谅和接受她的言行举止。她总是说我考得不好，这我可以接受，因为毕竟在一个三类校，本身就没有信心。她还总骂我给她丢人现眼，一骂就能持续一个月之久，甚至更长。她从不鼓励我，我觉得我现在已经是一个不自信的人了。她还看我的日记，并对我说："小孩子要什么隐私，有什么见不得人的事情要隐藏起来！"从此，我真的没有一个可以聊真心话和诉苦的"朋友"了。

您看了这些，肯定觉得"恨"字用得不太恰当，可是您往下看，也许会赞同我的想法。

我妈妈为了钱和我爸爸离婚，让我过了这么多年单亲家庭的生活，即使有这个新爸爸，我也不会原谅她的，您怎么看呢？

我也是听说您很理解我们，又常常和王、吕（圆圆班的两名学生，班干部）他们谈心，所以，我就给您写了这封信。如果您不介意的话，我们可以做笔友吗？我需要一个和我说心里话的朋友！

萍

这封信我也看了，我建议圆圆今后多关心她。

我同时认为圆圆应该向学生介绍一些学习方法，或帮助学生增强“提高学习效率”的意识。圆圆让我把手头的资料发给她。

我在环度研究所做高三学生的“人生规划”时，沃老师关于“勤奋”含义的新解读对学生启发很大，我也常常用。于是我说：“不用发，我现在就可以给你写一个。”圆圆掏出纸笔，我给她写了以下文字：

什么是勤奋？勤奋不仅仅是头悬梁，锥刺股，苦海无边。勤奋是讲效率的，学习见到效果就不会感到苦了。

只要具备三个条件就可以称为“勤奋”。

第一，与成功者相比，花同样的时间学习，获得更好的学习效果。（成功者，指的是自己心目中学习成绩好的同学。如年级第一名、班级第一名等。）

第二，与成功者相比，花同样的时间学习，获得相同的学习效果。

第三，比成功者花更多时间用来学习。

哪一条最容易做到呢？从第三条开始做，然后再慢慢提高效率。

最后我对圆圆说：“至于学习方法，你开学时已经向学生介绍过了，但还要具体情况具体分析。我手头的随后发过去。不过你也应该搜集资料自己总结。指导学生学习方法也是教师的职责之一。”

我仿佛又回到了学校、回到了课堂。

望着圆圆远去的背影，我希望她健康成长。用一个老教师的目光去审视一个新教师的一举一动，我希望她勇攀高峰、不断进取。

2005年7月4日

支教新疆（三）

——批准

昨天圆圆来电话说："吴书记说百分之百让我去新疆。"

得到确切消息后，圆圆的心反倒有些乱了。

这是因为她的男朋友不愿意她去。他们足足通了两个小时的电话，说得很多。她男朋友的意见大致是：如果你去新疆，我们之间的这段交往就不能继续下去了，谁知道一年以后会怎么样呢？

男朋友还说新疆很乱、很危险。

男朋友是因为怕她有危险不愿意让她去还是传达家里的意见，圆圆不得而知。

放下电话圆圆很郁闷。

圆圆心里很乱，因为圆圆对男朋友真有不舍，这毕竟是初恋。在这之前，虽然圆圆也有追求者，但因找不到感觉而没有接受。她担心这次感觉是找到了，却让援疆给搅黄了。

我也埋怨自己"太草率了"，毕竟女儿的终身大事重要。我也深深地自责："太自私了。"

圆圆还是圆圆，在这种情况下她选择了顺其自然，这样心也就安静下来，她过来谈准备。

下午，区教委来电话说不缺语文老师，问圆圆改教政治行不行。圆圆说不行。

圆圆刚放下电话，又打进来一个电话，是圆圆学校的吴书记打来的，她告诉圆圆："如果让你改教其他的课，你就不同意。最好别去了。"

学校也不愿意圆圆去。因为圆圆走了，这个班没人带，何况明年又是初三了。招圆圆这批新教师来，是因为学校缺老师，从人事上考虑，学校也不愿意让她走。

既然学校也有难处，为什么又为圆圆报名呢？

就在我们认为去不了的时候，教委又打来电话，告诉圆圆让她准备高一、高二的语文课。

圆圆被学校招回去了。晚上，圆圆发来短信说：吴书记找她谈了，让她踏踏实实地去，不要听别人乱说。

的确，这段时间学校议论很多，什么新疆有人正在闹事呀，哪儿出现爆炸死伤多少人呀，等等。我安慰圆圆："妈妈与你同去，我们生死在一起。"我要尽最大努力呵护我的女儿。

支教新疆的事批下来了，圆圆把这件事告诉了男朋友。圆圆心里明白这意味着通知他：我们的关系就此打住了。

结束通话，圆圆哭了，哭得很伤心——这毕竟是她的初恋。我想，如果让圆圆重新选择，她会义无反顾地选择男朋友而不是支教。但事到如今，已经没有别的办法了，这件事已经闹得沸沸扬扬，总不能打退堂鼓吧。

值得庆幸的是，圆圆的男朋友改变了态度，他给圆圆发来短信，说他接受这个现实，同意她去，等着她回来；因为是在国航工作，坐飞机方便，他会经常去看她。

圆圆乌云密布的脸上终于露出阳光。

我很感谢她男朋友的理解和支持。

我也很高兴——既能外出锻炼一年，也不耽误终身大事——这是我最希望见到的。

2005年7月6日

支教新疆（四）

——变化

闫老师准备接（1）班的语文课，物理老师想接圆圆的班主任，没有学校的安排，他们就直接和圆圆谈接班的事情了。

我们也在准备支教的事宜，老周因事不能随我们一起去，但他在我国的大东北黑龙江锻炼过。这次我和女儿去大西北新疆支教后，我们全家都支过边，这是一件很令人自豪的事情。虽然很危险（这些是决定去支疆以后才知道的），但我想国家会保证支教人员的安全。再说，我会在圆圆支教学校的旁边租个房子守着她，一年时间转瞬即到。

我设想着圆圆在新疆支教的情景，也想好了给圆圆的建议：做一些知识、教法方面的准备。特别是将新课改的理论好好学习学习，吃透内涵，说不定还要给新疆的教师搞点培训讲座什么的，这些都要有所准备。我甚至把讲座的题目都想好了。我确信，圆圆经过这一年的锻炼，会在很大程度上缩短她成为优秀教师的时间和距离。我沉浸在喜悦之中。

下午三点钟，圆圆发来短信说："去不了了。"

我问："为什么？"

她说："职称和年限不够，被市里打回来了。"

原来，先前的"批准"只是过了区教委的一关，但上报到北京市教委就被打回来了。

经过这三番两次的波动、反复，圆圆的思想并没有掀起大的波澜。她变得更稳重、更有深度了。我的女儿成熟了。

2005 年 7 月 7 日

生病（一）
——住院

买经济适用房的打算，因圆圆准备去新疆而放弃。我们继续租房生活。

圆圆不愿意和我们一起挤在一间平房里，虽然是暑假，她仍住在学校里。因为假期学校食堂不开火，大多数情况下她是在外面用餐。

下午四点多，圆圆从驾校回来，脸色苍白，肚子痛得厉害，上吐下泻。平房的厕所都在外面，我们的家离厕所更远，在院外马路的对面，圆圆的情况根本不容她上厕所，一切都在便盆里方便。

情急告一段落，我把便盆洗刷干净，帮她放好，出门去买药。临近的社区医院已经关门，我便骑车去北大第一附属医院。急诊大夫说必须让病人来。我急忙返回。

这时的圆圆病情加重，好像已经失去了知觉，脸色煞白，口唇青紫，根本起不来床。我吓坏了，拍着她的脸焦急地吼着："你别吓唬我呀！你别吓唬我……"我的心咚咚地跳，似乎要跳出来。我的身体在颤抖，似乎要瘫软在地。

她醒了，说能起来，我扶着她，慢慢地走出屋。我们租的房子在整个院子的尽头，院子里自盖的房子错落地拥挤在一起，出租车根本无法进来。天气很热，院子里根本没人。几十米的路程我们像走了很长时间。出得院门，招手等车，车很少，等了很长时间才有空车过来。

德胜门内大街路很窄，车很多，出租车停停走走，每停一次，我的心都要蹦出来。好在北大第一附属医院离家不远，出了德胜门内大街横过地安门西街就到了。

医生诊断为细菌性痢疾，必须马上住院。因为病情急，先住院后办手续。

圆圆高烧三十九度，输液到夜里两点多烧还是不退。我们晚饭都没有吃，焦急地等待她病情好转。

直到今天我才知道细菌性痢疾的可怕性：起病急骤，进展迅速，病情危重，再晚点儿送医圆圆还真有生命危险了。我心有余悸：如果社区医院没有关门，进去、出来肯定会耽搁时间，后果不堪设想。

2005 年 7 月 21 日

生病（二）

——病因

早上我问圆圆是否通知了男朋友，她痛苦地摇摇头，说：“他不给我来电话，我就不给他打电话。”

原来男朋友近期因工作上有点儿烦心事，心里郁闷。圆圆前天晚上和我也闹得不愉快——我希望她慎重、多了解对方，她认为我不同意这门亲事，心里也郁闷。他们二人都有烦心的事，情绪不好反映在语言上，二人在电话里发生了口角，闹了矛盾。

医生说饮食不当、受凉、过劳或精神因素等都能诱发这种疾病。我觉得除外面用餐很可能吃了不洁食品外，最主要的还是和男朋友的感情危机导致内、外急火攻心。我想这恐怕是圆圆生病的主要原因。

两个人全天都没有主动给对方打电话，圆圆的烧还是不退，我也挺着急。晚上老周陪床，快十点我离开时，看得出圆圆没等到男朋友的电话很失望。

对圆圆的初恋，我的主导思想是不必过早地发展关系，这段时间主要是多了解男方的脾气、秉性及是否有责任感。我们是传统人家，不能把结婚当儿戏，终身大事一定要慎重。特别是当今社会离婚率高居不下，我担心圆圆因为感情到了深处而虚飘，为了爱情什么也不顾忌，从而忽略其他影响婚姻的因素（性格、责任、习惯等）而选错了人。古语说“男怕入错行，女怕选错郎”，我不希望自己的女儿将来为感情而苦恼，为家庭而闹心，我衷心希望她永远幸福。总而言之，我不太希望他俩的关系发展得太迅速，要留有思考的余地。

圆圆这次生病，我改变了主意，只要这次她男朋友主动跟她联系，就随她去吧，她也不是小孩子了，做妈妈的要相信自己的女儿。

2005 年 7 月 22 日

生病（三）

——幸福

23 日早晨我去送饭，她男朋友已经来了。

23 日深夜两点多，她男朋友发来短信，才知道圆圆病了，一大早就带着鲜花和食品来了。

半夜两点多发短信、接收短信、通电话，说明他们的感情已经很深了。这次矛盾，让他们都感到离不开对方。我似乎感觉到这两天来他们经历的是心灵上的折磨。我更深深地感到爱情是无形的，只存在恋爱者（他们俩）的心中。

幸福是什么味道？幸福是什么颜色？幸福是什么形状？幸福存在于什么地方？幸福是什么滋味？看着他们亲密的样子，我感到了幸福的气息——幸福就是他们现在的样子。人生最值得珍惜的正是那种历经沧桑却忠贞不渝的伴侣之情。

因赶杂志社的约稿，也感到圆圆男朋友的到来会增加圆圆康复的速度，我 23 日一天没去医院。

圆圆要求出院。我赶到医院时，他们已经把开好的药退了。看到弥漫在他们脸上的幸福、甜蜜，我的心释然了。

办了手续，从医生处拿到病例，化验单显示圆圆有点儿贫血和血小板低等问题。我把所有的化验单拿去复印留了底。

她男朋友在北京已经买了房子，他邀请圆圆到他家住几日——他妈妈也在家。

老周不同意圆圆去他家住。放在以前，我也不同意圆圆住他家，但这次生病，我看到了两个孩子的感情——生命之中已经是你中有我，我中有你了，我没有反对也不能反对，否则就是不通世故、不合时宜了。

圆圆，毕竟是我的女儿，她没有答应去男朋友家住。

对于女儿的教育，我们基本采取无为而教的方式，在她还没有定型时，我们愿意让她的头脑保持一张白纸的状态；待到她懂事了，自己可以在上面任意涂画。

特别是青春期，我们可以说从没有对她进行过这方面的教育，我们更不打预防针，用社会上的黑暗面来吓唬她。我对一些家庭教育专家提倡让孩子提前学会使用避孕套的做法持坚决反对的态度。我认为，只要过早教孩子使用避孕套，就意味着给孩子一个错误的信号：两性可以乱来，只要不怀孕就行。这也意味，婚前发生两性关系是合理合法的，是正常的，这有悖于东方的文化传统。再说，青春期的教育也不仅仅是两性教育，两性教育也不仅仅是性知识传播，还包括性心理、道德的培养、人格的形成。可以理解，教孩子使用避孕套，也是出于保护孩子的目的，但女孩儿的妈妈想过没有，要保护自己的女儿，关键是不要让她受到侵犯，所以，要从根本上解决问题，就要提高女孩儿自我保护的意识和能力。我们的做法是在她小的时候就告诉她，女孩儿身体的哪些部位是不允许外人触摸的，要让孩子从小提高防范意识。

现在看来，对圆圆的教育，我们的思维是正确的。

2005 年 7 月 25 日

班里来了调皮生

学生报到，学校给（2）班安排了一名插班生，名叫李宇，一副天地唯我独大的样子。

李宇是本校原初三的学生——全校闻名的调皮生，几乎无人不知、无人不晓，不仅学习成绩差，且生活习惯、个人性格都有与众不同之处。教过他的老师们说他是一个蔫儿坏的学生。通过进一步了解，圆圆获得这样的信息：年级成绩倒数的是他，鼓动学生与老师作对、影响课堂纪律的是他，拦住低年级学生要保护费的是他，带着男生抽烟的也是他……关键是他在学生中还享有威信，很有号召力，是老师们头疼的一个孩子。他原来的班主任拿他一点儿办法也没有。

李宇没有参加中考，休学一年，在社会上闲散了一年，这次回来，学校决定把他放在圆圆的班里。

以我的班主任经验，像李宇这样的学生来到班里，我通常是先不让他进班，至少要他用一天的时间熟悉班规，认可了班里的纪律才能跟班上课，否则会影响班级向上的氛围，甚至会影响正常上课。

圆圆不是，或许是自认为（2）班的班风足以消化李宇的能量，或许是李宇的突然到来圆圆没有思想准备不知如何对待，总之，圆圆决定采取不管的办法。圆圆说，只要李宇不影响别人就不去管他。

“无为而为”也不失为一种方法。但这种情况下采用这个方法我持怀疑态度。拭目以待，看效果吧。

2005 年 8 月 31 日

不　公　平

今天开学，区领导来校视察开学情况，李宇表现不错。但老师们说：“这是他还不熟悉这个班，一旦熟了，会把班级搅和得一塌糊涂。”

初二期末考试成绩公布，(2) 班没有两极分化，(3) 班却分化严重，他们班获奖人数多，“差生”也多。圆圆班没有获奖的，年级前十五名也没有圆圆班的学生，但“差生”很少。所以这次分班向实验班输送两名“人才”，按“年级前两名的学生才能进实验班”的规定，应该是没有圆圆班的。

下午接到消息，(2) 班和 (3) 班都不选送“优生”去实验班了，但每班还要接收试验班淘汰下来的一名“差生”。

“我已经接收李宇了，为什么……”圆圆感到很不公平。

说到不公平，初一入学分班时就不公平，至今圆圆还耿耿于怀。

本来说的是，除 (1) 班将年级前二十五名的学生拿走外，其余学生按成绩平均分配给两个班。但后来圆圆发现，其余学生中十个 200 分以上的学生，(3) 班占八个，(2) 班只有两个。

月考后第一次调班，(2) 班将两个高分学生送走一个，占高分学生的二分之一，而 (3) 班是八个送走一个，只占八分之一。

教育这东西很难公平、公正。初二期末考试时，(3) 班又提前让两名“差生”回家，没参加考试，据说中考也不参加了。

“分”“分”“分”是学生的命根儿，也是教师的命根儿，每次新生入学分班，都会因为质疑公平性而引发教师之间的矛盾。

教师的分数情结根深蒂固。

2005 年 9 月 1 日

班 级 乱 了

一向被老师公认为纪律好的（2）班乱了，课堂上大面积说话……

怎么会这样，是不是李宇从中作祟？所有科任老师都说：“李宇没问题，都是原来（2）班自己的同学乱。”

同学们好像变了，没有了集体荣誉感。当老师提到“优秀班集体”奖状时，团支书竟脱口而出：“撕了。”

听到这些，圆圆大吃一惊，第一次感到事态的严重。

但圆圆上课，只隐约地感到气氛有些不对劲，在纪律上并没有发现什么特别的地方。

李宇进班也有几天了，圆圆试图接近他，但明显地感到他对教师存有戒心，常常走个对头碰他也会“敬而远之”避开。圆圆几次找他谈心，也都因他保持沉默，无果而终。

圆圆开始关注课间情况。昨天下第二节课，圆圆来到教室的窗户外边，只见李宇坐在自己的座位上，全班大部分男生围在他的桌旁，外围还吸引了一部分女生探头向里边张望。一群人挤在一起交头接耳，声调时起时伏。

上课铃响了，围在一起的学生并没有散开回座位的意思，直到圆圆出现在门口，同学们才一下散了，王峰竟以刘翔似的跨栏动作跨过几重障碍回到座位上，这在以前是从来不曾有的事情，更何况是在圆圆的面前。

但毕竟有班主任在场，课间的氛围才没有延续到课堂上。

据任课老师讲，每天上课，学生们都还沉浸在课间的状态里缓不过神来，这是课堂乱的主要原因。

今天下午放学时，物理老师回来问圆圆：“你们班又来了一个初三下来的学生呀？跟着上了两节课。”

圆圆一听急了，迅速来到班上。只见教室里讲台桌上围满了人，甚至有人登上了前排的桌面，以俯视之势纵览讲台。围观的人笑得前仰马翻，他们在看李宇表演。见圆圆进来，学生们才迅速散开。

圆圆来到班里唯一空着的座位上，刚好那位学生的书包还在，圆圆将书包拿到吴书记的办公室。“为什么又给了我们班一个复读生？”圆圆掩饰不住焦躁，愤愤地说。

领导愕然：“没有呀！我不知道这件事。”

经过仔细了解，方知这位学生是李宇在社会上闲散游逛时认识的，社会上待得时间长了，想进教室听听课——他是由李宇擅自带进教室听课的。

想到王涵鑫爸爸来学校找王涵鑫时，说王涵鑫已经两天夜不归宿了——这种从来不曾发生的事情，是否与李宇有关系？圆圆感到问题很棘手。

圆圆也纳闷：我带他们两年，这两年建立起来的班级秩序怎么顷刻间就被李宇冲击得溃不成军？我告诉圆圆事情不见得像你想象的那样严重。之所以出现问题，是因为初中阶段是学生独立性和依赖性、自觉性和幼稚性错综交叉的时期。这时期，学生正处在定型期，容易接受好的影响，更容易接受坏的影响。

圆圆也很郁闷，人人都说初二是最难带的一年，这一年已经顺利过来了，而且获奖不少。到了初三，学生有了升学的压力，应该是省心的年级，本应轻松些，没想到反而更烦心、更费心了。

一线任教的老师们都知道，真正明着调皮倒也不怕，只怕是抓不着错，从根子上影响班上的风气，这才是最麻烦、最棘手的。我给圆圆讲起了我半截儿接班三丢军用书包的故事——这是一个“差生”转化的故事。

我用这个例子告诉圆圆，对于一个有号召力的调皮学生有时会用制造事端来试探、难为老师，致使老师陷入被动、窘迫状态，他就可以为所欲为掌控班级学生。教师一旦失去教育的主动权，后果不堪设想。遇到这种情况，教师一定要运用自己的机智敏锐地做出判断，以识别真相。

这次我和圆圆聊了很多，我把当代教师情况和家长心理都进行了分析。我希望我的女儿能用自己的智慧解决这个难题。

2005 年 9 月 5 日

“成功”的喜悦

闫老师给圆圆一盒月饼，圆圆吃不了送了过来。我没敢问她班级的事情。倒是圆圆主动谈起——她高兴地向我叙述这两天解决班级问题的过程和结果。

周二把李宇和王鸣的座位调开了，李宇在最后一排，王鸣被放在前排。王鸣没有提出异议，就顺利坐到前面去了。李宇不满意，说自己的眼睛看不见。

圆圆说：“你可以配镜子去。”

李宇说：“你给我配镜子去！”

圆圆说：“你可以在前排和后排做选择。”李宇不愿去前边，选择坐在后面。

果真，两人分开后，班里的纪律有了好转，随便说话的现象少了很多。

课间操，李宇不好好做操，被德育处主任带到办公室，第三节课没上。

刚好第三节课外语老师请假，应该上自习。圆圆认为这是一次自己与原班同学交流沟通的机会，便临时决定开了班会。

会上，圆圆诚恳地说：“学校都知道李宇在上个年级是谁也管不了的学生，领导决定把他放到咱们班的时候跟我说，一是对咱们班的信任，二是告诉我让我嘱咐咱们班的学生不要搭理他，不要受他的影响。但我没有这么做，这是因为我觉得只要上咱们班来，就是咱们班的学生，就要一视同仁。再说，他过去的缺点也不代表现在，如果他能改过来，我们不必再追究。但事实是，他破坏了我们班的纪律，还带社会上的闲杂人员来班里，他没有改变。所以，我不能说让你们不理他，但也不能助长他的不良行为。初三是初中最后一年了，我们前两年都挺好，最后关键的一年如果大家落下去，升不了高中，这是多么可惜的事情，大家要想一想。”

剩下的时间，圆圆和他们集体聊天，气氛非常好。

最后，圆圆告诉我："最近这两天，老师们都说我们班又变回来了。"

听了她的叙述，我真正理解了圆圆为什么没有采纳我的"先不让李宇进班"的建议，她是站在人性化的角度对待李宇的，她不想让李宇感到"开始老师就是戴着有色眼镜看他"。她不愿意让李宇感到"老师把他当另类"。

我是站在班级管理的角度，不是站在李宇的角度考虑问题的，所以方法截然不同。我佩服圆圆。

圆圆很高兴，这种兴奋、愉快，比获得大奖还要高兴。

我们聊起快乐、幸福的话题。快乐、幸福不是别人给的，是自己争取来的，心情来自想法和认识，比如你认为原班的学生也在变，有失控的担心，心情自然不会好。学生根本没有变，只是你的担心罢了，这种担心无缘无故地造成了自己的烦恼，很不值。当然，也可能真的变了，但担心是没有用的，只有积极主动想办法，迎难而上，问题解决了，就像打仗一样，打胜了，心情的愉悦非同一般。

人的一生会遇到很多困难、挫折和烦恼，只要迎难而上，就有成功的机会，但若选择逃避，只有失败一个结果等你，对圆圆来说，勇敢很重要，它能给人带来真正的快乐。

教育经验告诉我，李宇的转变不会是永久的，到底能坚持多长时间，还要看圆圆接下来的工作情况。但这话我没有说，为的是不扫圆圆的兴。

2005 年 9 月 8 日

慎用“手术刀”

班主任到底应该不应该具有“教育权威”，当前教育改革理念对此是持否定意见的。记得我在一次会议上根据当前教育的现状，提出班主任权威这个话题——权力是班主任这个职务所附有的，威信是班主任在学生中用自身的人格魅力树立起来的……话一出口就遭到了口诛笔伐，许多人反对教师手中有权力，似乎有了权力就会“滥用”，就会“专制”。

实事求是地讲，反对不等于没有，比如圆圆在处理王鸣和李宇说话的问题上，就使用了班主任权力——将他们两个调开。其实，当时圆圆还要求过学校停王鸣几天课，但没有获得批准。尽管没有批准，圆圆还是让他站着听了一节课——这就是班主任所拥有的惩罚权力。这种情况在一线教育实践中比比皆是。难道你不承认它就不存在了吗？

权威是权力和威信的有机结合。班主任老师是班级的组织者、教育者和管理者，他们有管理、裁决、奖惩、禁止等权力，这是法定的，是我们中国教育体制所决定的。从这一点上讲，班主任有别于其他任课教师。我们常常看到，科任老师对学生束手无策时会把班主任搬出来，大多数情况下这招儿都灵。

有权力没威信，才会导致专制。

权力和威信需要有机结合。在这个结合点上，我感觉圆圆比我做得好，尽管我曾经被评为“全国优秀教师”。

或许在处理王鸣的问题上，圆圆感到了权力的使用很得手、很见效，所以在接下来一位学生不做作业问题的处理上，圆圆故伎重演。

这位学生不写作业是因为他在社会补习班的老师告诉他们：“可以不写作业。”几次劝说不见效，圆圆又要使用停课的方法。

我给她发去三条短信。第一条是说停课方法不能多用，特别是对认识偏差的学生，要解决他的认识问题，否则，作业他也给“你”写，但目的是应付你，是为了不被停课。这样的作业能起到作业的作用吗？可以采用讨论的方法提高他的认识。第二条是孩子大了，强硬方法慎用，还是发挥你的特长，以情感人，特别是班里多了李宇，他岁数大，会给学生出主意，激发学生对你不满，只有让李宇佩服你了，你在李宇心里有了威信，才能避免后患。第三条是你可以在班级掀起学习热潮，再鼓起学生争强好胜、敢于和（3）班学生竞争的激情，让学生学有兴趣，说不定会产生原子弹般的爆发力，毕业给你创造个奇迹也说不定——因为初中生可塑性很强。

发完信，我又一次翻看了《班主任工作心理学》这本书。苏霍姆林斯基的话跃然纸上：“教育领域中最细致，而又最缺乏的一个问题，是人对人的权威问题，是年长者对年轻者的权威问题。在教师所拥有的教育手段中，对孩子的权威是最要紧、最普通、包罗一切，同时又是最锐利和不安全的手段。这是一把手术刀，使用它可以进行细致的、难以察觉的手术，但它也可能把伤口刺痛。这是一把不安全的，但同时又是不可缺少的刀子。这是考验教师的意志与克制精神、确立勇气与智慧的工具，但同时它也可能伤害学生的心灵。总之，一切取决于如何使用这一工具，以及怀着怎样的内心动机对待人。”

2005 年 9 月 10 日

参加教师基本功大赛

昨天是八月十五，我们三家（两个人家一个小家）回保定过端午节。下午圆圆和她男朋友全家开车返京，我和老周在保定有些事情要处理，延后回北京。

圆圆打回电话说："教师基本功大赛明天开始，其程序是：五分钟演讲，十分钟答辩……"说是明天开始，其实是最后的一道程序，因前期的"参赛课"已经上过了。

学校报圆圆参加区教师基本功大赛是前些日子的事情，没想到这么快就到了最后的冲刺阶段。

我总爱关注圆圆的事情，或许是因为离开教育一线的时间长了，很希望听到学校的事情；或许圆圆是我女儿，我渴望知道她的一举一动。

真可笑，听到她的消息我就振奋，比我当年参加评优课、参加教师巡回报告团、被评为全国优秀教师、当选河北省政协委员等等还要兴奋，我后悔没有与他们一起返京。

虽然我在电话中只说了"一颗平常心，尽力就行了"一句话，但心里还是惦记：五分钟演讲，内容很重要，她能抓住主题和热点吗？她只有二十三岁，就能参加区级大赛，机会太难得了，应该好好把握。"应该好好把握"是希望她能取得好成绩吗？怎么又掉入"重结果"的漩涡了。

唉，顺其自然吧！

2005 年 9 月 19 日

还是早毕业好

今天是我们“学道德”课题组活动的时间，下午我去实验校，很晚才回到家。看见圆圆坐在床上，我心想：今天是周三，不是圆圆该过来的日子，她过来可能有事。

吃晚饭的时候，圆圆告诉我们，教师基本功大赛的结果下来了，她获得了一等奖。区里还没有正式通知，是校长来教研组告诉她的。

简直太突然了！校长也说圆圆是区里参加大赛的教师中年龄最小的一个。

是呀！毕业早有毕业早的好处。

在圆圆上小学的时候，我们曾经历过一次痛苦的抉择。

因为特殊原因，圆圆四岁半进了学前班，在学前班还算优秀，但在入小学的时候遇到了麻烦。因为年龄比当年最小的孩子还差了整整一岁，没有学校接收，直拖到开学一个多月后才拿到入学通知。因为不想她在学前班再待一年，犹豫再三还是决定入学。

耽搁了一个多月，汉语拼音已经学过了，每天除繁重的作业，我们还要给她补习拼音。恶性循环，她的成绩掉在班尾，期末考试拖了班级的后腿。班主任为此三番五次地找家长让圆圆退学。

“退学”说得容易，做起来难。我们需要为她今后着想，以防她破罐子破摔。我后悔错走一步——根本不应该让她走进小学。

进来了，再出去，明年还怎么进？

思前想后，我决定坚决不退学。

我们想与老师达成一个协议——这一年我们先不随班级作业走。

但老师在劝退无果的情况下，根本不可能与我们达成这样的协议。她说：“你不做学校的作业，考试怎么办？”我们也不敢保证考试一定不会拖班级的后腿。老师不配合，那就顺其自然吧。

这段时间我们经常带她到处游玩儿，教她观察事物的要领，跟她一起看图说话、写话，还经常让她与爷爷通信……

事情的转机在一次开学（记不清三年级还是二年级了）后，学校针对区里组织的“作文大赛”，选拔参赛学生，组织全年级作文比赛，人人参加。

作文题目是《我的……》，别的孩子写的题目差不多都是《我的妈妈》《我的爸爸》《我的书包》……

我们刚刚在星期日游玩儿了狼牙山，没想到圆圆竟以《我的旅游》为题，写了一篇赞美狼牙山的文章，里面用尽了形容风景的词（可惜这篇文章我们没有保留）。

全年级二百多号人，只选拔三名参赛学生，圆圆就是其中一个。

参加区里比赛的内容是看图写话。黑板上给出四幅图：第一幅是一个小男孩儿晚上脱衣服睡觉；第二幅是一个钟表指针指着起床时间，小男孩儿睡眼蒙眬起床了；第三幅是小男孩儿到处找袜子，一只袜子在裤脚中露出一点点；第四幅是小男孩儿穿袜子（大体是这个内容）。圆圆获得了三等奖。老师高兴地告诉老周（自从决定不让圆圆退学，我就很少去学校了），说圆圆整篇文章写得都很好，只是结尾她没有看到袜子是在裤脚里找到的，观察不细，不然奖项还能高。

这件事情以后，老师对圆圆的态度来了一个一百八十度大转弯。从此，她被老师认可，现在我们提起老师让她退学的事情，她都会反驳：“谁说的？老师对我特别好，经常让我坐在她腿上。”就这样圆圆顺利升入初中。

当然，年龄小也有年龄小的弊病，圆圆在整个义务教育阶段的学习成绩一直平平，但现在看来并没有影响她的发展。

参加工作初期，圆圆的种种不自信也源于她在单位年龄最小。她甚至认为教师的年龄、经验比讲课好坏还重要。经过这段时间的磨炼，圆圆能把年龄压力变成年龄优势形成自己的授课风格，可喜可贺。

命运只垂青那些从不低头的人，不管她年龄大小。

2005 年 9 月 21 日

准备登记

今天是我的阴历生日，也是圆圆交了男朋友后我的第一个生日。

晚上他们给我带来了生日蛋糕，还送给我一个U盘。我非常高兴，这是我最需要的物件。

我因学校有事，与他们前后脚到家。老周正在做饭。

我们家在吃上很不讲究，我和老周都不太会做饭。圆圆很不高兴，“为什么不到外面餐馆吃呢?”我说：“我回来你爸都买好东西了。”唉！也是，买了就买了，明天我们自己吃不就行了，也打发他们高兴。

圆圆悄悄跟我说他们打算2006年1月份领证登记，原因是男朋友晚婚有假期。原想他们在2007年办事时再登记，但圆圆不愿意拖那么长时间。她主要还是受自己周围环境影响。

圆圆他们这批共招来四位教师，加上去年来的一位，五位教师分住两间宿舍。五位教师都先后有了对象，其中两位老师已经领证登记搬走了，还有一位即将登记，也不常回来，剩下圆圆和另一位教师各住一间宿舍，她也不愿意在宿舍住了。

我们还是老脑筋，不愿意女儿未婚同居，所以同意了他们登记。

同意他们登记，还有一个最主要的原因，就是他们有稳定的婚姻基础。现实中，不少婚姻具有冒险成分，这是因为夫妻双方的爱情并不平衡——一种是你很爱，却与不爱你的人结合了；或者是你不爱，却与很爱你的人结合了。这两种结合都存在很大风险。圆圆能遇到和自己彼此热恋的男朋友，这注定他们有稳定婚姻的基础。我真心祝愿他们永远幸福。

有人说：男人的性格是钥匙，女人的性格是锁芯，只有钥匙和锁芯配套了才能打开门。我隐隐约约感到圆圆和她男朋友的性格很像配套的钥匙和锁芯。我希望他们永远配合默契。

2005年10月7日

获　　奖

今天是周日，是圆圆到首都师范大学“研究生课程班”上课的日子，圆圆中午发来短信说要过来。我以为她下午才过来，回信告诉她：“我下午去四中网校接待咨询的家长。”她说她马上过来。

一点多她到了。我们叫她一起吃饭，她说吃过了。

饭后我们聊天。

她说，周五区教研活动，她见到语文教研员了，教研员告诉她她的基本功大赛获得一等奖。

我说：“不是校长告诉你了吗？”

她说这么长时间了，没有正式通知，她怀疑那次信息是否准确，这次确定了，而且教研员说她的一等奖排名在前。

现在听圆圆说话已经很牛气了。我嘱咐她要谦虚谨慎，才能更好地发展。

她说：“知道！我在学校总是夹着尾巴做人。”我说：“这就对了。”

圆圆最大的毛病是在乎别人的评价，她不接近领导，是怕别人说她巴结领导。

校长对她挺好，也希望她经常过来谈谈工作上的事情，但她从不进校长室。

教研员对她挺好，她也很想得到教研员业务上的帮助，但她从不主动和教研员打招呼。

我们经常在一起探讨这个问题，我说：“你认为不主动就是不巴结，别人会认为你清高。这会让人心里不舒服的，人家会认为你对他有意见、不满意。”说教总是没有力量，在她认识不到时，怎么说也不管用。

教务主任白老师很喜欢她，把她当成自己的孩子，但圆圆总是敬而远之。

一次，她们一起值班，聊起来，圆圆表示自己也很喜欢白老师。白老师的一句回话惊醒了圆圆："我以为我自己是'自我多情'呢。"

圆圆是个较内向的孩子，很少喜形于色；对谁好也不表露出来，常常引起别人的误会。

人生在世，每个人都希望能潇洒走一回，但在现实生活中，特别是在现如今的社会风气中，很多人很难潇洒起来，有时还会感到很累。圆圆很想做一个"上交不谄，下交不渎"的正直人，但不知道怎么做，只好逃避。

做个本色人吧！圆圆，尽管这样做少不了被误解，也少不了有麻烦，但自己却可以落得个安心。

2005 年 10 月 16 日

为什么要走进学生心灵

圆圆的班主任工作干得挺出色，李宇这个在上个年级无人敢管、扰乱年级正常工作的调皮学生，到了圆圆班竟然变好了，还积极要求进步。

德育处主任让圆圆写个教育案例，谈谈李宇的转变过程，或谈如何教育学生，也可以针对打工子弟家长素质不高如何教育……字数 1000—1500 字。

这是一次促成圆圆动笔写作的机会，我真希望她能把对李宇的教育转变过程上升到理论，写一篇有价值的文章。但圆圆不愿意，她说："这刚哪儿到哪儿？李宇真的能彻底转变吗？今后怎么样还不知道呢。"我说："谁也不能保证一个人一生如何发展，但起码现在李宇转变了，转变了就说明教育有了效果，就应该把它总结出来。"但话到嘴边又咽回去了。因为，我发现圆圆已经很不耐烦了，她嫌我干涉她的工作。

后来她简单地写了一篇《不必批评，教育的功能是没有批评》。遗憾的是，这篇文章没有留存下来。

圆圆是个有思想的人，记得我曾和她探讨过教育效果问题，我主张效果好的教育是教师要走进学生的心灵，唯有这样，才能有针对性的选择教育方式。没等我说完，她就不耐烦地说："为什么要走进学生的心灵，你的心灵愿意让别人走进来吗？"我愕然！这个问题我还真没有想过。但认真想来，似乎用"教师要走进学生的精神世界"比起"走进学生心灵"的提法好。

2005 年 10 月 21 日

压　力

转瞬间已是深秋，圆圆的心情也如深秋一样冷而不寒，但也不温馨。

今天是圆圆学车的日子。驾校的班车在德胜门有一站，离我们租住的家不远，圆圆打来电话说她学车结束后回来吃晚饭。

饭桌上，圆圆说她周三上公开课。说它是公开课，是因为全校语文教师都要听课，实质上这堂课不是公开课而是录像课，录好的课要直接送到市里参加评优课大赛。

圆圆虽然在区里获得过两个一等奖——随班就读评优课一等奖和教师基本功大赛一等奖，但学校语文组的教师大部分没有听过她的课。事前，许多教师询问圆圆上课的时间，并表示一定要去听听她的课，圆圆感到有了压力。怕上不好别人会说三道四。在圆圆那里，她最希望得到同事们的肯定。

我告诉她不要想得太多，不要再犯自己吓唬自己的老毛病：结果不会因为你的担心而改变。

大道理在平时讲她是不听的，但在她遇到难题时或许会认真考虑，我说："要有敢于面对一切挫折的勇气，就是讲砸了也是一种经历。失败的经历是财富，古人不是说过'失败是成功他妈'吗？况且这也谈不上失败……"我话还没说完，圆圆就不耐烦了，"我只是随便说说，你还把它当真了，真没意思！我走了。"她起身要走。

我赶紧打住："好了，好了，算我没说。"

不知怎么的，每次圆圆来我都希望她多待一会儿，但她每次都是来去匆匆。

2005 年 10 月 23 日

最大的“法”是看法

圆圆发来短信：“录像课上得成功，老师们反映很好。”

女儿虽然不愿意我啰唆，但非常理解我的心。她清楚我很希望知道她上课的情况，所以，她上完课就给我发来了短信。

是呀！离开教师岗位已经有许多年了，尽管这几年做课题、做督导一直没有离开学校，但大多数情况下是听课或开座谈会，这和自己上讲台大不一样。女儿似乎成了我的替身，我离不开她，也离不开她的事业。

我给她打去电话，希望获得更多的信息。电话那头，听得出圆圆心情不坏，首先是比以前明显话多了。在圆圆看来，最大的“法”是同事的看法。受到同事的好评，似乎比受到领导好评更值得珍惜；受到同事的好评，圆圆信心满满，更坚定了她奋发努力的决心。电话这头，我感觉到了一个年轻人心中涌动着的理想和梦幻，被同事们的好评激发出来、跃跃欲试、勇往直前的状态。

我是过来人，我不希望圆圆被这种过分膨胀的“事业心”耗尽，影响将来的家庭生活，甚至窒息人生的乐趣，我要给她泼点儿冷水，让她理性地对待一切肯定、赞扬和荣誉……

女人不同于男人，男人可以为了幸福四面出击甚至野心勃勃。我认为，女人要保持纯真的爱和母性的本能。我发自内心地希望自己的女儿事业有成，但一定是在家庭幸福的前提下达到的。

2005 年 10 月 26 日

师生冲突（一）
——起因

学习成绩并不突出的汪奇，期中考试总分竟拿了（2）（3）班两个班的第一名，圆圆给予其激励和奖励，班里同学也都为他高兴。

学校领导也在全校大会上对他进行了表扬，一时间汪奇成了学生关注的对象。

家长更是高兴，物质和精神大大地奖励了一番，亲戚朋友也都大加赞赏。

按我们成人的意识，奖励、表扬能够激发学生的潜力，一旦潜力被激发出来，人就勇往直前，什么困难都不怕了。

但事情并不像人们想象的那样发展。汪奇的积极性被激发出来了，但压力也随之产生了，包袱也随之背上了，恐惧也随之来到了，他怕复习不到位期末考砸，他怕复习到位考试失误，他怕别人超水平发挥，他怕……汪奇的心事多了、杂念多了。他每天复习到很晚，就是想保持期末的第一名。

在他的意识里，只有所有的题都会做了，考试才能考好，其实这是谁也做不到的事情，但他这种想法没人知道，因此，也就没人为他疏导。

前些天，他复习物理，遇到一个难题，便急急去找物理老师咨询。物理老师当场并没有给他解答，而是许诺下午给他讲，结果下午物理老师又说有事要明天。到了第二天，他又去找老师，老师还是推托没给解答。

汪奇跟家长说自己物理有问题得不到解决。于是，家长到学校找领导反映，希望能帮助儿子解决问题。这事情很自然地反馈到物理老师那里。结果，这位老师指责家长到领导那告他。可想而知，汪奇从此和物理老师结了怨，不但不学这一科，上课还故意和老师作对。

汪奇对物理学科的学习态度，又严重地波及其他学科。他对各科学习的态度都呈现了消极状态，学习成绩一落千丈。

我知道这件事情后，一直在揣摩物理老师不给学生解答的原因。当然，漠视学生这是肯定的，如果心里有学生，即便当时不会，那么接下来查查资料、研究研究也是能在第二天帮助解决的，即便是真不会，向学生直说也无妨。总之，应该给学生一个反馈，这是做教师起码的责任。

不可否认，目前教师队伍存在的问题确实不少，特别是批判“以知识为本”的新理念诞生以来，由于理解的偏差，不少教师的学科知识已经下滑到低点，有的教师已经不能给学生及时答疑了。

据我了解，当前的教师队伍，学科知识匮乏现象十分严重，理科教师不会做题、文科教师不会写文章的现象比比皆是。教师不能及时为学生答疑，已有向普遍性发展的趋势。这是因为不少老师的学科知识水平不够，特别是有的理科老师解题水平还不如学生，个别老师懒到了根本不做题的地步。这跟新课改前强调狠抓“双基”时的情景反差很大。过去刚参加工作的教师，特别是理科教师，首先要作大量的习题，然后选其精华留给学生，每一道题达到什么教学目标都是有目的的。现在不少老师留作业不加选择（他们不做所以无法选择），盲目留给学生，加重学生负担。写到这里，20 世纪 80 年代保定市的教师状况又一次浮现在我的眼前。我清楚地记得，我在一线教学时，保定市有不少语文教师都是省、市作家协会会员，他们在教学之余发表文学作品，在省内外很有影响。名师出高徒，想不“以学生为本”都不行。试想，一个连知识都不能满足学生的教师，又何以能做到“以学生为本”。

教育理念的转变需要有知识做基础。然而，这几年教师队伍被破坏得很严重。最重的一次是 20 世纪 80 年代末 90 年代初，部分地区在普通教育向职业教育转轨时考虑不周，教师队伍没有很好地布局，致使大批普教系统专业知识丰富的好教师随学校转为职教，专业特长砸在手里不能发挥，直到逐步荒废。紧接着，新课改批判“知识为本”，教师谁还钻研业务？像特殊时期避忌“白专道路”一样，唯恐“知识为本”的帽子扣到自己的头上。教师问题，说到底还是认识的问题。

2005 年 11 月 25 日

师生冲突（二）
——旋转的桌罩

上月28日（周一）一大早，汪奇的妈妈就来了，她没找班主任，直接去校长室找了校长，具体怎么说的，圆圆不得而知。

因为学校是教研组办公不是年级组办公，所以这天上午圆圆并没有看到物理老师。

经了解，圆圆知道了上午的物理课上，物理老师用大半节课的时间数落汪奇："把谁请来也没用，有本事到上边去告啊！我奉陪到底。"很明显，物理老师知道汪奇妈妈又找校长了。

汪奇和物理老师顶撞起来，把物理课本也摔了，发誓再也不学物理。物理老师说："你爱学不学，你以为你是给我学的……"

自那以后，汪奇上课不但不学，还开始故意捣乱。圆圆明白他的心理，对他的表现不予理睬。于是他又在自己的桌罩上写上骂老师的话，然后把桌罩旋转一百八十度冲着老师讲台的方向。因为他坐的位置是第一排，正对讲台，所以这个刺眼的骂人的话，刺激着每个站在讲台上讲课的老师。开始几天，圆圆还是采取了冷处理的方法，不予理睬。

过了几天，圆圆找他谈话："汪奇同学，我怎么得罪你了，你骂我。"

汪奇答："我不是冲你的。"

"你不是冲我的，我每天看着它，很受刺激，我都快疯了。"

汪奇无语。

第二天，汪奇把桌罩翻过来。圆圆为他换了一个新桌罩。

对物理老师的课堂行为，我不禁想起海姆·杰诺特的话："我得出了一个可怕的结论，即我是课堂的决策者……作为教师，我拥有使学生痛苦和幸福的巨大权力，我可以是惩罚的工具和精神的启蒙者，我可以做到无耻或幽默，残忍或疗伤。”我告诉圆圆，课堂上教师的行为有多种选择，且教师的选择也是自由的，他可以选择正确的行为，也可以选择错误的行为或选择表面上似乎正确，实际上却是错误的行为。但教师对自己个人行为的选择必须承担道德责任。

教师对学生的影响，不仅学生在校期间有效，而且会影响学生的一生。

我替汪奇及汪奇的家长担心。

2005年12月5日

教育不是万能的

圆圆两句话就让汪奇把“写有骂老师的话”的桌罩撤掉，这让圆圆感到很自豪。

班主任以能揭示道德内涵的事实为基础，运用精辟的语言、深刻的哲理、科学的伦理方法与学生进行双向对话或思想交流，以引起学生深入地思考问题，审视自己的行为，从而使学生独立地得出道德结论，获得做人的道理和人际关系的基本道德准则，这种教育方法叫作“伦理谈话法”。我当班主任时，多用这种方法，不说效果好坏，这是一种费时、费力、费脑筋的方法，也是和学生斗智、斗勇、斗体力的方法。

圆圆与汪奇的对话很直白、很简单，虽然也是谈话，但谈不上是伦理谈话法，却很有成效。这让我不得不重新审视伦理谈话法的作用。这种方法是成人用俯视的目光、教育者的身份对待学生，这会让学生感到不爽，从而反感听大道理。

圆圆与汪奇的谈话，仅两句且没有大道理，很朴实，圆圆只是把自己的感受告诉了学生。这种切中学生心理的谈话，得到学生的心灵共鸣，所以是见效的。如果圆圆急于纠正他的行为，正中他的下怀，他会更来劲。

谈话教育法、说服教育法是有条件的，当班主任在学生心里没有位置，不受学生尊重时，教育不会有成效；当学生的亲身感受与你讲的大道理大相径庭时，谈话毫无用处，不会见效。我们不能迷信谈话，它的效果必定是有限的。教育的关键是体验，亲身体验。

圆圆用简单、干脆、直白的两句话解决了桌罩骂师的问题。但汪奇自甘堕落，完全是物理老师的责任，作为班主任无力扭转。这也是现实。

2005 年 12 月 16 日

师生冲突（三）

——考试倒数第一

期末考试时，物理考场上，汪奇只写了卷头的姓名、班级等信息，就趴在桌子上睡觉了。卷面上一个字没写，他交了白卷。

数学考试，汪奇填了数学卷头信息，看了一会儿卷子，也搁笔不答，交了白卷。

两张白卷，两科 0 分，汪奇从期中考试两个班的正数第一名，落到了两个班的倒数第一名（除李晨外）。

与物理老师交恶，汪奇物理交白卷是预料之中的，但数学为什么也交白卷，圆圆纳闷。

圆圆毕竟还小，经验也少。汪奇的心理很明显，当他发现数学有不会做的题，第一反应是自己的数学拿不到好成绩了，为了证明自己不是不会而是不答，他选择整张卷子都不做。他需要给自己不好的成绩一个归因。他宁愿让人说他不学，也不愿让人家说他成绩下降。也或许他试图用这个方法，把成绩下降的责任推给老师（责任也确实在教师），以此来引起学校的关注。孩子毕竟是孩子，想法是如此幼稚。

汪奇的问题主要还是来自心理的压力。期中考试他只是偶然得了第一名，其实他的实力并没有达到这个水平，他自己心里最清楚，但在全校上下——从校长到班主任的高格调表扬，在家长和亲戚朋友的欢悦与激励中，他产生了焦虑，他甚至感到自己没有退路，期末必须拿第一。所以他复习很认真，不放过每一个问题。当他的问题得不到及时解决，他更焦虑。这时如果碰上一个好老师，碰到一个懂教育的好家长，汪奇不会走到这一步，我甚至埋怨圆圆，身为班主任未能及时帮助他、疏导他。圆圆则大为不满。

我的埋怨是有根据的，我告诉圆圆："在理科学习中总是有两种错误倾向，一种是不管什么题目，只要在单元中出现，即使有一道题没做，学生也会感到心里不踏实。其实没有必要。即便是最优秀的学生，考得第一名的学生，他也不能保证每题都会。另一种是认为只要能把难题解出来，实力自然而然会得到提高。其实不然，连基础都没打好的人去做难题，无异于手提着自己根本提不动的东西爬山。"汪奇没有得到及时的疏导，我的心里很不好受。

"赏识教育"是近几年提倡最多的一种教育，为大家所认可。电视节目和各种名目繁多的教育讲座中也充斥着这种观点——"好孩子是夸出来的"，大家深信不疑。然而，今天的汪奇却实实在在地被"表扬"害了，害得很惨。我们说不管是赏识、赞美还是表扬，都是有原则的，它也是一把双刃剑，弄不好也害人。

教师是教育人的，教师对自己道德行为的后果和影响不能不预先估计并予以特别注意。

2006 年 1 月 18 日

赞扬的原则

汪奇由期中考试成绩正数第一名，到期末考试倒数第一名，这个变化让我错愕，久久不能释怀。如果没有铺天盖地的赞扬，汪奇不会产生压力，也就不至于落到年级末名，顶多恢复原来状态——中上等水平。我想圆圆应该了解一些关于“赞扬”的原则，以便在今后的教育工作中正确使用。我给圆圆发去一封邮件，内容如下。

圆圆：

汪奇的事情我一直不能放下，因为对于教师来说，他仅仅是学生中的几十分之一，但对于一个独生子女的家庭，他可是百分之百。身为母亲，我很痛心。汪奇退滑到年级末名，心理的扭曲不容易恢复。这源于成人赞扬过度（我这样认为），导致其虚荣心作祟。

当前，有些互相矛盾的理论让家长、教师无所适从。作为教育工作者，我想你有必要了解一下关于赞扬方面应该注意的问题。

不可否认赞扬是见效快的教育方法之一，但赞扬是有原则的。

赞扬必须及时

赞扬和批评是教师常用的评价手段，当学生感到自己的做法是正确的时候，很希望得到教师的赞扬。这时教师应该给予及时的赞扬。只有及时的赞扬才能引起学生的心灵震动，效果才会显著，否则效果自然会损失。

赞扬必须名副其实

所谓名副其实，一是要真实，二是要目的纯正。因为褒扬某种真实的东西永远不会乏味。没有人会因为真实的赞扬感到自己得到的赞扬过分。名副其实并不意味着惊天动地或可歌可泣，唯一要求是真实。一旦发现孩子行为目的不纯，即便是真实也不能赞扬，否则就会助长学生为了博得赞扬而去做好事的恶习。这种人必将成为计较利益、无情无义的人。

赞扬必须具体明确

教师所赞扬的行为应该成为日后继续下去的行为，因此赞扬必须具体明确，用具体的评价来承认孩子的努力，就可以帮助他认识到这些努力的价值。

当前的“赏识教育”恰恰在这点上走偏。我们经常看到“你真好”“你真棒”的赞扬声。这些没有具体内容的空洞笼统的赞扬，很大程度上误导了一批家长、教师。当家长、教师照搬拿来用到孩子身上的时候，孩子一眼就看透了你的目的——不就是想用这个方法让我听你的话吗？有时还会让孩子感到你的教育方法已经穷尽。如果家长、教师在孩子面前已经失去威信，那么孩子甚至会把笼统的赞扬看作在恭维自己，这样教育者将会失去教育地位。教育由此失去意义和效果。

赞扬必须单纯

什么样的赞扬是不单纯的呢？如果教育者是为了让孩子今后做某件事才发出赞扬，那赞扬就不单纯了。我认为学校、家长这次对汪奇偶然的好成绩大肆表扬就是不单纯，无形当中给他施加了压力，让他无法知道今后如何行动。

圆圆，滥用赞扬会导致孩子不能正确对待自己，容易造成自负心理及过强的虚荣心等，汪奇的例子就是惨痛的教训。我很欣赏你在第一周鼓励学生“争取班级综合评比前的动员”时把每个学生好的地方都一一及时的、具体的、名副其实地赞扬一番。学生感到自己好的表现老师都看在眼里、记在心上，这种行为引发的学生的心灵震撼是巨大的，所以他们才会继续自己的正确行为，克服自己的不良行为。

妈妈

夜深人静，关机就寝。躺在床上，我在想：圆圆现在做什么呢？

2006年1月19日

把难题变课题

李宇虽然小错不断，但学期过了大半也没有出现大的反复，圆圆紧绷着的心逐渐放松下来。即将放假，李宇和班里的学生都相安无事，圆圆为此也实实在在高兴了一阵子，她为李宇高兴、为班级的同学们高兴，也为自己的工作成效高兴。她甚至认为李宇转变了，班级万事大吉了，她沉浸在成功的喜悦之中，而忽视了进一步的巩固工作。

我们说班集体的建立，起始阶段的工作最重要。圆圆的班级起始阶段，底子打得比较好，学生行为规范形成了习惯。但李宇不同，他没有经历班级初建时期的教育、磨合，又闲散在社会上一年多，一些顽习很难纠正彻底。

寒假后返校，他的老毛病又犯了。课间时，他常常违反学校纪律，甚至怂恿部分学习跟不上、能量无处泄的学生，对学校的公物、弱势学生发起攻击。课堂上，他又常常搅得班级不能正常上课。

圆圆曾经要求学校批准停他几天课，但都被拒绝。李宇的问题成了圆圆的心病。她也一直在寻找时机、寻找解决的办法，这期间圆圆并没有过多地与他正面冲突。

今天，圆圆上完课刚迈进办公室，就看见李宇的妈妈气哼哼地坐在自己的椅子上，其他老师告诉圆圆：她已经来了一会儿了，一直在骂学校的领导，并指责教师的素质低。年级组长已经和她理论一会儿了，现在去上课了。

既然年级组长已经和她交过锋了，圆圆想自己这个“毛孩子”是理论不过她的，圆圆采取了回避的态度。这下，更激怒了她。

圆圆很冤枉，感到在李宇身上自己的付出是其他学生的几倍甚至是几十倍，但还是换不来家长的认可。她第一次感到当教师的对教育学生多么无奈、无助，她想哭却忍住了。

她给我发来了短信，诉说着自己的苦衷。

我也愤怒了，是呀！你儿子是孩子，圆圆就不是孩子吗？她才比李宇大多少？你护子竟然到这种地步，难道我就不心疼我的女儿吗？……冷静下来，不禁自嘲：你的女儿再小也是教育者，她的儿子再大也是受教育者。哎！母爱大于天啊！李宇妈妈是，我也是。

冷静下来，我发信告诉她要学会把烦恼的事变成提升自身素质的机会、机遇。如尝试着把难题变课题进行研究，把李宇的点滴进步及退步记录下来，用学过的教育学、心理学理论诠释李宇的表现，就是一篇很有价值的论文。

我同时告诉她，遇事要用积极向上的心态面对，不要消极、发牢骚，这不但解决不了问题，反而会伤害自己的心理。

何谓积极的心态？我感觉短信不能说清楚，便将电话打过去，原话记不清了，大体意思是：能用研究的态度对待问题，就是积极的心态。我举了一个例子。我们“学道德”课题组在一所实验学校看到一位小学一年级的教师课间坐在教室（低年级小学老师课间也不能离开学生），不由自主地用手敲着自己疲惫的脊背。一位学生看见了，过来帮助老师捶背，老师表示感谢。几句感谢的话，竟然引来许多同学，这个捶腿、那个按胳膊，还有几个按摩脊背。这在一线教师的眼里太普遍了，根本不算什么。但是在“道德学习”课题组专家的眼里，这正是课题“道德不是教的，是学习的”理论。当大家帮助老师完成这篇《小学生学道德》的论文时，老师非常感谢，老师也得到了提升。这就是专家和一线教师的差别。当一个人同时具备理论工作者和实践工作者的长项，他就厉害了。但一般人做不到，因为他们所处的环境不同。我做梦都想你能趁年轻、趁别人还没有明白时，向这方面努力。最后我说：“圆圆，把难题当课题进行研究，平时写写日记记录点案例，你会尝到甜头的。”

圆圆这次能把我枯燥的说教听完，我感到就是她的一大进步；同时我感到自己真的是得了“职业病”。

2006 年 2 月 25 日

家庭教育是一个永恒的课题

昨天的通话没有涉及实质问题，关于李宇妈妈来校闹的事情，特别是针对圆圆性格上的弱点，我感觉还有话要说。上午我又用邮箱给她发去一封信。

关机闭目，我在朝阳家长学校讲课的一幕一幕呈现在眼前，家长渴望得到“怎样教育好孩子”（实质是“怎样帮助孩子获得高分”）的眼神历历在目。李宇妈妈的低素质还是很少见的。

我在朝阳家长学校讲课，是北京教科院基教所的冉乃彦老师推荐的。认识冉老师也是在“全国优秀班主任经验交流会”上。他是主持人之一。他是家庭教育专家，八十多岁还在搞研究。我和他一起做过“家校合作教育”“学道德”课题，组织过“理论工作者和一线教师对话沙龙”，合作出版了《怎样上好初中一年级》一书。我对家庭教育、家校合作教育还是有所了解的。

学校教育如果没有好的家庭教育配合，不管教师付出多么大的努力都不会收到完美的教育效果。李宇在学校本来已向好的方向转变，一个寒假前功尽弃，这不正是家庭教育影响的结果吗？

然而家庭教育的难点是多数家长并不真正关心家庭教育。他们关心的主要是孩子的学习成绩。他们不懂，影响学习成绩的关键不是智力，而是非智力因素，家长要在培养孩子的意志力，道德修养，克服困难的勇气及自信、自立、自强的良好的心理素质方面下功夫。但多数教育者不重视或者能力有限，无法做到。因此，家校合作教育也往往变味儿，变成了家长和老师共同逼孩子学习。这是家庭教育的悲哀。

家庭教育是一个永恒的课题。

2006 年 2 月 26 日

评价体制问题

毕业班模拟考试，语文因有作文题阅卷费时间，所以优先考完，教师们流水阅卷。试卷前边的判断题已经阅完，圆圆发现自己教的两个班判断题一个满分的都没有，而（3）班有两个，而且是平时学习不好的学生。老师们的第一反应是跑题了。圆圆不懂，也不敢往这方面想。但她监场时确实看到一个理科老师在考场上公开告诉学生答案，考场成了讨论会。

圆圆心里很郁闷。

我安慰她说："像你们学校的学生，告诉也不见得能考好，老师之所以这样做，也许是出于爱护学生。你想，如果学生考得太差，肯定会丧失自信心。学生一旦丧失了自信，这对以后的学习是具有破坏力的，老师这么做是试图保护学生的自信心。"

我还说："你看，开卷考试不是还让学生看资料吗？"

圆圆不同意，"这和开卷不一样。开卷考试主要考查学生查资料的能力，而现在是统一闭卷考试，如果谁都可以以'保护学生自信心'为由，不遵守考试纪律，那还有什么公平而言？"

我只好说："教师这行当就是这样，没有硬指标，有时会很不公道，一颗平常心吧！别把这件事情看得太重。"

圆圆放不下，她说："这次模拟考试是最后一次全区统测了，它关系到学生报志愿。"并有些自责地说："是不是我的教学真有问题呢？"

我告诉她，这是常规现象，不要自责；再说，仅凭前边的判断题，不能说明什么问题，总成绩还没出来呢！

其实，中小学出现的许多不公平的问题，大多是因为不公平的评价体制导致的。

还是在4月份，圆圆曾经说过："区里成立了一个职教中心，上边下指示让每班动员学习差的学生去职教中心，这样这部分学生就不算成绩，也不算流失。但若参加中考，考不好不发毕业证书。"

(3) 班从一开始就不管差生，只顾尖子生，所以，他们班的两极分化很严重，差生在班里没有地位。因此，差生很想尽快离开这个班级。(3) 班不用动员，只把这个信息通报出来，就连着走了好几个。

(2) 班的学生在"情感场"的吸引下，生活在一个大家庭中，不管是学习好的还是学习差的，都感到了家庭的温暖，不愿离去。

(2) 班在班风的激励下，人人自信，不认为自己中考会拿不到毕业证，所以，没有人想到离开。未成年人往往凭感觉而不考虑后果，即便有感到自己中考过不了的，也不愿意离开自己喜欢的集体。这样，(2) 班一个学生也没动员走，圆圆为没完成学校的任务而苦恼。她对自己实实在在工作的最后结局感到怀疑。

我今年初参加了中央教科所理论部主持的全国教育科学"十五"规划教育部重点课题"中小学实施素质教育的体制性障碍及对策"的研究，并承担了子课题"中小学评价体制障碍及对策"的研究——对基础教育评价问题的思考是我在教委工作时就有的。

其实圆圆所说的后半部分是事实，而区职教中心成立的目的并非圆圆所说的那样是为了提高基础教育升学率。

国家提倡县市区成立职教中心，且可以不参加中考，只注册就可以入学，是出于分流的考虑。不可否认，九年义务教育阶段学生的潜能已经初见端倪，加上家庭等诸多因素的影响，一些孩子确实不具备升大学（除职业技术学院）的素质，与其跟着上普通高中瞎混，不如早点儿学些技能。为了这一部分学生有一个好的归宿，职教中心承担了对他们的教育任务。

可以肯定地说，国家出台这个政策是完全正确的，是从大教育观出发。但是，因为评价没有从大教育观角度考虑，所以，政策在执行中变了味儿，要想纠正还得从评价体制改革入手。

为此，我给圆圆写了一封信。

圆圆：

教育体制的问题，谁也不能改变，但歪门邪道的事，我们凭良心也不能干。这段时间你要做的就是积累自己、充实自己。一个大家都承认的学识渊博的人，不需要走偏门，也会获得尊重。大智慧的人不会为当前的成绩郁郁寡欢，让成绩左右自己的感受，让成绩牵着鼻子走，让成绩这条绳索套着自己。

排除成绩的枷锁，跳出狭隘的圈子，做一个不同寻常的人吧！不要斤斤计较眼前利益，而应该把眼光放远，用十年计划来充实自己，在别人还沉浸在追分的大道上狂奔时，你的实力已经夯实，你的翅膀已经练硬，你就能高高地飞翔了。达到这个地步，你就免去了凡人的烦恼，游刃有余了。

马卡连柯关于自己一生的规划有一段话，我感到应该推荐给你。他说："规划在一个人的一生中有伟大意义，甚至一个最无用的庸才，如果他能看到自己哪怕最渺小的前途……他也会开始沿着一定的小阶梯一步一步上进，更加愉快地望着前方。"圆圆，一个人只有对自己的前途有一个规划，有一个目标，就永远不会被眼前的利益、得失所困扰。因为，他的目的不是眼前，而是长远。这样的人，将永远是快乐的。

圆圆，教师的任务，除了教育学生，还需要在个人的专业化成长方面下功夫，以宠辱不惊的心境去对待职业。

妈妈

余思未消，隐约想起郭思乐老师引用的奥修在《生存智慧》（林国阳译）里的一段话："头脑是生命里最重要的东西之一，但唯有它作为一个仆人而不是作为一个主人的时候才好。头脑一旦变成主人，问题就产生了，那么它就取代了你的心，而完全占有了你。这样的话，它就不是在遵循你的命令，而是开始在命令你。……我是在说要小心，不要让仆人变成主人。记住，是你的灵魂第一，心第二，头脑第三——那是一个真实的人平衡的人格。"他又说："头脑可以给你面包，但头脑无法给你喜悦，它无法使你在生命中欢欣鼓舞。"

圆圆，你能理解吗？

2006 年 5 月 18 日

自己吓唬自己

今天一大早赶到北京，主要是想请北京教科院基教所的王保祥老师（他只有22日至24日在京）一聚。我们是老相识，但也已好几年没有联系过了，现在他退休了，为的是相约一叙。另外，我还要到四中网校去拿我们出的样书。

考虑到办完这两件事就没有其他事情了，也因为王保祥老师的家在望京，所以，我与圆圆一起回望京住。

晚上聊起这次模拟考试成绩，圆圆担心的事情根本没有发生［她担心实验班考得不如（3）班］。

重点班的平均分比（3）班的平均分高10分左右，圆圆的（2）班的平均分比（3）班的平均分低1分，这个成绩是喜人的，因为（3）班已经走了好几个“尾巴学生”，而圆圆班上一个也没走，其中智障学生李晨才考了16分，这会拉低多少成绩呀！如果没有这些特殊情况，（2）班比（3）班要高出多少分呀！这也说明老师们说的跑题并不存在。

唉！老毛病还真不好改。我的女儿还是这样胆小怕事，自己吓唬自己。她告诉我，成绩出来的前两天晚上她都没能入睡，甚至周一不想去学校上班了，就怕实验班考砸了、就怕别人说“当初就不应该把实验班交给她”“就怕无法向学生家长交代”“就怕影响学校这届初中的成绩”等，唉！我的女儿，这种脑筋伤得有价值吗？自己扭转不了的事情，就不要去想，你再不睡觉，你再担心，该发生的事情还是要发生，想也没用。

以前，我花那么多的时间和精力给她写的信，一点儿没有起作用。看来，要想改掉这个毛病，还得靠她自己，我想，以后慢慢锻炼吧，这种事情在她没有认识到或者还没有修炼好时很难扭转。

学生遭受考试的重压，教师困惑于分数的“围剿”。分数与升学率的影响，重重地打击着教师的精神。

2006年5月22日

育　人　奖

我已经搬回保定。虽然我在北京租了一张床，但一直没有去过，北京有事就过来，办完事就回保定。昨天因四中网校有事，我赶早过来，中午又到圆圆的学校取稿件。刚一见面，圆圆就告诉我，区里要评“教育新秀”“优秀班主任”和“育人奖”，准备在教师节时表彰。她还把评优文件带出来让我复印一份。

晚上她告诉我，吴书记让她三个都报。我说：“这怎么行，三个都报可能哪个都得耽误，还是报一个吧!”她说她再想想到底报哪个。

圆圆说她决定报“育人奖”。因为“教育新秀”评选条件很高，全区才评三十个，自己年轻，恐怕不够资格，还是报“育人奖”有点儿把握。

我说：“随你，你决定什么都是好的。”

她说：“我早晨就决定了，已经把材料整理出来了，你今天暂时别回去，帮我看看。”

我说：“可以，白天我先看看，晚上我们交换意见。”

晚上我俩一起审稿，其中关于新课改、智慧型教师等内容，我让她看了几篇相关文章，以防答辩时不能回答圆满。她说到时候再看，看早了也会忘的。听完她的话，我苦笑了一下——现在的年轻人看书也是“应试心理”，只是为了立刻用。

书有两种，一种是有字书，一种是无字书。前者是为了积累，看这样的书不必马上记住，潜移默化没有负担地记，是轻松学习。后者是为了与人交往。试想，没有人际交往，哪有咿呀学语？没有人际交往，哪能熟悉生活常识？没有人际交往，哪能形成个体的品格？没有人际交往，哪能领悟人生的真谛？……社会这部无字之书是一定要读的。

作为一名教师，看有字的书也分长线和短线，有时确需应急，临时需要临时看，这可称作“查资料”，但大多数时间还是看积累的书——这些道理对语文专业毕业的圆圆来说简直就是哄小孩儿——她很不耐烦。

圆圆和男朋友商量好了，为了省钱，准备周六回保定照婚纱照。

2006 年 6 月 8 日

照结婚照

圆圆的结婚照，计划周六拍室内照，周日拍外景照——外景是到离北京很近的十渡风景区。周六这一天，圆圆他们几乎都在影楼，因为化妆，中午也没有好好吃饭。据说服装的种类很多，有民族服装、欧式服装等。出于好奇和关心，快中午的时候，我们过去看他们。可以看出，有我们在场，他们有点儿不适应，放不开。圆圆示意我们还是先回去，到时再看照片。

路上，我不禁心生酸楚，感到生长在当代的青年真幸福——我们那个年代，是没有婚纱照的。我和老周是旅行结婚，这是我的提议。因为长这么大，除了“文化大革命”时“串联”去过上海外，再没有去过南方的任何城市，就是在上海也没有游山玩水，因为游山玩水在当时被视为资产阶级思想。我和同学们每天规规矩矩地到学校抄大字报，现在想起来有些滑稽。

江浙的水乡一直是我向往的地方，为了玩儿，我们省吃俭用，住宿选最便宜的男女分房的大通铺，吃饭我们是顿顿汤面充饥；此行最奢侈的是在杭州灵隐寺花钱照了一个风景照，权当我们的结婚照了。

室外照，圆圆他们要到距离北京很近的十渡风景区，我想不如顺便回京，所以我建议我们跟着去，就直接返京了。他们不同意，让我们在家等他们回来再走。刚巧原保定市教育局的吴局长也要去北京女儿家，我想我们的车可以把他捎去，于是欣然同意。

圆圆对这次的婚纱照挺满意，看得出她还沉浸在幸福之中。

2006 年 6 月 11 日

领取结婚证

今天是圆圆和男朋友预定登记领证的口了。今天天气非常好，是难得的好天气。

上午圆圆中考监最后一场。监考结束，他们一起去雍和宫上香，然后到婚姻登记处登记。登记后她给我发来短信：“我们登记了，放心吧。”

我回：“祝你们一生幸福，爱你们的妈妈爸爸。”

她回：“谢谢，我们也永远爱你们，会好好孝顺你们的。”

我回：“谢谢！当时就能领证吗？今天还去迁户口吗？”

她回：“已经领到证了，现在去迁户口，不知时间来得及来不及。”

我回：“今天能迁就迁，来不及就等以后再迁。不要开快车，注意安全。”

不知怎么的，我还希望她再回信，很想和她多聊聊，好像女儿登记后就会远离自己，远离她出生、成长的这个家了，有诸多的不舍。我在心里一直念叨：难道女儿就这样成了人家的人了。

这时，我不由得想起我的妈妈。我旅行结婚去苏杭，需要在北京倒车，还想在北京玩儿，所以，我们是早上天还没亮就起身。当时我们住的是平房，当我从里屋出来时，看到妈妈正坐在桌旁的椅子上抽烟。桌上已经摆好饭菜，她起大早给我做的饭。我当时并没有感到什么，因为，从记事起，我早饭都是吃妈妈做的，好像这也没什么，一切正常。

吃好饭，老周敲门，我们要出发了。妈妈送我们到排子房（一排排的平房）的尽头，直挺挺地一动不动地看着我们离去。

现在我突然体会到当时我妈妈的心情。

看着短信，我的心里默念着：我的女儿，愿你幸福快乐，直到永永远远。

2006 年 6 月 26 日

去 香 港

圆圆和她男朋友（登记了，也可以称“丈夫”，但我还是不习惯）今天去香港。圆圆是第一次乘飞机。我夜里睡觉不知怎么梦见了我的父母，早上四点多醒来怎么也睡不着了。我竭力回忆梦的内容，却是颠三倒四、支离破碎、稀里糊涂，无法整理出清晰的画面。

早上圆圆发来短信说：“我们出发去机场了，妈妈放心吧！”

我回信祝他们一路平安，并嘱咐她到香港发信给我。

中午十一点多收到短信说他们已经顺利到达香港，并告知：“因是境外漫游，手机通讯费很高，一条短信就得三元（我发给她也是如此）。”我回信：“不要发信了，返回登机前发个信，到北京发个信，就行了。”

拿着手机愣神，突然感觉愧对女儿。选择外地上大学，也是出于让她离家锻炼。因为经济原因，四年来圆圆往返学校别说坐飞机，就是乘火车也没有给她买过卧铺票。硬座车厢人多嘈杂，晚上根本没办法休息，早晨到校，圆圆就得投入学习……四年来，圆圆从来没有叫过苦，也没有要求坐卧铺。她学会了自己照顾自己，学会了吃南方的饭菜，学会了自己手洗衣服，尽管南方的冬天没有暖气，手被冻伤……我胡思乱想。唉！人总是自己和自己过不去。女儿都毕业这么多年了，也是要成家做人妻、做人母的人了，我还为过去的事情烦闷，自己折磨自己干吗。

2006 年 8 月 12 日

返　　程

15 日圆圆发来短信说："去迪士尼玩了，从九点多一直玩儿到晚上八点，累死了。这里的东西什么都贵，买了一个三十七分的钻戒，挺大吧？还买了一条钻石项链。呵！呵！"她还告诉我，他们晚上去澳门。

16 日她发来短信："我们到机场了，六点多飞机，如果不晚点的话，到北京将近十点，到时候再联系，妈妈放心吧。"

他们到京了。晚上，我在保定给他们打了长途电话。我们聊了很久。她说澳门很小，也很破旧，当地人大多在赌场工作，但澳门也是中西方文化融合、风貌独特的城市，有大量的历史文化遗迹；由于时间关系他们没有玩儿遍。

我至今没有去过港澳。圆圆是幸福的。

2006 年 8 月 17 日

收　获

初三学生中考成绩已经公布，圆圆所任两个班的语文成绩比她想象的好，(2）班也并没有因为学生全部参加中考导致成绩不如（3）班。圆圆自己吓唬自己的毛病或许因此能有些改变，我很高兴。

圆圆所带这届初三年级，中考语文成绩全区排名第十二位，较往届有大幅度提高；学生升入北京四中、八中、人大附中等市级重点高中的人数也多于往届——当然成绩属于初三年级的教师集体及校领导。

圆圆所任班主任的（2）班没有产生两极分化现象。圆圆所教的两个班，中考语文平均分（1）班是 110 多分，（2）班是 101 分多，是学校学科成绩最好的两个班。

半年以后的 2007 年 5 月 1 日，原（2）班的学生在博客中这样写道（因为是初中阶段的事情，所以我把它放到这里)：“这个女人，算是我生命中比较重要的人吧！怎么说呢？其实她是我的老师、中学班主任，是我非常欣赏、非常喜欢的一个人！不知道为什么，今天突然想起她来，就想把自己所想的写出来！有时候，看自己的博客，发现都是不开心的事情。其实人就是这样，开心的事情，就不会记下，因为它都在心里，而不开心的时候就会马上写出来，让文字来发泄心中的不满。我不知道小周（圆圆）现在怎么样，知道她怀孕了，希望她生出个好看、聪明的孩子，就像她一样。因为她怀孕的缘故，不能发短信给她了（防辐射，不用手机)，挺想念她的。不知道她会不会在 N 多年后记起我们，还在想着我们，希望她会想起吧，我想我会一直记得她！不知道会不会像别人说的那样，她会忘记我们，毕竟她是老师，还会遇到别的学生，甚至更好的学生。我不敢继续往下想，我害怕，最怕这样的事情发生，被别人遗忘，很难过的。其实我挺对不起她的，和她一起三年，我们也是她带的第一个班，她对我寄予了很多的希望，可是我不争气，没有考上理想的学校。当时，她对我真的很好，想起她对我们发火，在我们闹的情况下，她会开玩笑说：'这是我的地盘，我罩着，不活啦！'就如同刚发生过一样，但是一转眼，我离开她已经半年多了吧，真的很怀念，如果再给我选择的机会，就算把××中、××中、××中（三个有名气的重点中学）给我，我也不会要，我仍然会选择××中（圆圆所在学校），虽然，大家都说××中不好，但是在我心里，它是最棒的，它有我的回忆，我想，正是因为××中，我才如此快乐吧。在那里，遇到那么好的朋友、老师，这都是命中注定，注定在这个地方，我要记她一辈子，注定在这个地方……"

一年以后，2007 年 10 月，圆圆的学生在博客中写道："小周，我的老师，我的朋友，很好的朋友……她理解我，重视我。很想念有你当班主任的日子，那是我上学期间最幸福的日子……你是最好的班主任，周，真得很感谢你教会了我很多无论是做人还是做事的道理。感谢你那么器重我，感谢你听我讲心里话。感谢你关心我……很多感谢……如果再让我回到从前……我还会去××中，我一点儿也不后悔，我还要你做我的班主任，我还要当你的班长、你的朋友。现在你有了宝宝，宝宝一定很幸福——有这么好的妈妈。我们说好了寒假和晴去你家看你的宝宝，到时候要好好招待我们呀，嘿嘿。在新的一年，你和宝宝还有全家人都会很幸福很幸福。"

初中这三年，圆圆的收获不小：

2004 年 5 月，获校级"青年教师评优课"二等奖。

2004 年 6 月，在学校德育研讨会上演讲——《构建关怀型情感场，提高班级德育效果》。

2004 年 6 月，班级在"2003—2004 学年度文化节踢毽比赛"中获第一名。

2004 年 6 月，三名学生在第六届"春蕾杯"全国作文征文大赛中分别获三等奖和优秀奖。

2004 年 8 月，班级获学校"规范行为习惯突出奖"。

2004 年 10 月，班级在校运动会上获"团体总分第一名""精神文明奖""三套操比赛一等奖"三个奖项。

2004 年 11 月，获区"随班就读评优课"一等奖。

2004年11月，获“班主任年终一等奖”。

2004年12月，班级在“纪念12·9运动长跑”中获团体第二名。

2005年3月，《一切为了每一位学生的发展——谈智障儿童随班就读的体会》在北京特殊教育研究会2004年论文评比中获表扬奖。

2005年4月，在“2004—2005学年度初中历史社会实践活动”评比中，学生的作品《北京古代建筑巡礼》获二等奖。

2005年4月，两名学生的文章在“北京市红领巾读书活动”中获二等奖。

2005年6月，四名学生在第六届“春蕾杯”全国作文征文大赛中分别获三等奖和优秀奖。

2005年6月，获校级“2004—2005学年度第二学期教师评优课”二等奖。

2005年9月，获区教师基本功大赛一等奖。

2005年9月，(2) 班学生的文章发表在《作文导报》上。

2005年11月，获校级“2005—2006学年度第一学期教师评优课”一等奖。

2005年2月，所带班级获“校级优秀班集体”称号。

2005年4月，主持有区领导和兄弟学校领导参加的主题为“文明始于足下，礼仪从我做起”教育研讨会。

2005年6月，班级在“第十届体育节初中拔河比赛”中获第一名。

2005年6月，班级在“第十届文化节礼仪比赛”中获三等奖。

2005年9月，班级被评为“2004—2005学年度校级优秀班集体”。

2005年10月，获“班主任年终一等奖”。

2005年11月，班级在“我心中的2008”演讲比赛中获一等奖。

2005年12月，班级在“纪念12·9，奔向2008”长跑比赛中获第一名。

2006年3月，获2006年度“北京市初中语文作文指导课”评比优秀奖。

2006年9月，获区教育系统“育人奖”。

2006年8月19日

高中教学的日子

军训第一天

圆圆在懵懂、期待、彷徨和喜悦中送走了初三，迎来了高一。

因为生源问题，学校新招收的高一年级又是三个班。单数班的年级，在教师配备上显得比较浪费，比如四个班正好配备两个语文教师，但三个班也得配备两个语文教师（主科都一样）。即将到来的新学期，学校有一个语文教师歇产假，高一无法配备三个班的语文教师。快开学了，代课教师还没有眉目。学校征求圆圆意见，计划暂时让她带三个班的语文课，担任一个班的班主任。没考虑后果，没想到多么辛苦，圆圆欣然同意了。

今天是高一年级学生军训的日子。

军训是封闭在军营里进行的。三个班主任随学生住在军营。圆圆任班主任的班号还是 2 号。(1) 班的班主任是年级组长、物理教师王亚飞。(3) 班的班主任是与圆圆在初中共事三年的数学教师李玉霞。

20 世纪 80 年代我做班主任时，曾购买了一本李健民著的《班主任工作心理学》，这本书一直伴随着我，直到我离开基础教育工作岗位。但这本指导我做好班主任工作的书，我一直没舍得淘汰（尽管我并不知道女儿将来会走教师之路），它躺在书橱里已经多年。圆圆当教师之前，这本书才被她从书橱里翻腾出来，得以“重见天日”。

这本书在“班集体心理”一章中，着重论述了群体与集体的关系及如何使一个学生群体转变为班集体的过程。圆圆特别欣赏李健民老师的这个研究成果，从初一带班时就开始实践，实践也证明效果很明显。

今年又接起始年级——高一，圆圆知道由一个松散的群体转变为一个具有凝聚力的班集体的重要性，而且这个过程越快越好。圆圆准备开始第二轮的班集体建设试验。

试验从军训开始。

军训以教官为主，一切日程的安排、训练计划的制订及落实都是由负责训练的部队完成，班主任几乎参与不上。

因为是新生，互不认识，又因为教学班被分割为三个军训班，班集体的存在被忽略。圆圆决定与学生们同吃同住，白天观看学生训练，记录训练成绩及问题；晚上利用军训空隙召集教学班活动，与学生一起小结，总结成绩，鼓舞士气，以强化班集体意识，让学生时刻感觉到班集体的存在。

经过初中一轮的教育教学实践，圆圆清楚地知道同学之间的关系非常重要，因为它直接影响着班级的活动、风气，直接影响着班级学生的品德形成，直接影响到班集体的建设。她在初中构建关怀型情感场就是为了营造一个和谐的班级氛围，让人人、人物和谐相处。面对新高一，她也雄心勃勃，一心想将这盘散沙“群体”尽快转变成团结、坚强的“优秀班集体”。她对学生们说：“……今天，我们已经从初中迈入了高中的大门，包括我——我也是刚刚从初中升到高中来的。这预示着我们新的生活已经开始。让我们共同努力，团结奋进，共同成长。但愿在这三年当中，你们比我有进步，比我有收获……”

人生之累就在于思想太多。思想太多的人，总有驱不散的烦恼、赶不走的痛苦。

一颗平常心，一切随缘吧，我的女儿。

2006 年 8 月 20 日

老 毛 病

果不其然，圆圆的老毛病又犯了。

因为去香港，圆圆错过了分班。

军训已经三天了，学生对环境已经逐渐熟悉。军训的疲惫、成长的烦恼，使各班都出现了学生散漫的现象。(2) 班的两个女生让圆圆最头痛——她们不遵守作息时间，晚上不按时休息，早晨不愿意起床；她们不带脏字不说话，整天骂骂咧咧；她们霸道欺人，稍不随意就对其他同学拳脚相加。

圆圆正在为这两个学生烦心之时，有老师告诉她："分班时你没在，(1) 班和 (3) 班的班主任都从你班的名单中调换了学生。"得知这个消息，圆圆很愤怒。

分班名单一旦确定是任何人也不能变动的，这在我们那个年代是学校铁的纪律。记得圆圆上高中时，我正在教委普教处任副处长（科级）。高一分班前，圆圆所在校主管分班的杜老师恰巧在教委的楼道里碰到我。出于关心，他主动告诉我圆圆被分配到高级教师张老师的班级。当咨询得知张老师是历史老师的时候。我不知道哪儿根神经发威，竟然在没有征求圆圆意见的情况下，告诉杜老师希望将圆圆分到主科老师当班主任的班级。

分班名单公布后，圆圆回家很郁闷，说他们初中班的许多同学的家里都找了人，都被分到张老师的班级了。当她得知是我把她从张老师班调出来后，她愤怒了——从来没有见到她对我发那么大的脾气。她说张老师是同学们最喜欢的老师，她太想去张老师的班了。她问我还能再回去吗。我告诉她："名单一旦公布就不能动了，否则会影响两个班学生的成绩平衡，也影响教师之间的关系。"就这样，圆圆晚饭也没有吃就睡觉了；就这样，圆圆错过了与她喜欢的班主任的一段师生之情。

可以说这件事情对圆圆来说是刻骨铭心的。这也在她的记忆里留下了“分班名单一旦确定就不能变更”的印记。然而，让圆圆不可思议的是，这个原则怎么到了他们学校就被颠覆了呢？怎么可以趁自己不在，随便调换自己的学生呢？这太不公平了！短时间的愤怒过后，圆圆想到了自己班级的两个女生，担心随之而来：自己雄心勃勃的想要创建一个优秀班集体，看来前景渺茫。就是即将到来的军训汇报表演也难与其他班级一比高低了。

正应了那句话：人们对未知的恐惧超过对已知的恐惧。圆圆的老毛病又犯了。她开始丧失自信，开始怀疑自己的能力——这样的学生能教育好吗？一旦控制不了，这个班就无可救药了。担心、害怕、不满占据了圆圆的心，一切设计好的计划好像也无心继续下去了。

虽然心里这样想，但圆圆还是按计划前行，不过我也能感到圆圆心里并不痛快。

人都是自己和自己过不去，自己折磨自己。圆圆，我的女儿还是多想现在、少想过去和未来，多一些简化、少一些复杂的好。这样做固然有弊端，但对个人来说会活得快乐些、舒展些。我希望你快乐成长。

2006年8月25日

开 学 典 礼

——区委书记参加典礼

金色九月，阳光明媚，秋风送爽。在这个收获的季节，学校迎来了新学年开学的第一天。

昨天是新生入学、老生报到的日子，校园里热闹非凡。又一拨新的学生为校园带来新的活力。老师们也在三年一轮的岁月中增添了白发和皱纹，收获着欣慰和希望。下午三点多种，区教委主任和教委的其他领导来到学校。学校通知圆圆准备开学典礼发言稿。

晚上八点多，我有事打电话给她，她还没有回家，原因是教委主任一直在学校盯着她修改发言稿。我暗自思量：可能明天（今天）有大领导来参加学校的开学典礼。

果不其然，今天下午的开学典礼有区委书记参加。大会程序是：学生主持，家长代表、学生代表、教师代表及校长分别发言，最后是区委书记讲话。圆圆是唯一的教师代表发言。

会议时间不长，会后区委书记接见了部分教师代表，圆圆也在其中。

年轻教师就是年轻教师，作为唯一的教师代表在大会上发言、受到区委书记的接见，对圆圆来说就是最大的鼓励，简直有些受宠若惊，“调换学生”的烦心事也暂时的被驱散了。

2006 年 9 月 1 日

坏事变好事

晚上八点多了，我打电话给圆圆，她婆婆说还没有回来。

开学已经几天了，对于高中的课程，圆圆感到很不适应，几天来都在学校上网查资料，很晚才回家。

九点多，圆圆打来电话，告诉我她回来了，让我放心。我问她如何感到不适应，她说开学第一天，教务主任就来听她的课了。

教务主任也是中文专业毕业，是从高中语文教师的岗位选拔上来的，对语文教学很精通。她听课过后的评价是：一看就知道没当过高中教师，备课很细，但讲得不好。

原以为主任刚刚听过课，第二天不会再有人听课了，圆圆课也没备就进教室了。谁也没想到校长第一节课就坐到了班里。圆圆有些紧张，课明显上得不好。

我听说后的第一反应是：怎么能因为没人听课就不认真备课呢？怎么能因为没有听课的，就不认真上课呢？这不是能力问题，是态度问题。但我没有指责，毕竟她还是一个刚刚参加工作的新教师。

圆圆告诉我，她确实不知道高中课怎么上，还以为是初中的延续，所以才出现胸有成竹的表现，所以才出现备课不充分的现象。

听她说“不知道高中课怎么上”我倒着急了，说心里话，开学典礼上她代表教师发言，我也有些沾沾自喜，认为她已经顺利通过新教师成长第一阶段的探索期（其他两期是成熟期和创造期），她的高中教学一定不会有问题。

如果没有中考胜利冲昏了头脑，如果没有她沉寂在新婚的喜悦（虽然没有举行仪式）之中，如果没有她要去香港的计划，我会建议她听听重点高中的暑期补课。但主要还是因为她前期表现不错，特别是她竞聘试讲时准备的是高中课程，我这才把建议放下没有提。

不过也好，这回给她一个教训，能促使她改变过去的不良习惯——不到跟前不备课，不到事前不准备。其实，这是她学生时期就养成的坏习惯，我不得不反思自己的家庭教育。

圆圆是一个很深沉、很低调的人，她从不会翘尾巴。其实这次作为唯一一个教师代表在开学典礼上发言，她还是从骨子里认为自己已经很不错了，足以能应付高中课程。主任和校长听课指出的不足，使她惊醒，她认识到了人不能骄傲，认识到了自己还有许多不足需要提高，认识到了她离好教师还差得很远很远。

坏事变成好事，她经过反思，认识到了高中课程与初中课程的不同：高中教师要居高临下，挖掘课文上没有的东西，不能就课本论课本，只讲知识点，这样学生会反感、厌烦。

2006 年 9 月 5 日

劳累造成贫血

正式开课已经一周多了，圆圆对高一（1）班学生上课的状态很不适应——起立后，学生慢慢腾腾，东倒西歪，无精打采，经常要重新起立；上课后，学生大面积说话，但仔细看却不知道谁在说。对此，她很着急。

圆圆在初中带的“差班”，自己当班主任，纪律没问题；圆圆在初中任的是“好班”的课，纪律也没问题。可以说，圆圆在初中虽然有太多的郁闷，但没有在课堂纪律方面有过太多的烦恼。

高一（1）班虽然不是名义上的“差班”（学校没有分快慢班），但纪律却是差得很。圆圆很难适应，内心很痛苦。这种感觉缘于她太要强了。其实，（1）班不管哪科教师上课都是这样，有的还不如圆圆的课堂状况，但唯有圆圆感到事情很严重，心里很不舒服。

这段时间，圆圆的身体一直不好，脸色苍白，面容憔悴。

圆圆问我：“（1）班还从我班调了好学生，怎么纪律还这样?”“我班有两个那么差的女生都被我扳过来了，（1）班怎么也比我班好弄吧！怎么会这样呢?”我说：“初始阶段没有规范，集体的核心价值没有确立，最终成为一盘散沙，所以，接新班的初始阶段一定要抓紧，这样以后才会省事。不过开课才一周多，现在规范还来得及。”

看到圆圆为学生纪律烦恼，为教三个班的语文课所累，我感到有必要跟学校领导提出推掉一个班的课，让她有充分时间备课，否则课上不好，也影响心情，还会恶性循环。圆圆不愿意，她说当初就不应该接，答应接了又推，显得不好。圆圆就是这样，答应的事情轻易不反悔。

我建议她周六还是去检查一下身体为好。

检查结果下来了，有点儿贫血。我又建议她跟学校说一下情况：身体不适，要求减掉一个班的课。

晚上，圆圆打来电话说已经和学校说了，学校也知道她很累，下午的大会还表扬了她。

孩子就是孩子！

2006年9月12日

婚礼准备

对圆圆的婚事，我一直不主张今年办，总怕时间仓促，双方了解不够，影响婚后生活。但他们的感情发展迅速，早点儿成亲也好互相照应——二人都是单身在京，分处居住，唯有成亲了，才能合住一处。我改变了初衷。

6 月份，他们登记了。结婚仪式选在保定。因为结婚的人多，酒店紧张；又因为没有提前预约，最早要等到 10 月下旬酒店才有空档。

亲家选定日子，10 月下旬举行婚礼。

10 月份，我在朝阳家长学校的讲座较多（有七场），需经常往返京城和保定。

10 月 17 日，我在北京酒仙桥影院讲完课返保，23 日、24 日分别在呼家楼影院和计量院礼堂讲了一场。

圆圆男朋友是 23 日返保的。圆圆因为有课要等到 25 日上完课才能启程返保。

我 24 日上完课，到圆圆家已经很晚，吃完晚饭，开始收拾屋子。虽然这栋房子是新买、新装修的，但毕竟也住过一年有余，作为新房总要布置一下。

25 日，我继续收拾、布置房子。我下午三点多出发去西客站，却没赶上下午五点四十的火车，直等到六点五十才上车，到家已近九点，亲友们已经等待多时。这时离圆圆结婚典礼的日子只隔一天。

今天老周去天津接来了圆圆的姑姑、叔叔两家。圆圆爷爷、奶奶年事已高，不方便来，只带来了老人家对圆圆的祝福。

晚上，圆圆在北京工作的两个叔叔两家六口人赶来，我们共同在宾馆用餐。饭后，天津和北京的亲戚留宿在宾馆，我和老周回家与圆圆的叔伯、妹妹和弟弟共同布置房间——拉彩带、张贴喜字、悬挂彩灯……

2006 年 10 月 26 日

结婚典礼

深夜两点多，圆圆去发廊化妆，叔伯妹妹作陪。

早晨六点多，在保定的亲属们如期而至，等候迎亲的队伍。

七点整，迎亲队伍到来，将圆圆迎到婆家。众亲属随行，我没有跟去。

十点半，有车来接我们去酒店。

十一点五十八分婚礼正式开始，场面很隆重，共摆酒席七十六桌，分上下两层。保定市工商系统的人几乎到齐（亲家公在工商系统工作）。我离开保定已四年有余，与保定教育界几乎没有往来，认识我的陌生人越来越多，记得我的旧朋友越来越少。所以，我和老周都没有通知各自的同事，我们这边只是亲属和个别朋友到位，共四桌。

主婚人致辞后，经历了证婚人宣读结婚证书，新郎、新娘交换戒指、三鞠躬，给父母敬茶后，双方父母代表讲话。

亲家公首先致辞，他讲了很多很多，真情实意，感人肺腑。此时此刻，我也感慨万千，作为父母，看到他们今天的成长、成熟、成家，我由衷地高兴，祝福的话有千言万语，但上场拿起麦克风的瞬间，心底却突然涌出一种莫名的酸楚，为怕情绪影响讲话，更怕泪洒台上，我把要说的千言万语压缩成几句话："各位来宾，亲戚们、朋友们，大家中午好！非常感谢大家来参加我女儿和女婿的婚礼。我衷心祝福他们一生幸福，永远快乐，也祝大家身体健康，生活愉快。"祝福他们一生幸福，这是我发自肺腑的祝愿。

深深的祝福也难表父母的心声。我的女儿、女婿，愿你们幸福快乐，直到永永远远。

2006 年 10 月 27 日

休　假

圆圆怀孕了，预产期是 6 月 30 日。今天，这学期的课程结束——圆圆带着孕身完成了这学期的全部教学任务，也于今日卸下了班主任工作。她开始休假了。

与其他怀孕待产的老师相比，圆圆休假较晚。

语文组里凑份子钱，准备给圆圆的宝宝买辆童车，这是语文组前所未有的——原来组里老师生孩子，组里没有集体凑份子买东西的，都是关系不错的个人行为。圆圆对此感到很不好意思，只说心意领了，就别破费了。结果老师们还是买了一辆很轻便的童车。圆圆很喜欢。

圆圆在语文组里年龄最小，她也受到了老师们的爱护，圆圆谈起这些就有掩饰不住的喜悦之情，感到很自豪。

这段时间，圆圆的婆婆和公公一直在北京照顾他们小两口。

圆圆的公婆人很好，对圆圆他们宠爱有加。那段时间，每天早上婆婆早早起床做两顿的饭菜，早上让两个孩子汤汤水水吃好、吃舒服，然后再带上可口的中午饭菜去上班。

每天早上，圆圆的公公、婆婆开车从朝阳区的望京出发，送圆圆到市内的学校上班，晚上再去学校接她。就这样，一直到今天。

圆圆嫁了一个好人家，公婆待她胜过亲生女儿。我为女儿高兴，希望她的家永远舒适、幸福、温馨，也希望他们婆媳永远和睦相处。

2007 年 6 月 11 日

超过预产期

距离预产期还有两天，我和老周于 6 月 28 日乘早上五点多的火车到京。十点多到了望京圆圆的家。午饭后，我去中央教科所参加“理论工作者与一线教师对话沙龙”活动，这个活动已经有十几期了，每月一次。

我们准备在京期间住在老周的大弟弟家，他家刚分了新房，正在装修，只是距离圆圆的家很远。

我和老周约好当天晚上在他大弟弟的旧家集合。

晚上七点多钟我才到达他家。他们正在吃饭。我吃过饭了，应邀喝了一碗萝卜排骨汤。

饭后，我们往新家搬了些必备物品，就在正在装修的房子里打地铺休息了。

第二天，过去看圆圆，感到无形中给亲家增添了很多麻烦，很是过意不去。我们决定还是等到快生的时候再去。

6 月 30 日和圆圆联系，将我们的打算告诉她。圆圆说今天是预产期，还是过去好。于是，我们又重复昨天的过程。晚上临走时，我和圆圆说：“明天不过来了，有预感给我打电话。”说这话时，我并没有注意圆圆的反应，只见她进了卧室。亲家母凑到我的跟前说：“还是留下吧，她可能胆小，希望妈妈在身边。”这是我最大的毛病——说话交流不注意对方的感受。

一会儿，圆圆哭着出来了，哭得很伤心。这天晚上我们没走，在客厅过的夜。

今天，我们在圆圆家附近租了一间平房，这样离圆圆近些，也方便过来。

整整一天相安无事，预产期已过，一点儿动静都没有。

2007 年 7 月 1 日

宝 宝 出 生

昨天，我们两家六口人开着两辆车陪圆圆去北京妇产医院检查。中午十一点专家检查后，因为预产期已经过四天了，医生建议做 B 超。做了 B 超，将结果拿给医生看，医生告诉圆圆：“没事周一再来，有事挂急诊。”

下午我们几个玩了一会儿麻将，晚饭后我建议她到北小河公园转一转，争取 8 日生。8 日正好离圆圆夫妇俩的生日都是五个月整。

我们在北小河公园转了一大圈和一小圈。圆圆很轻盈，不时的还跳一跳。

晚上八点多我和老周回到住处。洗漱过后，我们大概是九点多躺下的。

睡梦中，突然感到手机疯狂的响，开始以为是做梦，后来一惊，迅速起床。电话是圆圆打来的，让我们在胡同口等车。此时已经是十一点多了。

我们赶到医院已经是午夜十二点多了。医生检查后说没有床位，让先回去或在急诊室等，但急诊室只有椅子没有床。这时，圆圆的阵痛加剧。

早上五点多，圆圆进产房，大约十点多，护士喊她的名字找家属。我们赶紧过去，护士告知，圆圆要用无痛分娩。我有些犹豫，怕有副作用，但一直到护士喊女婿进去陪产，也没有让家属签字。

中午一点多，产房门打开，女婿出来异常高兴地宣布：“×点×分生一个男孩。”我的眼泪止不住地流出来，或许是喜悦，或许是心疼圆圆。

亲家高兴，很快通知了所有亲属。

下午两点多，圆圆和她的儿子被护士推出来。圆圆在分娩过程中，因痛苦的将自己的脸抓烂了（后来才知道是疼痛难忍，致使脸上的毛细血管破裂）。我的小外孙，你长大了一定要孝敬你的妈妈。

我问圆圆为什么没有用无痛分娩，圆圆告诉我：“麻醉师吓唬我说会影响孩子的大脑、智力。”这怎么是吓唬呢？这是实实在在的风险，医生很负责任。

为了孩子，她又取消了无痛分娩。如果她开始不决定用无痛分娩的话，医生会给她打一针杜冷丁止痛，其他产妇都是这样，睡一觉就生了。但圆圆决定不用“无痛分娩”时，已经过了打杜冷丁的时间。

可怜天下父母心！我的女儿比别人多受罪了。

2007 年 7 月×日

女儿的两篇日记

（一）

2007年×月×日中午×点×分，儿子来到了这个世界，初为人母，看着躺在身边的儿子，我忘记了产后的疲惫，思绪万千。

印度诗人泰戈尔曾在他的诗中说："孩子有成堆的黄金和珠子，但他到这个世界来，却像一个乞丐。……这个可爱的小小的裸着身体的乞丐，所以假装着完全无助的样子，便是想要祈求妈妈的爱的财富。"

儿子还未曾睁开眼睛看看妈妈，我已经感到做母亲的责任重大了。为了不使儿子失望，为了不负"母亲"这个伟大的称号，我会拼命吸收世上的一切营养，以满足我这贪得无厌的"乞丐"。

我是一名中学教师，在教学过程中发现，每年在初中刚入学的孩子中，都会出现一些与整个集体不协调的问题：打架斗殴、违反校规、无视师长、欺负同学，等等。家访中发现，一些孩子的问题，家长已经无能为力，很是头疼了；追溯到小学，试图找出孩子是在哪一个年龄段出的问题，结果却了解到，部分孩子是在小学一年级入学时就已经显示出诸多问题了：不爱劳动、骄横霸道、任性自私等。原来孩子在中学出现的问题，大多是孩子小的时候埋下的祸根。人们常说："家庭是人生的摇篮""家庭是孩子的第一学习场所""妈妈是人生的第一任老师""家长也是塑造学生心灵的工程师……"啊！让人汗颜：还有什么比这种责任更重大，还有什么比这种信任和重托更神圣呢？带着这份沉重和责任，我即将踏上做一个合格妈妈的征程。

（二）

2007年×月×日是北京很难得的一个晴朗的日子。早晨，老公、公公、婆婆开车来接我们娘儿俩出院。儿子已经能睁眼看这个世界、看我们的家、看他的亲人了。

看着儿子，想到今后将与这个小生命朝夕相处，想到自己的言行会对这个小家伙产生影响，想到我们正处在一个机遇和挑战并存的信息时代——一个不容我们喘息或者等待的时代，不用说，教育也要与之同步，那种骨肉之爱已经不能使我们与社会同步。为人母不仅要具备人类美德，还要有一个开阔的头脑，否则，在深阔无际的大千世界中，就会茫茫不知去向。那样，岂不贻误孩子、愧对社会？

哦，真觉得力不从心呀！儿子，让我们一起成长吧！

2007年7月8日

拜特级教师为师

圆圆产假于 4 月份到期了。

4 月份是学期的中间，学校不可能再给圆圆排课了，利用这段空档时间，学校领导将她派到区重点中学拜特级教师 A 老师为师。

第一次与 A 老师见面，是在 A 老师的办公室。圆圆意想中的特级教师是不苟言笑、一脸严肃的样子。因为大脑中的这个印象，圆圆面对 A 老师时显得有些拘谨。倒是 A 老师一脸的温柔与慈爱，目光中透露着儒雅与洒脱，使圆圆放松了很多。

A 老师一共带五个徒弟，唯有圆圆是脱产听课、脱产学习。说到听特级教师的课，圆圆每每表现得异常兴奋。她说："简直就是享受。"

"人家学生的素质也好，提出的问题都很有分量。"圆圆为此反思自己的功底不足，由衷地佩服 A 老师的语文素养。圆圆在听课笔记上写道："每次听课都有新的收获、新的感受。我真实地感到，一堂有实效的好课，不是教师一时灵感的发挥，而是老师长期坚持积累、积淀的结果。"

三个月的听课实录，足足记了一大本。因为家里有孩子太乱，听课笔记一直没带回家。临近放假，圆圆却发现自己的听课笔记不翼而飞了，寻遍办公室的所有地方，也没见踪影。这样有价值的材料丢失，圆圆和我都很惋惜，因为以后不可能再有脱产学习、听课的机会了。即便有，每次与每次又怎么能一样呢？唉！只能怪圆圆粗心大意了。

听课之余，圆圆也帮助 A 老师处理一些特级教师工作室的日常事务。

学校为圆圆申报了 2008 年的教育新秀，今天是教育新秀述职的时间。

圆圆述职被安排在下午，是下午述职的最后一名，估计这时的评委已经很疲劳了。圆圆的心态已经放平，认为参加述职也是一次锻炼的机会。

特级教师A老师挺喜欢圆圆，她到圆圆学校讲学时，对学校领导及语文组的老师说圆圆聪明、反应快、悟性好、理解力强。她鼓励圆圆申报自己的工作室，说只要学校报，她就接收。相对教育新秀的评比，圆圆更倾向于能加入名师工作室。

不管能否加入名师工作室，圆圆都是幸运的。A老师谦虚、热情、努力、进取、敬业、奉献的精神将影响圆圆的一生。圆圆的幸运，还在于她入职时就遇到了一个好校长。

2008年7月7日

课堂差异

学校放假了，圆圆带小外孙过来住段时间。

晚上，我们闲聊又提起听特级教师课的感受，圆圆说受益匪浅。我问她：“你每天听，连续三个月，每节课都是高水平的课吗?”圆圆说：“对我来说，每节课都是好课，每节课都有亮点。可惜笔记丢了，但我脑子里也记得八九不离十。”

圆圆感慨地说：“A 老师的课堂是智慧的、灵动的、思维的、个性的。它不是追求表面的热闹，而是追求思维的流动和深入。”

最让圆圆佩服的是，A 老师的课堂将德育与教学融为一体。事实是如果把德育和教学当作两个任务时，教师会很累，效果也会差。

我也向圆圆交流了我在学校听课的情况。看得出圆圆有心听我说。

“我在中小学做课题，经常随堂听课，估算起来已有几百节，有的课上得很精彩，作为听课教师，我也收获了知识、收获了方法、收获了思想……受益匪浅。但也有的课堂是对视觉、听觉的虐待。”我给圆圆找出了一节课的听课笔记，其中有个片段。

……教师课堂提问一位正在说话的学生，学生站起来回答错了，经过引导还是答不对，这位教师说：“你该回到一年级去了（不知是指哪个一年级），站着吧!”接下来又叫几位学生回答后，教师又让这位学生回答，学生还是回答不出来，教师又说：“站着吧!”三分钟后，这位学生开始和老师耍贫嘴：“老师，让我坐下吧。”教师不理，也不再提问他。于是，这位学生站在座位上开始与别人说话、聊天。五分钟后，教师见这位学生站着照说不误，就对他说：“你永远站着吧!”教师不再搭理这位学生，于是

这位学生开始不请自答，跟教师呼应，但教师继续讲课并不理他。七分钟后，教师毫无理由地让他坐下。这堂课最多时有三位学生同时站着。

圆圆很快看完（她看东西的速度很快，有一次我还问她："你这是速读吗？我怎么就达不到这个速度呢？"她不置可否）。我接着说："其实，这位站的时间最长的学生，开始是因为说话被提问的，我想教师的主导思想是试图用这种方法控制他说话（学生的错误是说话），但经过教师这等处理，我看学生也不知道自己错在哪里了，他会认为是自己不会回答问题而被罚站。如果经过教育，学生连自己错在哪里都不知道，这样的教育还有用吗？这个过程纯粹在浪费时间，也会引发学生的不满。可以说，到最后，这个学生不但没有受到舆论的谴责，相反还会得到同情。"让圆圆看这个片段，也有让圆圆引以为戒的目的。

我问圆圆："你说，有人听课，教师为什么还这样对待学生？是她不知道这么做是错的，还是她想在听课教师面前显示自己对学生不是不管而是管不了？"

圆圆没顺我的思路回答问题，而是所答非所问地说："在我们这类学校，这种现象应该是有的，有的老师专业功底不浅就是不能维持课堂纪律，班主任很受罪。"

看得出，圆圆很羡慕重点学校的老师。

2008 年 7 月 12 日

参加新课改理念培训

圆圆下学期的工作安排确定了——又接新高一。

圆圆所在区的新高一年级即将参加今年的北京市新课改试验。按教育部下发的《关于开展基础教育新课程师资培训工作通知》要求，中小学教师迎接新课程，要“先培训、后上岗，不培训、不上岗”，也即每个教师都要经受新课程的洗礼。

昨天是高一年级教师参加新课改理论培训的日子，但圆圆周六已经带着孩子去天津看望爷爷、奶奶了。圆圆的爷爷、奶奶能看到自己的重孙子，特别高兴。

14 日，同事发短信问圆圆怎么没来参加培训，说会上点她的名了。圆圆这才想起今天（昨天）是教师培训的日子。

圆圆是个遵时守信的人，看到短信就急火攻心，嗓子一下子哑了。晚上，她给校长打电话时嗓子已经发不出声了。校长说：“不行，明天你也别去了。”但圆圆还是当天赶了回来。

两天的培训，圆圆只参加了一天，但圆圆感到收获还是很大的。

培训老师关于“新课改理念”的讲座让圆圆耳目一新。听了几位优秀老师的报告，圆圆更加感到自己的差距很大，感到当教师面临的挑战是多么艰巨。

2008 年 7 月 15 日

往事（一）

——新课改的不了情

往事如烟，不堪回首。圆圆参加新课改培训，又勾起了我对往事的回忆。

我所在的学校是保定师范专科学校，是培养初中教师的学校。2002 年，上级指示师专参与、指导当地基础教育课程改革，为此，学校专门成立了新课改领导小组，我分工负责这项工作。大概是 2002 年的 4 月份，我带队去省会石家庄参加了省教委组织的新课改理念培训，培训者是国家新课改领导小组成员。

因为是第一次接触新课改的理念，我激情满怀，认为素质教育长期得不到落实，这次国家确实要下决心解决了。

我是从基础教育走出来的，对基础教育的情结始终没有放下。大会上，我认真体会着新课改的理念及试验规划。尽管我听得很认真，但还是感到有的地方不明白。为此，在讲座休息之时，我还特意赶到台前与培训者探讨实践层面的问题，并对他举的一个数学例子表示不理解，希望能得到进一步的解释。其实，我当时的提问是很虔诚的，根本没有对新课改本身有任何质疑的想法（当时也没有这个水平）。相反，当时的我对新课改真是信心满怀。但是，与这位领导面对面探讨不但没有获得答案，让人震惊的是，休息过后的第二阶段讲座刚一开始，这位领导甩开上节内容，直对我的问题："刚才有一个师专的副校长……"严厉地批评让人措手不及，我恨不能有个地缝钻进去。细想起来情有可原，有的领导要推动自己的主张，必须使用权威。离开了权威，领导在群众中就不会说话有风，号召有力。静下心来，我突然又有一种担忧——不惜使用权力、语言霸权搞行政推动，这对新课改的落实是有利还是有害？

带着困惑，带着要弄清的问题，我于当年的 8 月份，隐瞒身份，以一名数学教师的身份参加了省级数学学科的培训者培训。我希望通过二级培训，搞清楚一些实践层面的问题。然而，令人遗憾的是，在这次为期一周的培训会上，受训的老师们（将来要担负培训一线教师任务的老师们）提出的许多数学教学方面的实际问题，咨询培训者，得到的回答却是："这些问题我们在一级培训期间已经问过了，但也没有得到解答，我们也很困惑。"这么多问题，一级培训时没有得到解决，到了二级培训，培训者更是无法解答。试想这种培训还有什么效果呢？目前，新课改专家把一切问题都归结为一线教师的水平问题，这是不公平的。

其实对新课改的关注，主要还是希望新课改能改变基础教育片面追求升学率的现状，真正落实素质教育。于是，我在第二年（2003 年）重操旧业，回保定申请在一所国办中学的初中任了两个班的数学课——我要实实在在地经历新课改，积极实践落实数学课的改革（正是这次实践，我写出了《从一节数学课谈对新课改的几点认识》，在国家级《中小学教材教学》杂志 2006 年第 11 期上发表，并被人大复印报刊资料中心《中小学数学教与学》杂志 2007 年第 2 期全文转载）。

从一线教师及孩子们身上折射出的诸多问题和弊端凸显出来，这里边有的是长期以来试图解决但一直没有解决好、新课改以来反而加剧的问题，例如学生的课业负担不但没有减小反而增大。以数学为例，学生手里至少要有两套教材、多本习题练习册——旧教材是用来补充新教材内容的，练习册是用来补充新教材习题的，这样一来学生的负担比起课改前加重了很多。有的问题是在新形势下新凸显出来的，例如新课改强调的要达到的"三维目标"，以及"以学生为本"的新理念在课堂上的落实，不少教师还把握不好，为了应付检查，他们又不得不去落实，结果许多课变成热热闹闹的无效活动；还比如，新课改要求各学科在期末安排实践活动。专家初心是好的，学生确实需要实践增长才干。但实践是需要时间的，在最忙碌的期末时间里，所有学科下达的实践活动都落到一个学生的头上，用数学语言说这是一个"不可能事件"，书面考试才是硬道理。结果，实践活动和报告都变成了走过场，有的干脆不做也给分数。这种"欺骗"现象给学生品德带来的破坏作用不亚于地震。

为了考试成绩，学生们需要把耽误的时间抢回来，把不扎实的知识夯实，课上损失课外补，结果“减少一些书本知识的分量，降低一些书本知识的难度，腾出时间和空间保证学生去获得必要的直接经验”的理想变成泡影，学生自主的时间和空间不但没有增加反而减少，片面追求升学率的现象不但没有解决反而严重反弹，而反弹的结果则是使原有问题更严重，更加难以解决。

至今对新课改的争议一直没断。学术上要有争论，理不辩不明，但思想上的激烈交锋应该在试验前，而不应该在实施过程当中。理论上的争鸣，对于一线教师来说，可能会导致行为上的无所适从，这必定会对教学产生影响（目前这个影响已经凸显出来）。其实，基础教育的问题必须依靠一线教师，无视一线教师的作用，肯定要走弯路。

现在已经是 2008 年，距离我参加新课改培训已有六年时间，不知道现在的培训是否有些改观，是否重视一线教师和学生的感受，专业培训是否是用教师的语言指导教师……众多担忧，我希望从圆圆这里得到新的信息。

2008 年 7 月 16 日

往事（二）

——怀念王福亮校长

这几天，关于新课改的旧事，如沉入烟海的朽物沉渣，不断浮出水面，历历在目。

1999年，我所在的保定师范学校（培养小学教师的学校）与保定师范专科学校合并。三校合并（之前师专已与教育学院合并）后，仅校级领导就有十一人，领导之间、工作之间重叠不少。人是最了解自己的。我知道自己没有领导基因，也没有领导风范，更不适应名利场上的纷纷扰扰。在处理人际关系方面我是欠缺的，在处理烦琐事物上我是无能的。我希望安稳、平静地做点自己喜欢、熟悉的工作。我萌发了退职离岗的思想。我把想法透露给我基础教育界的朋友。他们一致劝我打消这个念头：你是无党派，不出问题你在副校长的岗位上能一直干到六十岁退休。再说师专马上升格为保定学院，行政级别是市级。他们开玩笑：你就熬着吧！你当市级领导我们也沾沾光。这段时间我很纠结、很郁闷、也很累心。最后我还是下决心退休做点自己喜欢、熟悉的工作，于是，我直接去市委组织部申请从副校长的位置上退休。

但市委组织部不可能为一个人开会，需要与正常退休人员集中上会审批。

我和保定师专当时的校长王福亮并不认识，合并后我才知道，他是北京师范大学留校的高才生，但他对家庭的责任，使他放弃了在北京部级高校的工作，随夫人调到河北，又转调到保定。我对他是仰视的。但我从来没有与他单独谈过工作上的事情，我知道面对三校合并后的状况，需要协调的事情很多。他很忙，我不愿意去打扰他，也不能去打扰他，但他对我却很好。

他了解我的情况，并一直在为我考虑适合的工作，这点我竟浑然不知。

在河北省新课改理论培训大会前，他找我说："上级要求师范院校参与、指导当地基础教育课程改革。学校专门成立了‘新课改领导小组’。这个小组的工作我想还是由你来负责的好。”王校长知道我的长项、兴趣在基础教育。他的苦心让我感动。

我信心十足。人的一生能做些自己喜欢的事情很难得。

但是，当我从河北省数学学科的培训者培训会上回来后，市委组织部已经批准我离岗，同时退休的还有原保定师范学校的郭校长以及周副校长——这样原保师的四位校领导退了三位。

学校召集我们开会，传达了市委组织部的批示。会后王校长还是希望我留下，碍于面子（不可能自己申请离岗又不走），我婉拒了王校长的挽留，辜负了王校长的一片心意。大约是在去年，我与王校长及他的夫人小聚，久别重逢，我们聊了很长时间，分别时已经没有了公交车。

至今，我离开主流社会已经六年有余。我深深体会到：离开了主流社会，仅凭个人是很难有所作为的。

一切的酸甜苦辣都源于我当初的选择。

怀念关心和爱护我的王福亮校长。

2008年8月17日

往事（三）

——参加课题研讨会

圆圆能亲自参加新课改试验，我很为她高兴。对教育的情、对教育的爱像隔窗拍打的细雨，沉闷地敲击着我的回忆。关于新课改的旧事历历在目。

对素质教育的思考，我从 1990 年进教委普教处工作的那一天就开始了。我从上海教育学院学习回来就付诸行动——制定并开始实施区域性学校评价改革试验。可以说那是我一生当中的得意之作，受到学校的普遍欢迎；紧接着我又制定了保定市落实素质教育八年规划（征求意见稿），我要为落实素质教育创造良好的环境。我雄心勃勃。然而，这一切都因地市合并——教委工作重心转向区县，更重要的是小学升初中取消了统一考试（事实证明小学负担重不是因为考试，而是因为评价），最终试验失去基础成绩而终止。

圆圆参与新课改试验，我又勃然心动，不能自拔。

中央教科所原所长朱小蔓在江苏无锡“中小学生学道德”的课题研讨会上疾呼：我们的教育怎么了？我们的教育究竟要干什么？……这个风气已经变成这个样子，我们还能培养出有良知的人吗？面对当前教育现状，朱所长直言无能为力、无可奈何。

针对基础教育片面追求升学率并难以遏制的状况，教育部前副部长何东昌指出：问题的严重性是我们至今尚未找到切实有效的解决方案。

国家新课程改革开始至今已有六年，落实素质教育似乎还是遥遥无期，症结到底在哪里？我们这些来自基层的教育工作者，与专家和官员站的角度不同，对落实素质教育的障碍及主要矛盾关注点也不同。我把我在实践层面的思考进行了整理，并在 2007 年 4 月召开的全国教育科学“十五”规划教育部重点课题“中小学实施素质教育的体制性障碍及对策”的研讨会上交了书面材料，并提出当前急需解决的几个问题及解决办法。

问题的症结是在理论和实践方面还存在很大差距，在专家和一线教师之间还隔着一座山。

2008 年 8 月 18 日

军训表演汇报

今年的高一军训在假期进行，实际的军训地点在军营。今天是军训结束的日子，结业典礼在上午进行，班主任们早早到达军营，准备检阅自己的班级。

全年级三个教学班，没有大型军训结业典礼那样的隆重，三个方队瞬间就从主席台前走过去了。他们步伐坚定、热情洋溢，完全没有了初来学校时的低落和颓废。“首长好”的声音震耳欲聋，很有气势。

军训带来的新气象，让老师们刮目相看、暗自惊喜——学生们的集体意识浓了、自我约束力增强了。老师也寄希望于学生将在军训中克服体能困难的毅力迁移到克服学习困难方面。老师们拭目以待。

各班方队的表演也各有特色，一招一式虎虎生威，恍若山摇地动。

2008 年 8 月 25 日

又接新高一

圆圆产假后接了新高一（1）班的班主任工作，任（1）（2）班两个班的语文课。

因为孩子小，高一年级军训时，圆圆没有住军营，而是每天来回跑。学生白天军训，圆圆很少见到学生，而晚上学生有点时间，圆圆又回家了。因此，对（1）班起始阶段的习惯培养不如上届高一。

这届高中也没有分快慢班，三个班是按分数平均分配的。圆圆的班级共二十七人，下午班会，圆圆和学生就“如何度过高中生活”的话题进行了讨论。

话题从高中与初中的学习方式有哪些不同说起。

圆圆说：“初中学习主要依靠老师讲，高中学习主要依靠自主学习。”有同学问：“什么是自主学习？”

圆圆说：“自主学习就是自己主宰自己的学习。如何达到自主学习应从以下方面入手：第一是学习动机。这是解决‘为什么学’的问题的。”

圆圆话锋一转：“拿出纸笔来！”学生一阵骚动取出纸笔。

圆圆说：“每个人写出十个人生目标，就给五分钟时间。”学生们一片哗然！他们以为圆圆让他们拿出纸笔是让他们做笔记。一直以来，学生们习惯了老师说他们记，老师讲他们听。今天圆圆让他们用五分钟的时间写出自己的人生目标，他们有些茫然。一直以来，他们都是听家长和老师的，成人让他们干什么他们就干什么，尽管他们有众多不满，尽管他们很叛逆，但离开家长，真正让他们独立，他们还是会无所适从。

学生开始议论。李聪说：“我妈给我定的目标很高，我根本达不到，所以，我现在根本没有目标。”

“中考考成这样，我妈都不管我了，还要什么目标。”

学生们你一言我一语，议论纷纷，没有人认真考虑这十个目标怎么写。

圆圆说："过去的不要提了，现在抓紧时间写你以后的目标，不仅仅是学习方面的，还可以写你这一生要追求的。"

学生们安静下来，但还是没有人落笔。

安静的教室里，李宇佳突然大声地说："我长大要挣一百万，这是不是人生目标?"学生们刷把目光集中到圆圆身上。

圆圆说："只要是你想为之奋斗一生的都算。"

学生们"啊"了一声，有的低头写起来。五分钟到了，没有一个人写出十个目标。圆圆宣布延长五分钟。

圆圆在教室里巡视着，发现大多数人是追求物质享受。有的写"我想要住上高档别墅"，有的写"我想给我父母买一套一百多平方米的房子"。虽然延长了五分钟，但大多数学生还是写不出十个目标。圆圆提示："除了物质的，就没有别的目标了吗？下来你们把它补齐交给我。"

我明白圆圆是要帮助学生逐步建立"为了自己长远发展"的学习动机。这就要从学生的求知欲、志向、抱负等方面加强引导，这不是一两节课所能做到的。

"第二个是学习策略问题。也就是学习方法。这是解决'如何学'的问题的。要达到自主学习，就要自发掌握好的学习方法，并能自觉、灵活地运用有效的方法来改进学习。"圆圆学校的学生都没有好的学习习惯和方法，他们对学习方法兴趣不浓，没有制定目标时的兴奋和活跃。圆圆高声说："大家想不想试一试?"初到新学校，面对新教师，大家还是有一种新鲜感。学生中已有跃跃欲试的眼神——激发学生情绪是圆圆的长项。

"第三是时间管理。这是解决学习效率问题的。"

"请问：我们在座的，有多少同学会计划和管理可以利用的学习时间？在规定时间内完不成学习任务的有多少？请举手。"学生全部举了手，好像还很自豪。圆圆笑了，"你们现在明白你们为什么没有考到重点学校了吧?"

"连时间都不会管理，还谈什么自主学习？不能自主学习就不能有好成绩，特别是高中阶段。"圆圆又做了补充。

"第四点是自我监控。就是对自己的学习能计划、检查、反思、评价、调整、补救……”教室中出现了“呵”的声音。圆圆知道他们学校招来的学生对自己的学业监控能力也就是自控能力都很差。他们还离不开老师的严格管理、家长的督促和帮助。

圆圆问：“在初中，你们在家长提醒做作业时，有没有表现出怨怒现象?”

有学生在下边嘟囔：“他们整天就知道唠叨。”

“对了，你们嫌家长啰唆、唠叨，你们要求由自己来决定何时做作业，但是，你们又抵挡不住来自各方面的诱惑，难以按时完成作业。这就是不能控制自己意志力的表现，它是学习的大敌。”

学生们低头不语。

“第五是学业求助，”圆圆接着说，“在学习过程中，任何一位学生都会遇到一些学习上的困难，学习好的学生也不例外，这就需要求助，求助书本、求助他人或上网求助。但求助和求助不同，自主学习的学生求助的是思维方式、学习方法、解题过程，不能自主学习的学生只希望获取答案。请问：我们在座的同学，初中阶段有没有抄作业的现象?”

“太普遍了。”学生们几乎是异口同声。

“呵！你们还挺气势，感到很光荣，是不是?”学生大笑。

时间所剩不多，圆圆又进一步补充道：“自主学习的学生求助是自发的、有针对性的、感到很需要的，不能自主学习的学生表现出无所谓，有问题也不主动去问，能抄就抄。”

话音刚落，张雪曾接话茬说：“这就是说我呢，我的问题太多了，不知道从哪儿‘求救’。”不知他是故意还是说错，他把“求助”说成“求救”。学生们哄堂大笑。

圆圆也笑了，面对全班同学幽默地说：“三年高中，他若发生危险，咱们全班‘救’他怎么样?”

一节课在师生们的欢笑中结束了。

2008 年 9 月 1 日

教师的教师

朋友给了三张电影票，是今天晚上的。我发短信让圆圆早点儿回来吃晚饭，准备看电影。圆圆回电话说："今天没时间看电影，我的'班级活动计划''师德案例'等材料还没有写完，今天晚上要突击写出来，学校催得很紧，再不上交就要扣分了。"又是扣分，对学生扣分、对教师扣分，教育管理简单得差不多仅剩扣分了。

个别学校这种从外部对老师进行的规约，扭曲了本该属于教师职业生活的本真面目，使教师职业生活失去心意和情趣，是导致部分教师的职业倦怠的因素之一。

综观当前教育，一线教师在工作中毫无自主可言。新课改倡导的"主体性"更多的是指向学生自主，强化学生自主选择、自主创新、自主发展，甚至将学生的自主凌驾于教师主体之上，而忽视了作为教育者——教师的自主性。试想：一个不能自主的教师，能放手让学生自主吗?

想起已经读熟了的苏霍姆林斯基根据自己的经验写成的《帕夫雷什中学》一书，受今天的联想刺激，感触更深了。

苏霍姆林斯基作为"教师的教师"（校长）的高明之处，在于让教师们过着丰富多彩的精神生活，给教师们提供充裕的自由支配时间，让他们有暇思考教学教育难题和总结工作经验，有暇结合工作实际博览群书，引导他们沿着实践、读书、科研相结合的道路不断前进，使之不断有所发现，有所创新，做到使个人的探索小溪汇成集体的创造洪流，最终达到用共同的教育信念把全体教师团结成一支攻克教育堡垒的坚强队伍。

中国的教师有的时候也被要求读书、科研，但大多数不是自愿的。温度不能使石头变成小鸡，要求不能使教师行为变成自我行为，内因不起作用，教师的消极状态很难改变。教师的教师需要研究的是如何调动教师的积极性，而不是主观的强制，采取种种措施让教师就范。既然我们要求教师“以学生为本”，那么，“教师的教师”在管理中是否也应该做到“以教师为本”呢？

希望教师的教师能借鉴苏霍姆林斯基的管理理念，多给教师以教育的自主权。

希望教师的教师和教育行政部门能少些对教师的检查，多些指导。

不可否认当前的教师队伍整体素质参差不齐，个别教师已经丧失了自己的职业道德。教师的教师在大环境下也不能独善其身。

摆在教师的教师面前的还真是一道难题。

2008 年 9 月 11 日

搬　　家

我来北京已经六年有余，一直没在北京买房。自圆圆结婚，有了丈夫，有了家，完全能独立生活了，我的一颗心完全落了地。2006 年，我们退掉租房搬回保定。

圆圆很希望我们定居北京，与他们共同生活，等我们老了互相也有个照应。借金融危机房价下降的机会，以圆圆的名义贷款在北京市区买了房子。房子已经装修完毕。

原定于 2 日请搬家公司将保定的部分家具、生活用品搬过去，但因联系的搬家公司临时有变，不能来了。于是，又临时找了一个搬家公司，他们只有 1 日有空，所以临时决定下午开始搬。

其实，我们从 29 日就开始收拾、打包。五个书橱的书放在书橱里不显多，一旦把它们倒腾出来就显得太多了，我买了几个大纸箱子用来装书。考虑让搬运师傅省点力气，每个纸箱中我都放半箱书，然后用衣服填满。

下午一点，搬家公司的大货车准时到达我们家。搬运师傅来了，他们用手搬搬箱子感到一箱太轻，连捆两箱一人扛下六楼。这时我突然感到自己很渺小。说实在的，工人师傅没来时，我使出全身力气推一个箱子，也只能挪动一点点，工人师傅扛起两箱竟看不出他使出多大力气。这就是区别——他们能做的，我无论如何都做不了。我甚至在想，他们能做的我做不了，但我能做的他们未必不能做，想到这里，惭愧之心油然而生。社会上的分工不同，哪一个岗位都非常重要，试想：没有清洁工人、没有建筑工人……我们的社会怎么运转?

因为搬家的大货车驾驶室里只能坐三人，搬家公司已有两人，因此决定由老周随车去北京，我留下整理房间。

我留在家里清理着搬剩下的东西，突然在旧物中发现了一张旧的《保定市报》，打开一看，竟有我的一篇文章《陈景润是人才，陈兆正也是人才》，发表时间是1991年2月27日，可以看出当时我们的教育已经有偏离教育目标的苗头了。

陈景润是人才，陈兆政也是人才

十三中优秀毕业生、一等功臣陈兆政的英雄事迹传到保定后，古城人民无不为之感动。然而感动之余，可曾想过：英雄之所以能在5米的距离内，只身面对五名持枪歹徒，当场击毙一人、击伤四人，而自身丝毫无损，这除了部队、学校、家庭所赋予他高尚品德和正确的人生观以外，高超的射击本领也是他克敌致胜的一个重要因素。正是他上学期间在课外参加军体校的射击训练，打下良好的基础，才有能力保卫国家财产，维护社会治安。由此我想到：如果我们在校的学生，能在课堂学习之外，再学上一样或几样本领，那将对“四化”建设起到不可估量的作用。

然而，现实的教育体制却恰恰忽略了对学生能力的培养。就目前的教育现状来看，各学校都在以分数为圆心、以升学率为半径的圆圈里转。更为严重的是，不知从何时起，部分学校又打起了时间消耗战。学生从早七点半到晚七点，在校学习时间长达九小时之多，加上晚上做练习题，早起背外语、读语文，纯学习时间竟达十多小时。单调无趣的学习生活造成学生严重的厌学情绪，高分低能、低分低能的怪圈越扩越大。升学率不但没有上去，就连中学毕业生应具备的待业能力，在社会上独立存在、与人打交道的能力，以及独立从事一项事业的本领也被扼杀了。这简直是在断“四化”建设大业的后路。

为社会培养像陈兆政那样的建设者和保卫者，学校教育就应该把重心移到培养学生能力方面来，使学生具备自学能力、表达能力、独立工作能力和创新能力。这就要给学生以足够的空间和时间，让学生在丰富多彩的活动中，练就一两套为“四化”建设服务的本领。

要树立这样的人才观：陈景润是人才，陈兆政也是人才，一切对“四化”建设有贡献的人都是人才。

2008年10月1日

加入特级教师工作室

这学期开学没多久的一个早晨，圆圆从水房打水回来，校长已经等在办公室了。

北京的学校与保定的学校不同，不当班主任的教师不坐班。圆圆是班主任，每天很早就到学校了。所以，语文组打开水的任务基本由圆圆承担起来，尽管组里当班主任的教师不止她一个人，尽管她的家离学校最远，尽管她已经是有五年教龄的老教师了，但她自来到这所学校就养成的打水习惯始终没变。出于一种友善的、和谐的心态，她养成了“做得比所得报酬更多”的习惯。

校长微笑着告诉圆圆：“特级教师工作室申报表已经领回来，你抓紧时间填吧！填完交上来，学校给你上报到区里。”

圆圆喜出望外，兴奋、激动之情溢于言表，在校长面前，她不知说什么好。

虽然 A 老师曾经鼓励过圆圆加入她的工作室，但圆圆考虑自己的年龄、资历，感到这是一个可望而不可即的事情。从 A 老师的学校学习回来，圆圆就投入了接新年级、新班级的准备工作，把这件事情埋在了心底。她不能指望梦想成真、天上掉馅饼。

没想到学校还真想着这件事，圆圆感激不尽。

学校为圆圆上报了特级教师工作室申请表，只要批下来圆圆就是特级教师工作室的成员了。

自从申请报告交上去后，圆圆的心反倒平静不下来了，忐忑不安的心情一直伴随着她。她突然感到，自己才二十六岁，论资历、论教龄、论成绩、论对教育的贡献都不够资格，一旦批不下来，就会浪费一个指标，影响别人申请，如果是这样，自己就成了罪人，对不起同事，对不起学校。

出乎意料的是，圆圆获得了批准，这是因为批准特级教师工作室成员，只要特级教师A老师认可就行。圆圆在A老师身边工作过，深得A老师的喜爱。正如A老师说的："只要你们学校报上来，我就接收。"就这样，圆圆顺利地加入了特级教师工作室。

开学以来，圆圆担任两个班的语文课，担任一个班级的班主任工作，还随特级教师工作室参加了北京市百节风采课的录制等多项市、区级教学活动。虽然很忙，但圆圆喜不自胜，踌躇满志，累并快乐着。

2008年10月20日

教育理论和教育实践

这学期开学初，我们课题组到一所实验学校讲学。会议下来，我与两位年轻教师（教龄五年）闲聊。一位老师问我如何当好班主任。当我知道他刚接新班时，就告诉他，新班刚组建，学生来自不同学校，所以这时期的班级只能称作“群体”还不能视为“集体”，因此开学初期，班主任的主要工作是在短期内使这个拼凑起来的群体尽快转化为班集体，唯有这样才能有望在今后的时间里使班集体上升为优秀班集体；优秀班集体一旦形成，班主任的工作也就轻松多了，特别是学生在这样的班集体中会很快成长。

这个理论一直指导我的班主任实践，并使我的教育工作获得成功。圆圆的实践也证实了这个理论是正确的。

然而接下来发生的事情却让我有了新的认识。事情是这样的，在我给这名咨询如何做好班主任工作的教师讲这套理论时，另一位一直默默无语的教师却记在心中，并在接下来的班主任工作中实践起来，但反馈来的信息表明他的实践效果很糟。这使我很诧异。因为这个老师本来就是一名优秀班主任，怎么听了我的一番经验介绍反而不会做班主任了呢？

原来这位班主任是一名非常优秀的教师，自他当班主任那天起，就显现出了他的教育机智过人。处在三类学校他对预发事件和突发事件，都能有正确的反应，管起班来应对自如。虽然不懂“群体、集体”理论，但他实际做的正是在很短的时间内使群体转化为集体以及优秀班集体的工作。所以，从他参加工作以来所带的班级每年都被评为优秀班集体，他也因此被评为优秀班主任。

然而，在他听到我的一番大“理论”后，并没有与自己工作对照（如果对照，他会发现他实际是这样做的），就去“以理导教”（这是位谦虚的教师，如果是一位自负的教师，恐怕会坚持自己的做法。这也向我们提示任何事情或性格都有利有弊，不能随意批判一种而提倡一种，也或许这位老师是一位不满足现状的老师），如同邯郸学步，他连自己的步子也不知怎么走了。

这不得不让我想起当前的新课改出现的问题。新理论铺天盖地地冲进学校，每个理论都让人心动——探究学习、对话教学、反思教育等，做研究型教师、做学习型教师、做反思型教师、做智慧型教师……让人眼花缭乱。其实没有这些理论要求，教师也是在遵循实践检验过的理论默默地做着，只是没有明确而已。当教师一旦把关注点放在如何实践理论时，他就被束缚了，他就失去了自主性，他本来的教育机智也被凝固了。

很希望圆圆能有大胆实践并将实践的经验上升到理论的精神，而不是亦步亦趋地跟着理论专家行事。

2008 年 10 月 22 日

冤枉了学生

晚上，圆圆带外孙鹏鹏过来，准备明天（周六）去工体旁边的翻斗乐玩儿。

晚上九点不到，圆圆就带鹏鹏躺下了，讲了一会儿故事，鹏鹏很快就睡着了。当时，我在看书，房间里很安静。突然圆圆从床上翻身坐起，脸色苍白地说："坏了，今天下午的家长会，我冤枉了一个学生。"我也一惊，"怎么回事？"圆圆有点恐惧："我批评错了一个学生，这件事还很严重。"我想往下再问详细点，圆圆已经很不耐烦了。

我看不下书了，不免胡思乱想起来：如果家长回家对孩子……激起学生对圆圆的仇恨！我不由得担心起圆圆的安全来了。

这个担心不是无道理的。因为这些天新闻中报道了一些学生伤师的事件。想到这些报道，我异常紧张，看看圆圆，她似乎仅在刚发现冤枉学生的一瞬间，有点儿紧张伴随恐惧。她恐惧的不会是自己的安全吧？我假装镇定冲着她说："我明天带鹏鹏去翻斗乐玩儿，你去学生家吧，看看家长和孩子说没有。如果没说，你和家长解释一下；如果家长和学生说了，你给学生道个歉。这也没什么，教师也是人，也会犯错……"圆圆显得更加不耐烦了，她挥手不让我啰唆下去。

我的心怎么能静下来呢？

全国仅一个月就发生多起伤师事件，有一个县半年之中竟然发生两起学生伤师案，这不能不让人震惊胆寒。教师的职业何以成为危险的职业了呢？

现在女儿无端冤枉了学生，这是怎样的一个学生？他会报复吗？我担心女儿的安全。

2008 年 11 月 14 日

不好操作

早上和圆圆一起带鹏鹏去翻斗乐玩儿，但我的心一直不能平复，我试探着说服圆圆去学生家一趟，但遭到了拒绝——当妈的真不知女儿这时在想什么。

回家的路上，圆圆说起了那天家长会上的另一件事情。会前，教（2）班数学课的霍老师向两名谈恋爱已经影响到别人的学生家长通报了他俩的情况，结果当场就遭到家长的谩骂。会议开完后，家长还不依不饶地追着霍老师骂，还扬言要告她。其实，霍老师并不是班主任，只是一位科任老师，她也完全没有必要、没有义务向家长反映这个问题，正因为她是一位负责任的优秀教师（霍老师是区级骨干教师），才做了这些并不是她职责范围的事情，或许方法有误。

圆圆说她本来也想在家长会期间，把自己班的两名同样谈恋爱的男女学生（其实这两个人更过分）的情况向家长说明一下，有了霍老师的例子，吓得她不敢了。圆圆说她怕他们离家出走，还怕家长不高兴。我下意识地问："还怕学生报复?"圆圆却笑了说："那倒不怕，我和他们的关系都很铁。"接着，圆圆好像自言自语，又好像问我："如果不向家长通报情况，将来出了问题家长会不会指责老师没有把情况告知家长呢?""学生在校期间应该不应该谈恋爱呢？如果应该的话，是否允许他们在学校大庭广众之下，亲密过度、行为不轨？如果允许，教师也就没有必要管了，视为正常行为即可，上面如果有个明确的意见，就好操作了。"

圆圆还沉浸在她的思考中，我的心可放下很多，怪不得圆圆不听我的劝阻，执意不去学生家化解误会。我突然感到，圆圆在发现自己冤枉学生的一瞬间所表现出的恐惧和惊慌，并不是我认为的怕受到报复，而是真心站在学生角度想的一种自责。

圆圆接着我提到的报复话题说："你别说，学生还真有报复思想。"她说有一次，她听外语老师反映某学生在外语课上的问题，随即找到这位学生，还没等她说话，这位学生就先问她："是李老师又说我了吧？看我不……"圆圆说："喝，你还想把老师怎么样吗?"这位学生说："我现在不能把她怎么样，可不保准我毕业以后不会怎么样他!"

我急切地问："你听这话怎么反应?"她说："我说'你这是威胁李老师还是威胁我，我可管你最多，批评的也最狠，难道你将来杀了我不成……'"。

学生如何对答的，我心不在焉，没听进去。我突然意识到圆圆可能也知道最近关于教师被害的消息。

我的心又回到伤师这件事情上，记得在一篇记录一名教师被害过程的博客上，有网友留言竟然是对教师充满了仇恨。

如果按这些网友的说法，教师的不良行为已经激起民愤，那么为什么当前却出现这么多的不合格、不称职、不负责任的教师，难道我们不应该反思我们的教育吗?

我经历过特殊年代。特殊时期虽然整个社会舆论都在谴责"臭老九"，但教师并没有堕落，教师在整个社会层面还是被尊重的，教师队伍并没有出现什么严重的问题。

如果说是学生问题：伤母、伤师、威胁家长、威胁教师。作为教育工作者难道不应该思考：我们的教育何以制造这样多的危害社会的"人才"。难道教育行政部门不应该反思吗？到底哪里出现了问题?

联合国教科文组织国际教育发展委员会编著的《教育——财富蕴藏其中》明确指出："改进教育体系需要决策者承担全部责任。决策者不能凭事物自然发展。好像市场可以纠正各种缺陷，好像只靠什么自动调节就足以解决问题似的。这就是政治当局的作用，它应高瞻远瞩地阐明未来，使教育系统稳定并使其具有自身改革的能力。因为教育是一种集体财产，不能只由市场来调节。特别是国家一级，要在教育问题上达成共识，确保总体的协调一致，并提出长远的看法。"

难得有这么长时间与圆圆谈论教育问题，我真不愿放过。我把话题绕回起点，又提起学生"早恋"问题。我问圆圆：造成学生粗鲁、庸俗、行为不轨、没有耻辱心的原因是什么？圆圆说是社会风气。我说："你只说对部分。关键问题是他们的内心空虚，才会找异性充实，这不是爱情。"圆圆反问："这不就是社会问题吗？整个社会都在追求经济，以挣大钱为荣，学生以什么为荣？他们又没有能力挣钱。"我还没有答话，她又说道："你看我让学生填的'一生追求的目标'上写的都是年薪几百万，住大别墅。"我几乎被她的话噎回来了。但从教育者的角度，我还是要给她灌输点向上的东西。我说："如果你能把班级的活动搞得丰富多彩，在班里给每个人展示特长的机会，他们就无需用'爱情'（对他们来说实质是异性）去填补精神上的空虚了。"圆圆反问："在我们这样的学校，不搞活动，学生都踏不下心来学习，要搞活动还不疯了，更没有心思学习了。"我气结，本想反驳，最终还是保持了沉默。我真心希望圆圆能放弃追求成绩的思想，做个试验，给解决早恋问题趟出一条路径来。但我不能强求。

2008 年 11 月 15 日

教师的生存环境

一直担心被圆圆冤枉的学生有什么反应，我给圆圆打去电话，圆圆说学生没事。但她却说了一句：三类校的老师们心情都不好。

原来，就在今天上午，在高二任教的语文教研组组长陆老师上完课回到办公室，非常气愤地和同组教师诉说："李玉祺在课堂上到处溜达，我让他坐下来不要影响别人，他说'我犯病了，你不要管我'。我说'既然这样，你就先回家看病去吧，看好了再来'。他立刻停止了走动并说'社会还没说放弃我，你凭什么放弃我'。""这个班的学生上课都可以随便出入，一点儿上课的概念都没有，这课怎么上？这学怎么教？"圆圆和我说："我们组的老师都说'以学生为本''给学生自主权'，这是对教育者要求的理念，现在却变成学生任意践踏道德、随意破坏学校秩序和学习环境的尚方宝剑了。"

的确，面对几十名天赋各异、背景不同、深受社会和家庭影响的学生个体，面对教师在教育教学上没有任何自主权利，有的只是说服教育。这样的工作环境，教师的心里备受煎熬。

还有家长关注、社会聚焦，对学校的影响越来越突出，给教师带来的压力越来越大。我们应邀到一所县重点初中讲学，老师们私底下向我们倾诉他们的压力："2007 年我们学校升入县一中的学生数超过一中当年录取学生数的 3/5（全县录取五百人，这所学校占三百多人），学校要求 2008 年升入一中的毕业生必须高于这个数，哪怕高一个。"听了老师们的倾诉，我们心里很不是滋味，这所学校是把教师当工具使用吗？教师成为领导争取荣誉的工具，学生就变成老师争取晋级，获得职称、奖金的工具。这不是教育的悲哀吗？

暑期过后，开学的第一天，某地级市的教育局主管普教的副局长到市二中考察，在全校教工大会上公开要求老师加班加点拼升学率。老师在升学的重压下还要应付来自教务处的课堂教学评比、示范课、青年教师优质课等，以及来自政教处的班会评比、板报评比、卫生评比……教师被这些行政事务搞得晕头转向，但到了高考成绩稍一落后你就会奖金全免、评优无缘。

同样，我们在一所小学做课题，许多教师都说自己得了心理疾病。

……

长期以来，我们的社会对“教师”这个职业的理解是有问题的，我们强调的是奉献、责任，可是比较而言，忽视了教师作为一个平凡人的需要、获得，对他们的关爱是不够的。

教师的生存环境每况愈下，这应该引起教育界领导的重视。

2008 年 11 月 16 日

主题班会

——感恩

一个人要具有三心——对人有感恩的心、对物有爱惜的心、对事有责任的心，这个人就能健康发展，不会误入歧途。但是，当代的学生，大多数生长在蜜罐里，生活无忧，家庭的溺爱造就了孩子以自我为中心，对人冷漠，不懂感恩；对物不知爱惜，随意损坏；对事更是缺乏责任心，对自己的行为毫不负责任。

11 月的第四个星期四是西方的感恩节，圆圆感到有必要利用这个契机，以主题班会的形式与学生一起过一个有意义的“感恩节”，引导学生从感激父母出发，扩展的对教师、对所有帮助过自己的同学的感激之情；从对人的感激，到对物的爱惜，从而增强责任心——对自己的一切行为负责任。

一个月前，学生们就开始准备了，首先确定班会内容和程序。整个准备过程也是学生学习感恩的过程。

班会准备：同学们为参加活动的老师准备了节目单、歌曲伴奏带、小品道具、蝴蝶形即时贴、茶杯茶叶、康乃馨还有电教设备（准备播放视频）。

教室布置：在班级的后墙上用同学的照片拼成心形，旁边用拉花拼成“Thanks”字样；教室的两边墙上一边是“高三（1）班行动指南”，另一边是有关感恩的名人名言。

班会由抢答题开始：母亲节是哪天？父亲节在什么时候？哪一天是教师节？问得快，抢答得也快。班会在小品、游戏、魔术、视频、配乐诗朗诵中结束，同学们过了一个有意义的感恩节。

虽然一次班会并不能解决学生们因缺乏“三心”而出现的种种问题，但是，这次活动一定会在学生心中留下印记。

2008 年 11 月 27 日

帮助家长就是帮助自己

今大是学校放假后的第二大，晚上六点多钟，我们刚刚吃完晚饭，残桌还没有收拾，圆圆的手机响了。短信是学生李远新的爸爸发来的，要求圆圆明天去他家，因为李远新考试不好在家和父母闹气，已绝食两天，不吃不喝，家长让圆圆与李远新谈谈。

圆圆不太情愿去，一来他不喜欢李父短信的口气，好像这是她“应该的”。二来李家在市内，圆圆的家在郊县，相隔太远，去一趟很不容易；三是自己年轻恐无法调节家庭矛盾。

我说：“还是去看看吧，这个时候家长向你求援，看来他们已经是山穷水尽、实在没招儿了。可怜天下父母心。李远新是你的学生，帮助李远新的家长，其实就是帮助你自己。”

圆圆并不明白，我又进一步说：“家长也是塑造学生心灵的工程师，教师帮助孩子提高家长在孩子心目中的地位，提高家长在家庭中的威信，家长能发挥更大的教育作用，这对学校教育何尝不是一件好事，这对你的班主任工作何尝不是一件有利的事情。”

“你为家长解决了难题，当你遇到难题时家长也能帮你解围。教师虽然有良好的愿望和动机，但教师也是人，有时也会出现行为或方法上的偏差。这时也会出现学生对教师有成见、有隔阂，甚至导致他们不相信教师的言论和行动，出现教育无效或对抗现象，这就需要家长出面来协调，帮助学生和教师化解隔阂，这也是家校合作教育。”

教育学生尊重家长应该成为一个重要的教师道德规范。

2009 年 1 月 18 日

家校合作教育

一大早圆圆就出发去李远新家，她说去一趟市内不容易，顺便再去书店看看，晚上才能回来。

小外孙还睡着，我简单收拾了屋子，心却随圆圆去了李远新的家，惦念着圆圆是否能帮助家长解决难题。

2004 年，我在中国家庭文化研究会科教部做“家校合作教育”的课题，课题结束也有四年多了，结题报告也写了 N 页、N 次，但家校到底如何合作教育，至今也没形成一个权威的、有指导性的、能推广的成果。主要原因还是各校都跨不过“分数”这道坎，家校合作往往变成家校共逼孩子学习。

我们经常看到小学教师给学习上的“差生”家长派任务，结果家庭变成教室——听写生字、背诵课文、监督作业、签字画押……其实，孩子的学习跟不上并不是智力问题，而是非智力问题。再看班主任整天处理的又是什么问题——打架的、违纪的、偷东西的……这些人格问题，恰恰是家长的任务。

这种家校错位的教育比比皆是。

越来越多的家长把孩子的学习作为家庭第一位大事来抓。孩子学习不好却常常把原因怪罪到教师头上。教师也不希望自己的学生学习不好，这样会拉自己班级的成绩，于是也常把学生不学、调皮归结到家长身上。这种互相指责的教育直接影响到孩子的情绪，从而形成恶性循环。这种学生学习不好，家长、教师互相指责的现象有损教育形象。

对一个孩子来说，一旦家庭和学校同声指责，使其无地自容的时候是非常危险的。

学生的发展要从整体入手，智、情、意、行都要抓。这就需要尽量扩大整体教育功能，学校、家长要齐心合力工作才能做好。这就是合作齐抓共管的整体教育。

学校教育的缺陷是教师不可能掌握每个学生的身、心发展情况，所以学校教育是粗犷的。家庭教育不一样。家庭教育可以做得很细。又因为教师的专业是教育，在掌握教育方法方面优于家长。所以，家长可为教师提供孩子细微的变化，教师可为家长提供教育方法。这就是合作互补教育。

教育的功利性因素导致不少孩子逆反。这时急需的是学校教育和家庭教育互助。例如，学校教育可以增加一些活动，如“尊敬、关心父母”的讨论、感恩教育等，孩子往往听教师的比听父母的多，这样可以帮助家长度过孩子的逆反期。另外，失效的家庭教育更需要学校教育来弥补。例如，因父母有矛盾，甚至离婚的家庭，学校起着促进父母双方沟通、统一教育方法的作用。不管父母双方矛盾多么大，但在教育孩子身上口径统一、方法一致，这个统一和一致需要教师出面协调。当然，一旦学校教育误入歧途（教师也是人，有时教师也会失误），就需要家庭教育来纠偏。这就是家校互助教育。

圆圆回来了，看她高兴的样子，我感到事情处理得不错。

李远新吃饭了，也和父母说话了。

李远新父母留她午饭后再走，圆圆坚持说还有别的事情，婉言谢绝了。

圆圆临走给了家长三条建议：①从今以后家长尽量放手，让孩子自己管理自己（父母管得太多，如早上不起床，家长得叫好几遍才起，起来还得家长送），这么大了应该让他对自己的行为负责，如不起床就让他迟到。这点原来家长是不敢的，怕孩子到学校受批评、受委屈。这次圆圆和家长达成协议，配合家长把他这个毛病纠正过来。②家长要示弱，如家长生病了，可向孩子求助，让他帮助端端水、做做饭，让他感到在这个家，自己是个有用的人。③对家庭中的大事情决策时要征求他的意见，把他当成家庭重要成员，重视他的意见。

没想到圆圆的悟性这么好。她临走前我曾嘱咐她，到那主要是观察他的家庭教育类型——是溺爱型、包办型、粗暴型还是民主型的。她一下就判定了这个家庭教育是溺爱型的，所以给出这样的建议。

我的女儿成熟了。

2009 年 1 月 19 日

参加新课改语文学科培训

昨天和今天是圆圆参加高中语文学科新课改培训的日子。圆圆发来短信说他们今天中午十一点散会，与我相约中午一点在中央教科所旁边的科教思创书店集合选书。

关于新课改的理念，圆圆虽然多次参加过集体培训，但还是囫囵吞枣，一知半解，这个书店是教育科学出版社下属书店，教育类图书很全。

2005 年和 2006 年，这两年我经常出入中央教科所，参加他们的一些活动，参与一些课题研究，从而迷上了教育理论方面的书。但在图书大厦，我一进去就犯晕，太多的畅销书、热点书让人眼花缭乱。倒是央所旁边的这个幽静的书店让人流连忘返。有时，我是书店开门后的第一个顾客；有时，我全天扎在书店，只在中午到距离书店最近的邮电大学填饱肚子再返回书店，直到书店关门。可以说，我当时的许多教育灵感来自这里。

因为我是课题组成员，我们可以打折购书，但我还是以免费看书为主，只有为数很少的不具时效性、具有保存价值的书才购买。

我曾向圆圆推荐这个书店，但一直不被圆圆接受，她认为理论方面的书太枯燥，甚至有些讨厌。今天，出于对新课改的懵懵懂懂，她或许感到有必要进行充电，所以，她主动提出到这个书店来看一看。

一个下午我们都在看书、选书。

偶尔我们也讨论，如为什么要进行课程改革。但这个话题太大，以我这个过来的人来理解（也是学习的结果），涉及教师方面的主要有两点：首先，试图从所谓的单纯传授知识，转变为引导学生学会学习；其次，试图改变所谓的课程内容“繁、难、偏、旧”及偏重课本知识的现状。但新课改普及以来，却难以掩饰它理论高超而现实乏力的尴尬境遇。

圆圆是新教师，对过去的教育、教材只是在学生层面有所了解，教师层面的感受几乎是空白。但是，作为新教师的圆圆，虽然缺乏经验，但我感觉没有经验的影响，她可能会更好地适应新课改，更有条件成为新课改操作层面的实践者，为理论和实践的对接做贡献。

2009 年 2 月 11 日

准备示范课

圆圆准备区示范课已经很长时间了，课文是圆圆师父 A 老师帮助选的《狗儿爷的涅槃》。这篇课文是锦云小说的第十一章，也是北京教材改革新增的课文。网上没有关于这篇课文的课堂教学方面的资料，这让圆圆很伤脑筋。我让她到北京师范大学找语文教法老师咨询一下，她不肯。整个 4 月份，圆圆都在紧锣密鼓地准备，得到特级教师 A 老师和教研员的肯定后，于 5 月 8 日在学校进行了试讲。

试讲后，圆圆感到很不满意，主要原因是这篇文章是讲“文化大革命”时期的事情，但圆圆和她的学生都不了解“文化大革命”，因此，学生对课文的理解不能到位，老师也不能引导到位。有的学生提问：“‘革命小将’是好人还是坏人?”这是一个很难回答的问题，也是一时解答不清的问题。

试讲后，学校语文教研组组长对圆圆说：“要避免学生提类似的问题。”上周日圆圆约了几个学生去学校。我真怕她会规约学生，曾给她发去短信：“有个想法请参考，你约学生，最好别规约学生的想法，让课堂反映真实情况，自然才是最好的，要避免人为刻画的痕迹，这才是好课，课堂上即便露了怯，听课的都是内行，能理解的，或许还能发表一篇很有价值的课堂实录也说不定，这样你的心血无论讲课成功与否都不白费，做事情就是要考虑利益的最大化。”圆圆回信说她没想规约学生。

对教研组组长给圆圆的提醒，我持反对意见。我认为，课堂上越反映真实情况越好，即便课上得不成功，也有经验和教训。这个经验和教训也不仅仅是指教师和学生的失误，还可以向教材改革中录用这篇文章的专家们提供信息，让专家们思考这篇课文选到高中教材的目的是什么、实际课堂能否达到这个目的、当然还可以写出一篇很有价值的论文，但如果课上的成功了，反而没有可写的东西了。

圆圆今天又去学校准备了。她说，她已经神经衰弱了，每天晚上睡觉都做示范课的梦，早上起来精神特别不好。我告诉圆圆，没有必要这样入心，准备的过程你已经收获很多了，至于结果，反而不重要。

我又忍不住发去短信嘱咐她千万不要刻意规约学生，要原生态地反映课堂实际、学生思想；学生无论提什么样的问题，都是自主意识觉醒的标志，都应当得到教师的尊重。

发完短信，我坐在原地许久未动。我离开课堂已经很久，很羡慕女儿有做示范课的机会。我真希望她能对示范课有一个正确的理解，不要把它上成表演课，不要出现虚假地自主、探究、渗透、合作的现象，最好能追求课堂的生成，引导学生于对话之中。但我很快又推翻了自己的想法——圆圆毕竟年轻，功底还浅，还没有足够的教育机智、经验来追求课堂生成。

新课改以来，不少示范课堂有活动无体验、有温度无深度，合作有形式无实质，有不少贴标签式的情感、态度、价值观教育。我不希望圆圆的示范课上成这样。但从另一个角度看，不论示范课上成什么样，都是锻炼教师的机会，我们许多名师就是在这样的公开课、示范课、研究课、教学大赛……中脱颖而出的。

矛盾的心情一直反复地撞击着我的心。

晚上我的手机响了，电话是圆圆打来的，她说望京的房子卖了。刚听到“卖”字，我不由得伤感落泪。这毕竟是圆圆结婚、外孙出生的房子，也是自己曾经生活过的房子，我想亲家听到这个消息内心也会有所震动。

2009 年 5 月 10 日

示　范　课

今天是圆圆上示范课（公开课）的日子，区级示范课安排在区里另外一所学校，圆圆的课安排在第二节。圆圆要在学校门口接她的学生，所以没有去听另外一位教师第一节的示范课，错过了一个大好的学习机会。我为她感到遗憾。

十一点四十多，我给圆圆发去短信，没敢说别的，只问了一句："解放了吗?"我是想用这句话引发她回信，谈谈对这节课的感觉，但直到十二点多也未见回信，不由得着急——倒不是担心她课上得成功与否，主要是担心学生早上从家直奔一所陌生的学校，会不会出什么意外?（我任教时带学生参观曾发生过事故。）十二点已经过去近二十分钟了，我忍不住给她打了一个电话，听声音不沮丧，课可能上得不错，肯定学生也没出现什么意外。

下午五点多，我又打过去一个电话问她："轻松点儿了吗?"她说还是不轻松，因为没有评她的课（只评了另外一个教师的课），感到心里没底。另外，对她结尾说农民的出路——离开土地，外出打工等，她感到会有争议："都出去打工了，地谁来种。"我说："你的观点没错，以后会逐渐取消农民户口，土地将承包给个人，称为'农场主'或'庄园主'，雇人种地，抑或以集体农庄式出现。总之，农民选择留下或外出完全靠市场决定。外出不挣钱，养活不了家庭就会回家。不会出现全体外出的现象，适者生存。"她说在回家的路上不多说了。

晚上还怕她不放心，我又给她发去短信："你要自信。我感到没有当场评你的课，是因为你选的课（其实不是圆圆自己选的课）具有挑战性，"文革"时期的事情很难评论，她（教研员）恐怕也没把握，不敢轻易评论。你的负担没有放下来，是因为你没听到别人的评价而不放心，没必要把感觉寄托在别人的评价上，要自己有主见，适时写个实录反思吧！”我给她发这个短信，也基于圆圆个性的弱点，她很在意别人的评价，这样会失去自我。她回信说：“都要求网上评，我已经不想它了。”

整理这篇日记时，突然感到自己有点儿可笑。圆圆已经长大了，已经是有六年教龄的高中老师了，可我还是不放心——真是病入膏肓。

2009年5月13日

名师工作室工作总结

上周五（5号），区教委来通知，要每个“名师工作室”成员的情况汇报及“名师工作室”总结。特级教师A老师要求工作室成员先把个人总结写出来，周二交。内容是：①语文课堂实效性的思考。②优秀教师规划。从中选一个。我建议圆圆两个都写。圆圆回敬我：“你有时间吗？周二就交。”我无语。

今天是总结上交时间，圆圆让我帮她看看写好的文章，给些意见再发。

关于提高中学语文课堂教学实效性的讨论

——加入特级教师工作室的阶段性工作总结

确定这个题目时，我思考再三，改了又改，最后感觉还是用“讨论”为好。因为“提高语文课堂教学实效性”问题，是我进入高中教学、参加工作室以来经常思考的问题，也进行了大胆、零碎的尝试，但一直没有一个成型的东西。这次总结仅仅是把自己的一些思考和体会提出来，希望经过讨论得到工作室的导师及同事们的指导，在下一步的教学中经历实践检验，从而形成一个系统的、能给人以借鉴的东西出来，因此用“讨论”还是比较贴恰的。

一、为什么提出“语文课堂实效性”这个问题

自从2003年大学毕业来到×××中学任教，学校生源差这一问题就一直困扰着我。从小学、初中到高中我一直是在重点学校就读，没有见过像这所中学的生源，开始真有些不适应，但因初中学生可塑性大，所以初中三年没有感到太大的阻力，所教毕业班成绩令人满意，所以提高课堂实效性的问题并没有实质性地进入我的思考范围。

进入高中任教，生源可以说更“差”了，如果说初中还有一些家庭没有背景、按片分来的“好学生”，高中则完全是经过多次筛选剩下的低分数学生，且个别好一点儿的又都择校走了。接新高一时，我由衷地感到高一学生与初三学生相比虽然年龄仅长一岁，但不论是生理、心理还是思维方式等都有很大的变化，可以说把初中教育教学方法挪到高中使用是万万行不通的。

产假前我接的高一还没有进入新课改试验，教材是老教材，学生面对古文一筹莫展：面对教师精心设计的问题无言以对，面对课件“精彩的画面”视而不见，毫无兴趣。怎么办？古文到底怎样讲才能提起学生的兴趣？于是我开始思索怎样面对语文基础差的学生让课堂增效。

歇完产假，我又接新高一，这次恰恰赶上新课改试验，加之有幸加入了A老师的特级教师工作室，我决定借新课改的契机，在A老师及工作室其他老师的帮助下，在“提高课堂实效性”方面下些功夫，在改变师生“苦教苦学”的现状上做些贡献。我把意图向A老师讲了，她很支持我的想法，这增加了我的信心。

二、什么是课堂教学的实效性

既然确定这个课题，首先要弄清什么是课堂教学的实效性。我认真查阅了大量资料，认为具有实效性的课堂，一定是讲求高质量的教与学的过程。提高课堂实效性，首先要关注课堂质量和课堂效率。

关于课堂质量。一是要教得有效，即教学目标的确定是否准确？教学环节的设计是否有效，教学活动是否调动起学生学习兴趣和探究热情、是否为学生学习留出足够的自主发展机会和发展精力；二是学生学得有效，即学生是否扎实有效掌握了语文基础知识，阅读能力是否得到提升，是否促成了学生学语文的基本方法与态度上的有效转变、体验到了学习乐趣，是否有了探索知识的欲望，是否体验了自信与成功，是否促成了学生掌握“以学习求发展”的基本态度与基本能力，学生是否获得了全面的发展。

关于课堂效率：教师能否在单位时间里高效完成教学任务、是否有“成本意识”、是否在确保学生取得较好学业成绩的同时减少对他们的“时空占领”、是否以牺牲学生的身心健康为代价去追求暂时利益，总之，提高课堂效率意味着教师要追求低时间投入、高效果效用产出，要为学生学习留出足够的自主发展机会和发展精力。

三、怎样提高课堂教学的实效性

1. 直面学生语文基础弱的现实，准确把握教学目标

在学生已有语文知识基础、生活经验、认知规律和心理特征的基础上设计教学。找准教学起点、突出教学重点、突破教学难点、捕捉教学的生长点，使教学目标切合实际。以《狗儿爷的涅槃》一文为例，我把教学目标定位为：通过学习本篇课文，分析人物语言，引导学生明确人物关系，感悟主要人物的个性特征；理解“涅槃”的表层和深层含义；感受中国农民精神和命运的变化。

我从学生感兴趣的戏剧语言切入，层层深入，取得了不错的效果。

2. 创设良好的学习情境，激发学生学习兴趣

我在平时上课过程中经常采用分组讨论的方式，并且在“组内异质、组际同质”分组原则基础上，实行动态编排小组，打破组内长期形成的有的人起控制作用，有的人则处于从属地位的状况，让每个同学都有机会树立形象，给每个人提供发展进步、改变自我的机会。

另外，作为工作室的成员，我有幸经常听特级教师的课，他们巧妙的设置情境，让学生在轻松自然的氛围中进行学习，这一方法给我很大的启发。在后来的教学中，我也尝试着给时代背景久远的文章创设情境，没想到一下子拉近了文章与学生的距离感，效果竟然出奇好。

3. 选用合适的教学方式，注重学生参与过程

如探究式、启发式、先学后教式等。想办法让学生对探究合作学习产生需要。营造探究、合作学习的人际氛围，鼓励独立思考、交流、质疑、共同讨论，激发探究合作学习的热情。采用的教学形式要有助于学生的发展，要走出课堂表面繁荣而实质低效的教学误区。

4. 精心设计教学活动，激活学生思维

预设：提高实效性必须课前周密策划，即准确把握教材、全面了解学生，有效开发资源；教学预设是教师发挥组织、引领作用的重要保证；预设中要为生成留有空间。

生成：课堂教学活动是面对不同个性的生命体，它又该是充满活力的生成的过程。教学活动正是静态预设、动态生成的过程；提高课堂教学的实效性既要精心预设又要注重生成；这样才能在课堂教学实施中，宽容接纳来自学生的

生成，机智筛选课堂生成，从而达到巧妙运用生成促进学生发展的目的。

一口气看完文章。因为不懂语文教学，我对文章无意见可提。

2009 年 6 月 8 日

恶　作　剧

中午，方超很神秘地来到圆圆面前，告诉她："老师，你的车被人刻了字，还砸了一个大窟窿。"圆圆并没有相信，也没有出去看。

方超是班里有名的调皮蛋，很有号召力，是圆圆很费心的一个学生。

下班后，圆圆取车，窟窿倒没有，但车的前脸确实有人刻了字，而且是一个很难听的字眼。圆圆很是恼火。

在初中，圆圆班上用做教学的电脑箱从来不上锁，也从未有人乱动过。但高中这个班就大不一样了（这也与圆圆军训时没有住部队与学生二十四小时相处、底子没有打好有关）。前几天，圆圆发现学生在电脑上打游戏，就将电脑上的线拔掉了。是不是因为这件事情，学生实施报复而在自己的车上刻了字呢？如果这事查不出来，那么她今后很可能要经常遇到这种事情，她的车恐怕要遭殃了。

方超在班里是个很能左右别人的孩子，许多坏主意都是他出的，这次是不是他干的呢？即便不是他亲手干的，也有可能是他教唆别人干的。很快，圆圆又推翻了这些想法。据她的了解，方超只是小打小闹，还真没有发现他会干在车上刻字这样的"大事"。再说，如果真是他干的，他也不会第一时间通报给圆圆呀！

整个晚上，圆圆都在思考这个问题，但主要还是担心这个事情一旦查不清楚，这个学生还会挑衅，以后这个班就无法管理了。

想当初圆圆她们三个大学生被分到初中时，王海娇到高中教数学并担任班主任工作。当时虽然是分散上课，圆圆与王海娇没在一个教学点，但王海娇班里的情况常常传到圆圆所在的教学点——课堂上学生乱成一团，王海娇根本管不了。时间长了，学生摸清了王海娇的软肋，肆意欺负她。她在讲台上讲课，学生常用烂水果、香蕉皮、矿泉水瓶等东西砸她。没过多久，王海娇就被免去班主任工作，至今也没有再当。三类学校的教师没有点儿教育管理能力，生存都是问题。

当时，圆圆还真庆幸自己没有分到高中。

眼下圆圆最担心的是这件事情搞不定，今后会出现学生像对待王海娇一样对待自己的情况。这对圆圆来说，绝对是一件不能忍受的事情。

2009 年 6 月 25 日

主动“投案”

早上，我想搭圆圆的车去市内开会，一直等到七点多，过了上班出发的时间，她也没有从卧室出来。我问老周，才知道圆圆上午没课，不去上班。我很着急，心想：有学生向你示威，在你的车上刻字，你居然不去上班，这算什么？学生会认为你被吓住了，以后你这个班主任还怎么当？

我不能等她，只好去乘915路公交车。在车上，我发信给她：“你上午为什么不去上班呢？人的一生总会遇到烦心事，勇敢面对，战胜它是积累财富。你尝试着查一查，如果查出来也不必惩罚他，这样既不让他们小瞧自己，也不至于与他们产生对立，他们会佩服你的。”

圆圆回复说：“查不出来，学生都是一个心，虽然不少学生跟我很铁，但他们未必知道实情。”

我建议她还是查查，权当锻炼自己了，也许会有意外的收获。

圆圆担心查不出来，到班上方超还会向她挑衅：“老师，看到车上的字了吗？”这真是查也不行，不查也不行。

其实我低估了圆圆，经过一晚思考，圆圆突然想起学校的操场上有摄像头(这是我没想到的，我当教师时学校不装摄像头)，这会给她提供很好的证据。但不到万不得已圆圆也不想惊动学校调取录像资料。

她上午不露面，是给学生一个心理错觉。学生早上看不到圆圆，肯定会嘀咕——老师干吗去了？从圆圆当班主任那天起，就从来没有晚来早走的时候，不论有课还是没课，除特殊原因，圆圆都要按时到教室与学生打个照面。

圆圆不是上午没有去上班，而是晚到一会儿。

中午，圆圆发来短信说事情解决了，非常顺利。

她只在班里问：“是谁干的，下课告诉我一声，否则我查了录像就不同对待了。”结果圆圆走出教室不远，学生就赶来承认了，说他们不是针对她，而是针对班里的一个学生。

事情是这样：体育课上他们围着圆圆的车，因为车没擦，车上有很多尘土，开始他们是用手指在车上写这个学生的外号（车上刻的那个字），后来一个同学用一件硬东西写，没想到真的就刻到车上了。

其实，这件事方超并不在场，只是这些学生发现字刻在车上，也很害怕和后悔，他们和方超关系密切，所以方超第一时间知道这件事。

因为是他们自己承认的，圆圆并没有不依不饶，这件事情就这样的过去了。

通过这件事，圆圆也认识到了，自己经常把事情想得很严重、很糟糕，自己吓唬自己，真是没有必要。有资料显示，动物的生命是成熟年数的五倍，人也一样。人的成熟期是三十岁，也就是说，没有特殊情况，人应该能活到一百五十岁。但实际上人没有活到一百五十岁的，为什么？这是人在一生当中经常有烦恼和恐惧。这些烦恼和恐惧影响着人的寿命。

好教师意味着什么？苏霍姆林斯基心中的好教师之一首先是热爱孩子，感到和孩子交往是一种乐趣，相信每个孩子都能成为一个好人，善于和他们交朋友，关心孩子的快乐和悲伤，了解孩子的心灵，时刻都不忘记自己也曾是一个孩子。

我一直认为圆圆具备苏霍姆林斯基心中的这个好教师标准，因为孩子们都很喜欢她。通过这件事，我们都应该反思自己是否具备热爱孩子的心，如果具备，就不能把学生想象得那么坏。其实，学生没有我们成人那样复杂。

2009 年 6 月 26 日

文理分班

马上要放假了。今天学校对即将升入高二的学生进行文理分班。根据学生报名情况，三个班分成两个文科班一个理科班。这个理科班只有三个女生，是一个没有分好、差班的“差班”——年级所有调皮生都集中在这个班。

三个班的班主任都是文科毕业生，另外两个是刚刚招聘来的大学生。学校领导考虑到圆圆是个“老教师”，带“差班”有一定的经验，所以安排圆圆的(1)班为理科班，她同时担任文科(2)班的语文教学。

分班以后，从(1)班分走的学生有些恋恋不舍。学生们在网上留言，倾诉着对(1)班的留恋。(留言内容，圆圆是在暑假快开学的时候才知道并让我看的，但因它是分班的内容，所以整理日记时选择一长篇按发言时间放在了这里。)

网名“溏喽”的同学以《分开了，我们还是朋友……》为题目，抒发了对(1)班，对圆圆的眷恋。

分开了，我们还是朋友……

高一(1)班
曾经属于我们的高一(1)班
今天
已经不再属于我们了
“分班”
多么恐怖的一个词
结业式结束以后
我们纷纷回到班里

班里的同学还像往常一样
打打闹闹，说说笑笑
我们也一样
可是
当马嘟嘟走进班里时
气氛突然凝固了
名字一个一个被念了出来
分班了
真的要分开了
我们各自把桌椅搬了出来
我被分到了（3）班
进到（3）班
一个陌生的环境
很陌生很陌生
心里确实不是很开心
出了班门
看到妮哭了
楠也很伤心
我们又回到了（1）班
那个不属于我们的班级
看到了最可爱的班主任
哭了
抱着我们的妈妈哭了
再一次
我们高一（1）班的女生哭了
我们太爱妈妈了
太爱我们的同学了
有无数无数的舍不得
在这一年的时间里

有许许多多的欢声笑语
如今
都成为回忆
成为我们高一（1）班最美好的回忆
分开了
但我们的心永远在一起
同学们要加油
妈妈
我们爱您
……

好长时间我还流连在网上，沉浸在联想之中，我感受到了圆圆和学生们之间的那份情感已经化作亲情。我突然想起“亲其师而信其道”这句话。（1）班学生之所以能在这样的三类学校做到团结、友爱、遵纪，被公认为优秀班集体，我想主要还是学生将对圆圆的感情迁移到了对制度的遵守中，因为敬畏老师而敬畏老师要求遵守的制度，这是一种由内而外的力量所产生的作用，是任何外在的强制性的约束力所无法比的。

教育艺术是具体的人格展现，不是当妈的夸自己的女儿——六年来，我看着女儿成长、成熟，女儿是用自己的人格魅力来聚拢学生、凝聚班集体的（尽管她身上还存在很多缺点，如不勤奋）。教育经验可以“移植”，教育方法可以传授，而教育艺术不能照搬。即便是责罚学生，圆圆也能把它用到恰到好处，从而达到理想的效果。我为女儿能做到这样而自豪。

2009年7月10日

关注学生考前心理

学校放假，圆圆即带孩子过来住了。

我在厨房忙活着准备晚餐，我的手机短信响了，圆圆高声通知我有短信。锅里已经放上油，我无法分身就回她说：“可能又是垃圾短信，你帮我看看删了吧!”圆圆看后说：“你怎么有高三的学生？她向你报喜，她考上石油大学了。”我也有些纳闷，我离开普教已近二十年了，早就没有在校学生了。

饭做完了，我回到卧室，圆圆将手机递给我。只见短信是这样说的：“老师，我的中国石油（大学）录取通知书到手了！人生只当是一场危机重重的博弈，慎重走好每一步，也就无怨无悔！我开学后有时间就找您去，请您吃大餐！小玉。”我恍然大悟，原来这是我在心理研究所曾经接待过的一位高三学生。我跟圆圆说：“这个女孩子高考前的焦虑已到极点，大家都感觉她考不上大学了。”停了一下，我说：“你可以看看她的其他短信，就能知道她当时的心理状态。”

晚饭后，收拾餐桌，洗刷完毕。圆圆非让我讲讲这个女孩子高三时的状态，拗不过她，我只好讲给她听。

2008 年 11 月份，我接待北京顺义牛栏山一中的学生小玉（女）——一名高三复读生，复读前在河北秦皇岛市读高中。2008 年她高考失利，她的父亲将其户口迁入北京顺义入牛栏山一中复读。

她的潜力不错，人也开朗，主要问题是自己给自己的压力太大。她父亲能把她的户口从河北弄到北京，又能把她送到北京牛栏山一中这样一所一流的中学就读，可见家长对她的期望很大。也正是这个原因，增加了她的压力。特别是她是复读，复读生的压力更大，离高考越近，她的压力越大，越担心考不上会辜负父母的期望，所以这学期她基本选择逃避来缓解压力。

2009 年元旦，她给我打电话说感到学习没有动力，我在电话中给了她指导。

2009 年春节过后，她又一次打电话告诉我：整个假期她玩儿疯了，连作业也没写，现在正在学校狂补作业；期末考试因病没有参加。

第二天她又发来两条短信，一条是："老师，我觉得我记不住东西了，怎么办呀？现在挺郁闷的，昨天看的今天就忘！语文、英语的成绩都在退步。写作时没有创新灵感。白天很困，晚上却很精神。"另一条是："道理我都懂，但就是控制不住自己，就是会去想，一想就没有信心，然后就学不下去了。老师我该怎么办呀?"

连发两条短信，条条在问"怎么办"，说明她快崩溃了。这之前我给予她的多次疏导，看来一点儿作用也没起。这次我接到短信没有理她，过了四天直到正月十五这天我才给她回："没回信是想告诉你'自己不想解脱，别人是帮不了你的'。你的问题不是智力问题，你不听我的意见把目光放远，只是在眼前打转，我也没有办法了。"

这是一个冒险的做法，四天中我一直担心着她，因为她是在远离家庭，远离父母的状态下，很希望我能给予帮助。可我现在又发了这样一个不近人情的短信，我担心她被打倒、被打趴下，我的直觉也感到她不会给我回短信，因为她太脆弱，她的心理压力太大，以至几次考试都选择逃避、不参加。但反过来，不这样激她一下恐怕她不能醒悟，如果她真的被打趴下从此一蹶不振，这也是她注定要走的弯路，这次不走以后也会走的，如果弯路必须得走，那么晚走不如早走。没有想到的是她回短信了，这让我很高兴——这个孩子有救了。

她回："老师，我明白了，或许您的激将法会对我起作用的！谢谢。"

我回："你是我所遇到的人中少有的聪明人，你要跳出自己给自己设的陷阱，人生能有几次搏，你就放下包袱搏一次吧，结果并不重要，重要的是在这个过程中，你的人生收获。"

她回："老师，谢谢，我会努力的，不过我哪儿是聪明啊！谢谢您这么夸奖我，激励我。"

我回："我可不是爱奉承的人，这是我的心里话，你在包袱的压力下没有真正认识自己，你如果进入大学就知道自己是多么聪慧了。大学能使你发挥你的聪明才智，在高中你的才智发挥不出来。”

她回：“谢谢老师，相信我，我不会让您和我父母失望的。”

我回：“你又错了，你要放下的包袱就是父母恩，不要认为你考不上大学就不能报答父母，你考大学是为你的人生积累经验，充实自己，获得比别人更大的成功，到那时你不用想报答父母也报答父母了，这叫无为而治。相反整天想着报答，就会像阳光聚焦在纸上会烧焦烤煳一样，会伤害人。你一定要超脱呦！”

她回：“好的！谨遵师命！谢谢您。”

我回：“好的，从现在起不要再去想父母恩，消除一切杂念，认真面对而不是逃避当前的复习和考试，不要在意结果，更不要在意别人的评价，我保证会有好的结果等着你。”

以后，小玉没有再给我打过电话、发过短信，我也把这件事情淡忘了，没想到她真的考上了。圆圆听了也在思考，她说：“我们学校的学生都是成绩差的，也没有对父母感恩到形成压力的，你的这个案例我借用不上。”

我恍然大悟：原来圆圆强烈要求我讲这个学生的故事，是为了她现在的学生。

2009年7月14日

希　望

圆圆带孩子回家住些天。送走他们我开始整理房间。我在桌子上看到了一页日记，正反两面是圆圆写得两篇日记——文笔不错。

在收拾抽屉时，我又看到了圆圆爷爷写的一本诗集和家族谱。

圆圆爷爷是新中国成立以前江苏南通师范学校的毕业生，毕业后留在小学任教。从这点上说，我们也是三代教师世家了。

新中国成立后，国家急需有文化的人，圆圆爷爷调到上海国棉七厂教育科，后又调入中国纺织工业部工作。

圆圆爷爷的文笔很好，家谱一律是半文言文，语言简练。

这不禁又勾起了我对圆圆更进一步的希望。

我希望她能广读书。我给圆圆发去短信："今天整理东西，发现你的两篇日记，文笔真的不错，比妈妈强。同时也整理出你爷爷的一本'诗集'，感到你有文学方面的遗传基因，很担心你会荒废。看到你上开心网成瘾，我打心眼里着急。它有什么用？只能伤害眼睛、做它的奴隶、让它牵着鼻子走，别无他用。用这些时间写点儿随笔，一旦习惯，会有上网一样的愉悦感，把快乐从开心网上转移出来吧！趁你年轻，过了这阶段就晚了。"

其实，我还想告诉她，写点儿随笔，积累些文学素养才真正对教学有帮助。什么公开课、实验课、示范课、研究课都是花活儿，真正有能力在教学上出人头地，还是要知识广博，教出有发展的孩子。但这些她听不进去，她只有一个借口："学生不行，教师再有知识也白搭。"看得出她对当"差"（1）班的班主任有点儿失落，整个假期情绪有点儿波动。上次她带孩子过来，嫌我不满意她上开心网，带有讽刺意味地说："我在我们教研组里说你不愿意我上开心网，大家都感到不可思议。"末了还加了一句："都觉得你可笑，现在年轻人哪有不上开心网的。”

唉！都是成人了，还不能用发展的眼光审视自己的前程。

今天从圆圆买的《知音》杂志 2009 年第 25 期上读到一篇施伟德的文章，题目是《俞敏洪的“捡砖头思维”》。这篇文章正是对像圆圆这种思维的人的指导，我不知圆圆是否看了，看后会有何思考?

俞敏洪的“捡砖头思维”

俞敏洪的父亲是位木匠，经常帮助别人盖房子，每次完工后，他总会捡回几块别人不要的碎砖烂瓦。久而久之，他家院子里砖头瓦片便堆成了一座小山。当时俞敏洪不知道这些东西有什么用处，直到父亲用这些砖头瓦片盖了一间四四方方的小房子。

从一块儿砖头到一堆砖头，最后变成一间小房子，父亲向他诠释了做成一件事情的全部奥秘。这就是捡砖头思维，一种为了结果而努力的思维，一种以“结果第一”为核心的成功理念。

捡砖头思维，一直指导着俞敏洪取得人生的一个又一个成功，做事时，他一般都会问自己两个问题：第一，做这件事情的目标是什么，因为盲目做事就会像捡了一堆砖头而不知道干什么一样，只会浪费自己的生命。第二，需要多少努力才能把这件事情做成，也就是需要捡多少砖头才能把房子建好。之后就是要有足够的耐心，因为砖头不是一天就能捡够的。

在俞敏洪的成长史里，有三件事证明了这一思路的好处。第一件是他的高考，目标明确：要上大学。第一年、第二年他都没考上，因为他的“砖头”没有捡够。第三年他继续拼命“捡砖头”，终于考进了北京大学。第二件是他背单词。目标明确：成为中国最好的英语词汇老师之一。于是开始一个一个单词地背，像捡砖头那样一块儿一块儿地捡，最后终于背下来两三万个单词，成了一名出色的词汇老师。第三件事是做他的“新东方”。目标明确：要做成中国最好的英语培训机构之一。然后他就开始给学生上课，平均每天给学生上六到十个小时的课，很多老师放弃了，但他没有放弃，十几年如一日，每上一次课他就感觉多捡了一块儿砖，梦想着把新东方这栋房子建起来，现在，新东方已经取得初步成功。

每位身处职场，希望胜任工作的人，是否也有自己的捡砖头思维呢？如果你也能像俞敏洪那样，为着一个正确的结果不懈地准备着，你迟早也会获得命运之神的青睐。

巴尔扎克说："人的全部技能，不外乎是耐心和时间的产物。"真希望圆圆能看到这篇文章，并从现在开始捡砖头，最后成为一名名副其实的优秀教师。

2009 年 8 月 4 日

课表问题

上过初、高中的学生都知道，语文课每班每周会有一次两节连排的课，这就是作文课。但发到圆圆手中的课表，两个班竟然都没有连排课。为分班的事情，圆圆整个暑假都不开心。看着课表，圆圆被挑起了一股怨气，她找到了教务处，质询她的课表为什么这样排。

负责排课的是一位年轻的老师，她很为难。因为不当班主任的教师不坐班，所以，他们会按自己方便的时间向学校提出排课要求，如不少年轻教师不希望上午第一节和下午最后一节有课，这是为了方便接送孩子；大多数的老师希望自己的课能集中在下午或上午，这样他们每天就可以只来半天；当然还有一些特殊情况需要照顾……就这样，为了满足老师们的要求，圆圆的作文课就被拆开了。看着自己的课表，圆圆很窝心——课被拆得七零八落，常常是上完一节后，需要在办公室休息一节课后再接着上下一节课，而这空闲的一节课时间什么也干不了，纯粹是白白浪费。当然，上午第一节和下午最后一节是每天必有，圆圆即便偶尔有事，也很难插空去办。

圆圆是一个从来不会提要求的人，特别是对于排课，总是持无所谓的态度，因为自己是班主任，怎么也得坐班，哪个点儿上课都没问题。但让她没有想到的是，这次却把她的连排课也拆开了。以后怎么上作文？复习课怎么将知识点贯穿在一起？看着排课老师一脸的无奈和“不知道怎么办”的茫然，圆圆无法抗衡自己内心的“柔软”，把想好的很尖锐的话语吞了回去，这符合圆圆的性格——她不是带锋芒的人，遇事随遇而安。

圆圆知道，课表变动很复杂，牵一发而动全身，会涉及很多教师的课。圆圆不想把事情弄大。这就是圆圆的性格，说好听是顾全大局，说不好听是懦弱。

2009 年 8 月 30 日

班干部轮换制（一）

——决定

分班后的（1）班，将全年级所有“双差生”都网罗在旗下，班委会的组成、班干部的人选成了问题。当然，由教师钦点、矬子里拔将军也不是不可以，但面对已经将近十八岁的孩子，他们一定会有想法。这种被指定的班委会如果不被认同，班级将会失去凝聚力。良好班风的形成会不会受到影响？当然，也可以采取民主选举的方式产生班委会，但在这样一个一盘散沙的群体中，选举会不会走偏？虽然圆圆不情愿接这样的班，虽然圆圆对这样的安排心存不满，虽然圆圆有时会对我不合时宜的教导发出怨气，但整个假期圆圆还是不间断地思考这些问题。

面对圆圆接手新（1）班的情况，我也很关注。我将“理论工作者和一线教师对话沙龙”第十一次活动的资料发给圆圆。这次对话的主要嘉宾是北京师范大学心理学院发展心理研究所陈会昌教授。他的“尊重平等教育——给所有学生提供担任班干部的机会”的观点很新颖。

对于班干部的产生，陈教授的大致观点是：基础教育阶段的学生干部，与企业竞选领导不同，企业竞选领导必须要求有能力的人上。学校注重的是培养锻炼人，每个人都要给予锻炼的机会。从管理角度来说，人的一生必须经历“管理”和“被管理”两个体验，缺一不可。只有管理体验，而无被管理体验，将来参加工作从底层做起时就会不适应，心里会产生痛苦感。现实当中有许多优秀大学毕业生，从小学、初中、高中直到大学都是学生干部，一路领导别人，毕业参加工作后找不到感觉，结果造成频繁换岗……

圆圆认同这个观点，因此开学后，她在班里宣布：（1）班的班委会成员，采取轮流坐庄的办法，在毕业前我们班的同学都有机会担任班干部。学生开始愕然，几秒钟后爆发出了欢呼声。的确，新（1）班的学生都没有过担任班干部的经历，这对他们来说是一件很新鲜的事情。为防止有学生拿班干部这项工作当儿戏，圆圆没有马上确定谁轮第一波。

随后，圆圆说："既然每位同学都有担任班干部的机会，那么，我们来讨论一下班干部应具备的职责是什么。"

议论纷纷的学生，顿时停止了议论。

2009 年 9 月 1 日

班干部轮换制（二）
——实践

一周以来，圆圆一直思考班干部轮换制如何操作。这段时间里，班里的“临时班委会”暂时为同学们服务。没想到的是，那些原本不能自我约束的学生，在临时班委会里却表现很有自制力。圆圆说这恰恰证明了班干部轮换制的实践是可行的。

圆圆让学生把斯宾塞在《教育论》中所说的话抄在板报上：记住你的管教的目的应该是养成一个能够自治的人，而不是一个要让别人来管理的人。

圆圆和学生们讨论了班干部的产生办法及轮换周期。同学们还是倾向于用竞选的方式产生班委会，这是因为学生很向往民主竞选的形式，很愿意模拟体验；轮换周期暂定为每月一换，这是因为有学生怕时间不够轮换不到，失去体验的机会。

说实在的，虽然是我给圆圆提供的陈会昌老师的理论资料，但我不太同意在学生自制力差的班级搞干部搞轮换制。这对学生来说虽然是个锻炼提高的机会，但对教师来说却是件很麻烦的事情。学生干部刚刚进入状态，又要换人，班级总是处在动荡之中，这对班集体的形成也不利。

以我的经验，在这样的班级里，能够维持上课就算不错了。我担心圆圆过高地估计自己的能力而低估学生的能量，我提醒道：“‘差生’的行为是习惯性使然，不要看他们在临时班委会所表现出的‘自制力’，就断定他们一定能做到‘行为规范’。”圆圆同意我的观点，但她说与其仅由教师“高度外控”，就不如利用班干部轮换制，让学生参与班级管理，让学生知道，无论学习还是遵守纪律都是自己的事情，这会增加学生的“自控意识”——双管齐下总比一种途径好；再说，这个班的纪律影响着年级的稳定，不控制不行，但是只凭外控，短时间可能会有所收敛，但时间长了未免能保持。

我不由得佩服圆圆，不可否认，她的思路是正确的。特别是她使用的“自控意识”这个词很贴切，这说明圆圆并不是仅凭激情，认为通过班干部轮换制就能一劳永逸地解决学生的行为偏差，她清楚学生的进步是呈阶梯型的，在行为控制方面，先要激发学生的自控意识，然后逐步达到提高学生的自控能力。

但是对于轮换制的具体细节也存在很多问题，比如，轮换对象是全体班委会整体轮换还是部分轮换——整体轮换的弊病是两个班委会的工作衔接会出现问题，而部分轮换又会出现频繁竞选，不但会冲击班级常规管理，还会导致学生竞选浮躁症的发生，从而影响班级的学习氛围。最后，圆圆决定在两个班委会交接工作时，留出一周的缓冲期，即前一个班委会晚退出一周。在这一周里，两套班委会同时工作，但以后一个班委会为主，前一个班委会辅助。这样就解决了我们担心的问题。

2009 年 9 月 8 日

看似不公平

双休日，圆圆带孩子过来住两天。晚上，圆圆和我聊起来说：“这周有两名学生同时迟到，但我一个让他罚站一节课，另一个没批评就让回座位上了。”

对于圆圆的教育理念，我已经有所佩服了。我听出她是在卖关子。为引发她能说详细点儿，我故意惊讶地问：“那不会引发矛盾吗？”

她笑了：“我这样做就没事，别人这样做可不敢保证不会引发矛盾。”

我说：“呵！那么自信。”我俩都笑了。

原来李斌经常迟到，批评很多次也不改，而且每次都有充分的理由：堵车呀；公交车在半道上抛锚了呀；还有一次说是出了车祸，并把自己受伤的手指伸出来让圆圆看，说差点儿把他的手指给挤掉了。

圆圆说：“怎么这些事情，别人都碰不上，全都让你碰上了？下次迟到不管什么理由，都不能回座位。”

可是昨天，他和平时表现很好的于嘉同时迟到。于嘉人很老实，也从来没有迟过到。圆圆毫不犹豫地让李斌站在门旁听课，并示意于嘉回到座位上听课。

李斌并没有表示不满，倒是圆圆抓住时机面对全班学生说：“李斌和于嘉同时迟到，而且于嘉比李斌迟到的时间还长，为什么我让李斌罚站一节课，而不让于嘉罚站，这是不是很不公平呀？有没有给李斌打抱不平的？有没有对我的处理有意见的？我们下午抽时间讨论一下。”

两个学生的表现同学们都清楚，让圆圆一鼓动，班级舆论指向了李斌。对于李斌来说，这种震动大过圆圆频繁批评的效果。最后，圆圆还得意地对我说：“这次以后，恐怕李斌得约束点儿自己了。”

利用班级舆论弘扬正气，圆圆使用得得心应手。

班级舆论反映班级多数人的意愿、态度和倾向。这是一种巨大的影响力。对班内的某些成员的行为或班内某些事物的是非、善恶、美丑进行评论，并做出“无形的裁判”，使错误的东西感到压力，并在压力下不得不发生改变，而正确的东西会得到强化，受到支持。这就是正确的集体舆论作用。圆圆引导学生讨论就是试图利用舆论这个影响力，推动集体克服各种消极现象而向前发展。

2009 年 10 月 9 日

师德禁忌偏爱

晚饭后，圆圆他们全家返程了。家里一下子安静下来，我坐在电脑桌前准备开机。

圆圆处理两个迟到学生的做法显现在我的脑海里。她的一句“我这样做就没事，别人这样做可不敢保证不会引发矛盾”让我深思。虽然是一句玩笑话，却是事实。

做督导工作需要经常下课堂听课，加之所承担的课题研究需要，我也经常下学校。在教育、教学第一线，我们经常看到有的教师批评学生时，立马遭到反驳的。为什么一些正当的教育要求，有的班主任提出来学生就无动于衷、不以为然甚至奋起反抗，而有的班主任提出来同学们就高度重视、积极执行？同样的批评学生，为什么有的班主任教师“有失分寸”，但同学们能够谅解，而有的班主任讲的都是“闪闪发光的真理”同学们仍要无理顶撞？

于是，我们常常看到一些教师出于种种杂念，不敢管学生，在课堂上完全处在一种软弱无力的地位，放任自流，不与任何同学“碰撞”，想以此得到学生好评。事实证明，这样的教师威信最低，这种不负责任的教师，在同学们心里不占什么位置。

圆圆为什么敢碰硬、敢管？有人说是人格魅力，这点我不反对，但追踪圆圆参加工作以来的表现，我感到她对学生一视同仁、没有偏爱是关键。

面对个性不同的学生——有的表现聪明，有的表现迟钝；有的表现活泼，有的表现文静；有的成绩好，有的成绩差；有的听话，有的顽皮……圆圆从来不会出现亲近一部分、疏远一部分，喜欢一部分、厌恶一部分学生的现象。当然，她也喜欢那些聪明、伶俐、听话的学生，不喜欢那些迟钝、呆板、不听话的学生，但她从来不表现出来。从来没有家长和她套近乎、拉关系。因为他们知道圆圆不会因为这些与他们等价交换而照顾他们的孩子，也不会因为家长的冒犯而迁怒他们的孩子。她对犯错误的学生，不论是宽恕还是责罚，都是公正的，学生不会认为教师偏心而拒绝接受教育。这点，从她冤枉了学生却获得学生的谅解这件事上可窥一斑。

2009 年 10 月 10 日

教学反思

圆圆 10 月 28 日上的全市公开课。今天她的师父 A 老师让她写个公开课的课后反思，圆圆不知道“反思”怎么写，发来短信问我。

其实，我一直建议圆圆写课后反思，因为只有反思一下课堂教学，才能有所升华。我告诉她教学反思能激活教师的教学智慧。只有经过反思，去粗存精，去伪存真，才能使自己的教学成为高效的教学，才能使自己的学生学习高效。为此，我曾经把叶澜教授的一句著名的话发给她：“一个教师写一辈子教案不一定成为名师，如果一个教师写三年教学反思，就可能成为名师。教师应在实践—反思—再实践—再反思螺旋式上升中实现专业成长。”同时，我也把波斯纳的教师成长公式发给她：成长＝经验＋反思。

但圆圆已经不像入职初期那样能认真听我的建议了，她并没有把我的建议和短信内容当回事。在我和她的言谈当中，她甚至流露出我总给她增加负担的埋怨。我提示她，为反思而反思是负担，但在反思中成长不亦乐乎。她很不耐烦。

这次圆圆要写反思，主要是为了完成她师父给她下达的任务。我不禁感慨：难怪学校的一些行政命令这么管用，是因为我们的教师“吃这套”，习惯按上边的安排行事。看来想让教师自主学习、自主探索、自主创新还真的不是一件容易的事情（对不起，有点儿以偏概全、殃及无辜了）。

教学反思不是简单的心得，不是一般意义上的回顾，而是反省、思考、探索和解决教学过程中各个方面存在的问题。教学反思的内容也很多，如反思自己的教学状况，反思学生的学习状况，反思授课内容、方式、技能技巧，反思课堂整体状况……总之，关于反思的话题我有很多很多，但怕圆圆反感，我不想也不能说太多。思考片刻，我只把反思的框架用手机短信发过去：“①课题

(哪个教材、版本，哪课)。②备课前的思考。③授课主要环节。④教学效果。⑤主要问题及改进措施。⑥我的感受。”多一个字都没写。

我曾想把“苏霍姆林斯基课上录音，以便课后自己听听进行自我反思”的做法同时发过去，但最终还是没发。以我对圆圆近段时间的了解，用教育家的高标准要求她，她会更加反感。

2009 年 11 月 16 日

教育评价对“差生”不利

学校召开教职员工大会，德育处又一次表扬了部分班主任。老师们发现，获得表扬的班主任均为各年级生源好的班级。高二年级表扬的是好学生集中的（2）班班主任，高一年级表扬的是实验（1）班的班主任。其他年级也类似。表彰的根据基本是以“班级德育量化”分数为基础，加之科任教师对该班学生上课的课堂纪律评价分数等。

仅从学生的表现来确定优秀班主任，对那些承担“差生”管理的班主任是不公平的。

高二文、理分班后，中文专业毕业的圆圆为学校承担难题，服从分配，担任了理科班的班主任。理科班集中了年级所有的没有学习意识的学生。组班之初，学生粗暴、堕落、无所追求、物质至上、极端自私。任课教师对圆圆说：“一进你班，就感到班级氛围异常。”

近半个学期的磨合，班里的情况大变样，任课教师上课顺利多了。老师都很佩服地对圆圆说：“你真行，能把学生调教成这般模样。”……但凡在三类学校一线教过课的老师都知道，在学生当中没有威信的老师很难让这些学生且已近成年人的高二学生信服。圆圆花费了常人难以想象的代价才做到这一步。高一（1）班是学校分出来的实验班，好学生集中。高一（1）班班主任晚来早走，生活过得很潇洒，“差班”班主任羡慕不已，他们说自己就是累得吐血，班级也达不到（1）班的标准。的确，论班级学生的学习、纪律情况，“差班”无论如何也不够优秀班集体的条件，这点无可置疑。但担任“差班”的班主任不见得就是“差班主任”，要讲付出，“差班”班主任要比好班的班主任付出的心血成倍多。然而，德育处的领导不知道是不懂还是出于其他因素的考虑，期中考试后，带“差班”的班主任不但得不到领导半点儿肯定和激励，相反总是在大小会上拿“差班”和试验班的纪律相比，表扬好班，批评差班。这种没有可比性的比较，伤害着教“差班”老师的心，也伤害着“差班”学生的心。

老师们只敢背后议论“让德育主任带带这样的班看看”，而不敢当面质疑。因为，班主任的命运拴在领导的手上。教育现实是学校中有不少老师在敢怒不敢言的状态下，采取出工不出力、破罐子破摔等对策，在这种对策下受伤害的当然是孩子——许多学生就是在老师的这种心态上被耽误的。

记得我在“理论工作者与一线教师对话沙龙”第四十二次活动会上，曾经向北京教科院的张铁道副院长建议：“班主任应该考核上岗，不够资格的不能当班主任。”张院长答：“当前的情况是教师们并不愿意当班主任，如果没有评优、评职称的需求，恐怕没有人当班主任。”看来我们的领导也不是不知道下边的问题，但问题为什么不能下决心解决呢？

去年电视曝光，某中学不让学习差的学生以本校的名义报考大学。这与批评“差班”班主任，表彰“好班”班主任是一个思维模式：教师把精力放在尖子生上，考出成绩，领导嘉奖；教师把精力用在转化落后生上，费力不讨好，甚至落到大会批小会评的下场；教师把学习成绩差的学生排挤出去，有的领导默认并暗自高兴。种种导向都不利于学习落后的学生生存。

我们现在对应试教育的大批判可以说是口诛笔伐、口号震天，把一切问题都归罪于高考。但高考不可能因为我们的批判而取消。只要有考试，就会有应试。我认为就目前情况看，应试没错，错在我们片面追求考试成绩、不择手段地追求升学率。

为什么这么长的时间，这种不择手段的追求升学率造成的侵害“差生”学习权利的现象不能排除，反而越演越烈？关键是一些人有许多道德上的理由为自己违反教师道德的行为辩护。比如，老师劝转、劝退“差生”，理由是为了不妨碍其他同学的学习等。不可否认，确实有的学生已经到了边缘地步，很难教育了，教育不是万能的，老师也没有回天之术。在这种情况下，学生换个环境也可能是上策。但如果把它作为缩小分母、提高升学率的砝码，就是问题了。不让学习落后的学生以本校名义报考大学就是这种情况。

基础教育离“落实素质教育，公平对待每一位学生”的道路还很遥远，主要原因在于学校的政策导向有误，伤害老师，伤害学生。

苏霍姆林斯基对学生劳动的评价态度，对当前班主任的评价很有借鉴价值：“在肥田沃土上种出好庄家，这不算什么功劳。如果学生能把贫瘠的土地改造成高产田……因此，常常有这种情况：受到表扬的是那些产量不高的学生，而不是产量较高的学生。”只要学校领导能学苏霍姆林斯基评价学生的思维方式，客观地评价教师的努力、勤奋和用心的程度，肯定教师们克服很多困难才能完成的工作，比如生源差的班级比起生源好的班级管理起来要克服的困难更大，并遵循“不能把大自然所赐给的好条件也归功于自己”（苏霍姆林斯基语）的原则，少些锦上添花，多些雪中送炭，教师的心里也许会平衡些，“差生”的生存环境也会好些。

2009 年 12 月 4 日

台湾考察

圆圆所在的“特级教师工作室”要去台湾考察，今天的飞机。

不知怎么回事，我很不愿意让我的家人乘飞机，因我对飞机总欠信任。昨天晚上给圆圆发去短信，希望她注意安全。同时，我希望她能在台湾买回一套中小学教材。圆圆回复时笑我：“三句话不离本行，我怎么可能大老远给你往回背教材。”我回复：“看看是否能邮寄。”

发完短信，我更加强烈地希望圆圆能给我带回一套哪怕是一本小学的教材。台湾与大陆书同文、习同俗、宗同根，我想了解台湾的教育，比想了解西方的教育还强烈。我暗自思量：既然他们是教育考察，带队的教研员一定也会关心教材的事。

对于台湾，我们是陌生的。台湾的教育应该是传承儒家思想，注重仁、义、礼、智、信的思想教育，重视中国传统文化及传统道德礼仪的教育。

早上两点醒了一次，五点五十又醒了。圆圆应该是五点三十分到的机场，我想给她发短信，又怕她忙，一直等到六点二十分，我发短信让她登机前给我发个信息，她回信说：好的。七点五十七分，她发来短信告诉我：“要登机了，要关机了。”我回信告诉她：“如果能上网，可以上网留言。”她没回信，我又打过去一个电话，重复了这个内容。她说：“不方便上网。”

我遗憾自己生不逢时，这辈子也不可能走进台湾的学校、考察台湾的教育了。

晚上，圆圆打来电话报平安，因为电话费太高，我没跟她说几句话就挂了。

放下电话，我的心随圆圆飞往台湾。

2010年1月29日

双课堂教学模式试验（一）

——激发潜能

昨天是开学教师返校日，今天学生返校，明天正式开课。

圆圆在师父 A 老师的引荐下，参加了北京市“深化教学方式与信息技术的科学应用”课题研究组，进行虚拟课堂和实体课堂的双课堂教学模式试验。整个寒假学生们都在网上的虚拟课堂中讨论“《论语》与《孟子》”专题系列课。

以前圆圆总是埋怨她的学生基础不好，学习态度不好……有时我让她下点儿功夫积累知识，她会说：“这有什么用？你的知识再多，对这种基础差的学生也没用。”

我曾担心，她作为一个教师，如果在潜意识中低估了学生，那么她的所作所为，她的态度、眼神、音容笑貌都会带上这样的色彩，反过来就会给学生造成负面影响。

今天她回来很高兴，滔滔不绝地说在虚拟课堂（网络课堂）上，她发现学生们很有思想，真是她没有想到的。她让我上网看学生的讨论，我很高兴。

这种模式我第一次听说，很好奇。我迅速打开电脑，按圆圆给出的网址上网浏览。学生们讨论得竟然如此深刻，完全是自主学习；争论得竟然如此激烈，完全是独立思维。我感到了学生的潜能被激发出来了。“双课堂”的教学模式，在圆圆他们这类学校还是很见效的。

这时，我想起郭思乐老师的“生本教育”。其实对于学生来说，人的本性决定他们自出生之日就有学习的本能。他们真正需要的是有自己学习的机会，特别是学习成绩不佳的学生，他们对成人（教师和家长）的说教很反感，逆反性格也是导致他们成绩差的原因之一。虚拟课堂给了他们摆脱老师，自主学习的机会。通过假期虚拟课堂的讨论，我惊奇地发现没有教师的叮咛和说教，学生们会在启蒙之后产生强大的悟性，如同井喷般一发不可收拾。他们在网上发挥自己的天性，驰骋自己的想象，学生的学习积极性就这样被激发出来了。比如王勇同学在讨论中给大家推荐了两本书——《先秦诸子百家争鸣》和《我山之石——论儒墨道法的救世之策》，引发了全班同学关于读书方式的讨论。讨论中，李强同学让他讲一讲这两本书的内容和读后感受，王勇做了如下发言："……像这种学术性的书还是自己看比较好，一千个人眼中有一千个哈姆雷特，你看书的时候肯定和我的心境不一样，你所体会出的东西也会跟我不一样……"这哪里像一个三类学校的、被老师们公认为不爱读书的学生的读书感悟。

在虚拟课堂中，学生参与的热情前所未有，如全班三十二人，对"论题一"的讨论有二十二次回帖，参与学生二十二人；"论题二"的回帖数二十八次，参与学生二十六人。有时为了弄懂一个问题，许多同学翻阅了大量图书，上网查找了很多资料，甚至经常在网上形成自发的跟帖讨论。这一系列的行为不仅加深了学生对孔孟思想的认识和喜爱，而且使更多的学生在此过程中形成了自己对问题的独到见解。

事实印证了郭思乐老师的论断——人的潜能无限。所有的孩子都是天生的学习者，都有学习的本能。每个孩子都是一个生命体。人的生命是什么？人的生命就是通过亿万年的基因流传，从出生之时就像电子计算机具有了本机程序一样，拥有了语言的、思维的、创新的本能，否则人类就不会发展了。人认识大脑也是最近几十年的事情，过去人们认为是用"心"想事，如常言讲"心想事成"就是这么来的。其实人脑是一部超级电脑，只是很少有人把它开发出来。电脑可以依靠软件不断升级来扩充它本身的功能，人脑依靠经验和知识来激发脑能；电脑升级要受许多限制，但人脑不用——人脑只要根据自己的需求调节即可。

残奥会期间，我从电视中看到那么多残疾人创造出的惊人奇迹——没有上肢的残疾人用脚写字、绘画、吃饭……用脚代替手的功能。我甚至想，是否每个人出生之时，脚就具有这些功能，但健全的人有双手，不需要用脚做这些事情，所以脚的这种功能就退化了，没有双臂的人，因为需要，开发了脚的这些功能；大脑也是一样，用则进，废则退。

像虚拟课堂这样将可以交付给学生的尽量交付给学生，学生自然会分清哪些事情自己可以解决，哪些在同学的交流中可以解决，哪些需要老师的帮助，这时教师的作用“被千呼万唤始出来”。这时，教师“教”的效果会事半功倍。

2010 年 2 月 19 日

双课堂教学模式试验（二）
——过程概述

我不由得对“双课堂教学模式”产生了兴趣。我咨询圆圆，方知“双课堂”是由虚拟课堂（网上论坛）与实体课堂（教室讨论、辩论）组成。昨天，我从网上看到的学生讨论，只是这次双课堂教学模式试验中的预热阶段，是假期学生们在虚拟课堂的网上讨论。

我不禁好奇地询问这种模式的教学过程和选用的教材。

圆圆参加这次课题试验，教材选自北京市高中课程改革实验版选修（二）“文化论著研读”模块的“《论语》与《孟子》”专题。这一单元有四篇课文：《侍坐》章、《齐桓晋文之事》原文，以及当代学者有关《论语》《孟子》的学术论文两篇——《孔孟》（黄仁宇）、《浅谈〈论语〉》（杨伯峻）。

试验紧扣虚拟课堂的论坛及实体课堂的讨论、辩论形式，所以，圆圆将这次教学活动专题确定为“对话孔孟”。

教学过程将分七个阶段：

第一阶段：预热。假期在虚拟课堂的网上论坛布置论题，学生利用假期在网上讨论。

第二阶段：启动。开学后在实体课堂中与学生共同总结网上论坛学习的成果。

第三阶段：推进。在实体课堂中学习杨伯峻的《浅谈〈论语〉》。

第四阶段：交流。在实体课堂中，学生通过讨论梳理课文《子路、曾皙、冉有、公西华侍坐》的语言现象。

第五阶段：再推进。在虚拟课堂讨论新论题。在实体课堂中，学生通过讨论梳理课文《齐桓晋文之事》的语言现象。

第六阶段：深化。在实体课堂总结虚拟课堂的研究成果，采用分组讨论、小组交流、辩论等形式固化网上论坛中的学习成果；以讨论的形式梳理、解决学生在网上论坛中的疑问；开展小小辩论会活动。

第七阶段：拓展延伸。小结。

我对语文教学是门外汉，对这样一个分成七个阶段的教学模式似懂非懂。

但从今天的实体课堂上学生的思想交锋、冲突不断来看，这确实充分调动了学生的学习积极性。课堂上因为学生是按网上论坛中对《侍坐》人物的不同喜好分成五组，所以在发言中各组都就自己的观点发表言论，这就产生了激烈的辩论。大家辩论得面红耳赤，一节课下来，全班三十二名同学共发言五十七次，一些平时上课老师点名提问都一言不发的学生竟然争着站起来表述自己的观点和理由。虽然他们论述时的思维和逻辑水平还有待提高，但这种虚拟与现实课堂碰撞出的火花，却发出了耀眼的光芒。

我又不由得想起北京师范大学心理学院发展心理研究所教授陈会昌老师的两颗种子的理论：每个学生心中都有两颗种子，一颗是学习社会期望的知识、技能，完成成人要求的任务；另一颗是出于个人的兴趣、动机、愿望而做的事情，从而实现个人理想。对中国学生来说，前一颗种子的生长土壤比较肥沃，第二颗种子的生长土壤比较贫瘠。第一颗种子的核心品质是自我控制力，是控制自己、按照外界环境提出的要求完成相应任务的能力；第二颗种子的核心成分是自主性和创造性，是出于个人内在兴趣和动机，自动地发起做某些事情的能力，但因这颗种子生长受到制约，用成绩来衡量这部分学生基本沦为三类学校的“差生”。

双课堂教学模式让我看到了第二颗种子生长的土壤和空间。

2010 年 2 月 20 日

双课堂教学模式试验（三）

——提高认识

“双课堂教学模式试验”课题组要求参加试验的教师将试验写成案例，这几天圆圆没干别的，急匆匆地写完发了过去。下午主管老师给圆圆的师傅A老师发来了短信，A老师将短信转发给圆圆。内容是：“稿件已阅，小周老师的短篇文字量比较合适，反思部分写得真切有新意，翻译得也很认真。建议把长篇版本里说明学习效果的一些文字加进去，如上线人数的统计、学生学习状态的改变。”

接到建议，圆圆对案例做了修改。

通过这次试验，使我的认识有了很大的提高。

1. 对教材的认识

知识学习本身就是一个有机联系的整体，教材将四个文本组合成一个块状教学（学习）对象，使一个孤立的教学（学习）扩展在一个有一定深度、有一定联系的机构里，有利于学生阅读认识的深化与升华，也弱化了教师在课堂上的主宰地位。相比因课时肢解了教学内容间有机联系的课程设置，是一个很大进步。

2. 对学生的认识

第一次教学高中古文真有一种失败的感觉，面对学生几乎厌学的状况，自己内心非常痛苦，大有离开所供职学校的想法——学生基础太差，太难教了。正是这种思想，导致在课堂教学中，学生在认知活动中的主体性被削弱，独立创见、自主意识被压抑。这次实验课，将课堂交给学生，极大地激发了学生的学习兴趣。用这样的方法引导学生主动学习，养成创新思维的习惯，这是我以前教学所没有的。正是通过这次试验课的完成，我由衷地感到学生（不管是分数高低）的学习潜力是巨大的，他们拥有大量的经过选择、设计并控制的学习资源，是学习活动的主体，是信息加工与情感体验的主体，教师不可小视。

通过这次专题活动，学生加深了对孔、孟的认识和喜爱，特别是最后自由畅谈时，有些学生对孔、孟的喜爱之情溢于言表。学生在感知孔、孟的同时已对原本陌生的国学产生了浓厚的兴趣，相信他们会在今后的学习、生活中自觉关注并终身受益。

3. 对教师角色的认识

有研究认为教学（学习）过程有三个变量：学生自变量、教师的干预变量、学习效能的应变量。假如应变量的预期或达成是设定的，那么，自变量越大，干预变量就越小；反之，干预变量越大，自变量就越小。从这次实验课的效果看，我倾向以上观点。回顾以前的教学，越是担心学生学不会就越多讲，恨不能将自己的所有知识都倾囊而泄，但学生的学习状态总是不尽人意，部分学生陷入被动的学习状态——离开了老师就无着无落，获得了时间的自主权却又不知如何使用。这次实验课学生的状态大大出乎我的预料，这不正是教师减少了干预，学生自主学习的状态提升了吗？当然，把“自主”变成“自流”，完全不干预，以学生为中心，也是不行的。只有教师相机诱导才能让课堂内容更有针对性和实效性。所以，教师的角色是主导，是学生学习过程的组织者、辅助者、帮助者，学生良好情操的培育者、教学环境的创设者。一句话，教师的主导角色就是要考虑、研究如何让学生在面对文本时“动”起来、“活”起来。

4. 对教学模式的认识

这里所说的教学模式主要是指这次实验课——语文双课堂教学模式。说实话，参加这个课题前，我对网络环境下的教学形式一无所知，这次试验课的实施过程，拓展了我的视野，使我深深地体会到教材绝不是唯一的获取知识的教学内容，通过教师指导、自主学习与协作交流，学生可以从多种学习对象和多种教学资源上获取多方面的知识。

这次实验课证明，网络环境下的教学模式有利于激发学生的学习兴趣和进行会话与协作学习，有利于情景创设和大量知识的获取与保持，有利于学生的主动发展、主动探索，有利于发展联想思维和建立新旧知识之间的联系。

当然，这种网络论坛模式的教学也有许多局限，如有的家庭不具备拥有计算机的条件，有的家长观念偏颇，担心孩子迷恋网络而限制其上网……导致实验班有四个学生没有参与虚拟课堂的讨论。不可否认，后者家长的担心也有一定的道理，特别是那些自我控制能力差的学生，很容易把握不住自己而沉迷游戏、聊天或进入陌生交际圈受到黄色信息的侵蚀，但隔离总不是办法，网络教学的模式不能因为这些负面因素而放弃。这是一线教师面临突破的问题之一。

课程实施是课程改革的关键环节，我很幸运参加了课改实验，得到了专家老师的指导，今后也将倍加努力，为基础教育的课程发展做贡献。但站在一线教师的角度，也期望课程专家能够深入教学第一线，与一线教师零距离地进行交互式指导和帮助。

2010年3月12日

国际会议邀请函

圆圆的双课堂模式的教学试验受到了北京市教育学会的重视，3 月份圆圆写的“教学案例”，竟然被“第二届中欧基础教育课程发展会议”选入大会交流材料。会议通知圆圆作为中国代表团北京方面的代表参加 13 号在北京四中召开的大会。全区只有三人受到了邀请。

邀请函是用邮件发来的，全文如下：

北京市教育学会

邀　请　函

×××老师：

由荷兰国家课程研究所、中国教育部基础教育课程发展中心及北京市教育学会联合主办的“第二届中欧基础教育课程发展会议”（西城区教委承办，北京四中协办）于 2010 年 4 月 13 日至 4 月 14 日在北京市第四中学举办。特邀请您作为中国代表团北京方面代表出席本次大会。

1. 会议日期：2010 年 4 月 13 日 9 时至 2010 年 4 月 14 日 17 时，请您参加（参见大会议程，选择分会场）

2. 签到地点：北京四中报告厅

3. 您可否参会，请回复北京市教育学会办公室×××

传真电话：（略）　　　　手机：（略）

邮箱：（略）

4. 因为车位紧张，请尽量乘坐公共交通工具。自驾车前往者，请用 A4 纸打印 4.13—4.14 贴于前车窗。

5. 会议所备同声传译设备，离会前务必交还工作人员。

北京市教育学会

2010 年 4 月 6 日

（代章）

附：（1）大会议程

（2）北京四中交通位置图

2010 年 4 月 7 日

圆圆收到国议会议邀请函

申报一级职称

圆圆2004年取得中教二级专业技术职务任职资格，同年受聘，至今已经六年，符合申报中教一级职称的各项条件。但是，学校符合一级教师职称申报条件的人很多，因此，竞争很激烈，圆圆能否过学校这一关还是个问题。

材料已经整好上报给了学校，8日所有申报的教师在学校述职。

最有竞争力的共四个人——一个德育处主任（中层），两个三十四五岁的教师，一个就是圆圆（年龄最小）。

述职完毕，学校学术委员会成员进行了评议表决。

首先确定了德育处主任韩瑞老师和一个三十多岁的教师。学术委员会在圆圆与另外一个教师的选择上出现了分歧：一些委员认为应该选年龄大的——工作这么多年，没有功劳也有苦劳，圆圆年龄小，可以缓缓；另一些委员认为圆圆的教育教学有突出的成绩，如果这次论资排辈，按年龄决定，对其他青年教师的积极性也是一个打击，不利于青年教师的成长——反正也得熬年头，干吗还努力呢？再说，已经有一个年龄大的了，第三个应该报年轻的。

就这样，圆圆的一级职称在学校的学术委员会获得了通过。学校让她准备上报的材料。

2010年4月10日

参加国际会议

今天是“第二届中欧基础教育课程发展会议”开幕的时间。

圆圆早早到了会场。

教育部副部长陈小娅等领导和来自中国、荷兰、德国、法国等国家的教育专家也到会并参与讨论、我替女儿高兴。

圆圆的学术水平还不够，会议讨论她还插不上言，有些高深的理论她还不能理解，因此，她感到乏味。晚上回来，她说明天下午不想耽误学生的课，还是不参加闭幕式了。

我羡慕她有这样与大师学习、对话的机会，我建议她还是参加。教师的思维窄，学生的思维怎么能宽？教师的思维就是要在这样的场合拓展。

“把自己培养成思考者吧！这样才能带动学生思考。”我对圆圆说。

现实中，我们有许多像圆圆这样的年轻教师，对理论性、学术性的东西不感兴趣，会场上睡觉的、看书的、聊天的大有人在。

2010 年 4 月 13 日

业 余 时 间

又一次看圆圆的双课堂教学——虚拟课堂网上的学生讨论和实体课堂上学生辩论的录像，由衷地感到这种形式对激发学生自主学习是一个很好的模式。但圆圆的课堂教学案例（以下简称“案例”）虽然获得了参与国际会议交流的资格，虽然也将入选课题组准备出版的书中，但看过双课堂学生学习的情景后，越发感觉她的案例并没有真实地表达学生参与学习的高昂积极性，没有用点睛之笔将其概括出来。圆圆在思想上、写作上还是要再下一番功夫。

我的圆圆，在写作上下点儿功夫吧！勤练笔，练到一定篇幅、字数，才能有质的飞跃。

我希望她老了能著作等身，当然这也是想圆我自己的梦。

说句心里话，我对圆圆把业余时间用来“种菜”（开心网上的一种游戏），真是感到痛心。我希望圆圆能把读书、写作放到业余时间，哪怕每天半个小时、二十分钟，日积月累也会有一个很大的提高。

但圆圆坚持认为业余时间不能用来工作。她把读纸质的书、把写作练笔看作是工作。我曾很严肃地对她说：“八小时以外不工作的教师绝不是好教师。”她反驳：“我也不想当好教师。”我无言。

我多么希望她能养成读书习惯，这样读书就成了像玩儿游戏一样感到有兴趣。唉！什么时候圆圆能达到这种境界呢？我所希望的女儿是一名才女，而不是“作课”的模范。

2010 年 6 月 10 日

误　导

即将放假了，圆圆的新（1）班经过近一个学年的磨合，总算规矩了许多。

今天是周五，周末是学生疲劳而易散漫的时间。圆圆来到班里看午自习。李琦嬉皮笑脸地拿出一本陈旧的杂志来到圆圆面前，他指着杂志中的一篇文章对圆圆说："老师，您还是别把我们管得太死了，您也别太要求我们非把学习提上去了，您看大凡有成就的人都是在学校学习不怎么样的人。"

圆圆在教育培训中常常听到、在某些资料中也常常看到，一些在中小学阶段被认为平庸之辈，或者是不堪造就的人，后来却成了著名人物。但圆圆从李琦手里接过来的文章，在这方面的论述相对更集中：爱因斯坦曾因为学习成绩不良而被拒之于学校大门之外；巴顿将军被认为是学习无能者，他十二岁才上小学，一有机会就逃学，学习成绩一直不佳；牛顿小时候智力很平常，小学校长提到班上成绩不好的孩子，总是少不了他，以至萧伯纳在一个剧本中取笑牛顿不能直截了当地算出 3×7 的积数……圆圆感到这些名人小时候逃学调皮的例子，在学生当中流传很广，造成了不良后果。

作为教育工作者，圆圆当然明白作者的用意——告诫教育工作者们，不能把学生看"死"，要善待"差生"。但作为未成年的青少年来说，这无疑是告诉他们：学习不好或不学习者，照样成功，能干大事业。更有甚者认为，只有调皮、不学习者才能成为名家。这样的观点实实在在地影响了一批很有天赋的孩子，他们为自己顽皮、不学习找到了理论依据。面对（1）班的情况，圆圆知道，再有多少科学家刻苦学习的典范，也不能替代这种特例给学生带来的影响。可以想象，当学生有了这种认识后，他还会"用心"学习吗？但是，当他们领悟了的时候，时间也就一去不复返了——时间是不能再生的。为此，我们可能要损失多少个未来的科学家、名人。

因为事情来得太突然，圆圆一时也不知如何作答。她瞬间愣了一下，笑着说：“好吧！我不管你学习了，等着你将来当了名人，成了科学家，我也沾沾光。”

圆圆对这类资料很反感。因为它除了对青少年有负面影响外，对教育者也有影响：首先对不负责任的教师来说有了不负责任的借口，其次给负责任的教师增加了教育的难度。圆圆知道不能坐视不管，但她也知道讲大道理是没用的。她在全班宣读了这篇文章，然后布置了一项作业：双休日在家上网查这些科学家的资料，周一班会讨论。

圆圆在头脑里迅速检索，又有了以下回复：“有专家说‘爱学是万善（德育）之本，厌学是万恶之源’，如果，你们在精力充沛、身体强壮的现在拒绝读书学习，那么，巨大的时间和空白用来干什么呢？”学生一时语塞。圆圆接着说：“求知的世界阳光灿烂，无知的天地充满危险。所以，联合国多次呼吁，全世界都要同学业失败现象做斗争。”随后圆圆又补充一句：“歌德讲，‘人不光是靠他生来就拥有的一切，而是靠他从学习中得到的一切来造就自己’。”

用集体讨论的方法激发学生自我教育是圆圆常用的方法。这次她也希望通过讨论，让学生明白那种坐等成名成家、成就大事业的人，不论他天资多聪颖，也会一事无成。既然不学习、不读书也能成名人、科学家，那么，我们还学习干什么呢？

在此也想呼吁一下媒体在报道宣传时，一定要对青少年采取负责任的态度。

2010 年 6 月 25 日

申报骨干教师

一年一度申报区级骨干教师的工作开始了。因为圆圆是区“特级教师工作室”成员，又是连续两年的校级骨干教师，学校有意推荐圆圆申报区级骨干教师，让圆圆准备材料。

骨干教师的评选条件很严，材料必须有“实证”支撑，即材料上所写的奖励、成绩一定要有证书对应。

我与圆圆一起整理材料，看到圆圆这么小的年龄、这么短时间就有近乎一兜子的证书，有些瞠目结舌。现代的教师生活在评选海洋里。面对名目繁多的评选，教师还能安心教学吗？

圆圆的成绩分为两个方面：

一是教育教学科研方面（区级以上）。做市、区级公开课六节，做课获市级奖一次、区级一等奖三次，两次获“区教师基本功大赛一等奖”，教学论文获国家级奖六篇、获市级奖七篇、区级奖七篇；文章被选入图书四篇，参加编写图书两次；代表学区全体青年教师在“学区师徒结对大会”上发言一次。2008 年加入区特级教师工作室。

二是荣誉称号方面（区级以上）。2006 年获区教育系统“育人奖”，2007 年被评为“随班就读”先进个人，2007 年被评为区优秀青年教师，2007 年获区“优秀共产党员”称号，2009 年在区教育系统优秀青年教师评选活动中获表扬奖。

2010 年 6 月 27 日

“教育新秀”述职

学校为圆圆申报了区级的“教育新秀”评选，材料早已上报，初审已经通过，只等述职了。述职只给五分钟，圆圆的材料那么多，怎么压缩？这几天我们一直讨论这个问题。我们感到述职的目的不是为了讲成绩，主要还是看教师的表达和形象。圆圆又修改了述职报告，压缩了内容。

又是一个双休日，圆圆全家过来了。圆圆告诉我，“教育新秀”述完职了，她述职结束时，听述职的书记们全体鼓掌（听“教育新秀”述职的是全区各校的书记）。我为她高兴。

圆圆述职的结束语是这样的：

我庆幸自己置身于×××中学这个极利于人成长的环境。2003年，二十一岁的我来到×××中学任教。记得我们毕业恰逢“非典”肆虐，实习成了走过场。因此，初上讲台、初当班主任，真有点儿茫然不知所措。是学校领导、老师及时给我鼓励、帮助，校长听课、评课、指导的情景至今难忘，在大家的帮助下，我一步步走来，取得了点滴成绩。正当我工作五年、寻求新的突破时，学校又把我送到×××中学拜特级教师×××为师，令我不敢想象的是二十六岁的我能够破格加入×××老师特级教师工作室，有幸得到×××、×××、×××、×××等特级教师的指点，受益匪浅。我发自内心地感谢周围的领导、同事、名师专家们给予我的无私帮助及区教委×××工程为教师成长搭设的发展平台。这次不管评上与否，我都会加倍努力，来回报培养我、关爱我的学校领导、同事还有我的恩师。谢谢！

2010年7月10日

“教育新秀”批下来了

圆圆说“教育新秀”批下来了，下周二召开全区教师节颁奖大会，她下午有课去不了。我说，还是去为好，多见识一下场面，多结识点朋友没有坏处。

能获得区的“教育新秀”称号，是圆圆梦寐以求的，听说批下来，我想象的圆圆一定会很高兴，毕竟全区才三十个，这对圆圆的工作也是个肯定。但圆圆并没有我想象当中的那样兴奋，并表示她不会耽误学生的课去参加大会。

圆圆能做到荣辱不惊、不随流俗是我所希望的。

2010 年 9 月 4 日

女儿的育子理念

今年7月×日我的小外孙整三岁。他是两岁半上的幼儿园。昨天圆圆过来说幼儿园老师给家长布置了一份作业，让家长在周一送孩子来园时交一份关于如何教育孩子的文章，她不知写什么。我说："你就写你如何面对儿子第一个逆反期的经验不是很好吗?"于是就有了如下的文章。

帮助儿子度过第一个反抗期

任教七年，见识过的孩子性格五花八门，这是值得欣慰的地方，因为社会需要的是不同类型的人才。但是我对那些没有良好的学习习惯且行为与社会格格不入的叛逆孩子却很担忧，担心他们将来会被社会淘汰。作为中学教师，我深感要扭转孩子的不良习惯很难，因为性格、习惯定型于学前。

有了这种认识，我很重视儿子在成长过程中的变化。两岁以后，我和儿子经常发生僵持状态，后来延续到只要是成人（奶奶、爷爷或爸爸）提出的要求他都会反抗，这阶段是我最痛苦的阶段，几乎每天晚上（白天我上班）我和儿子经常斗争得你哭我叫，惹得我公婆和我父母都很着急，认为我的教育方法有问题。带着这个问题，我查阅了很多资料，其中中国公安大学教授李玫谨老师的话让我赫然开朗，她认为孩子成长过程中有两个反抗期非常重要。第一反抗期是两至五岁，这时父母要学会对孩子说"不"；孩子的第二反抗期则是初中阶段的青春期……

对儿子说"不"我做到了，但效果并不好，如何避免儿子自我中心、任性发展，需要技巧。

1. 尽量不要硬碰硬

与儿子硬碰硬地"战斗"了两个多月，母子两个心情都达到了冰点，这样下去总不是办法，我尝试着用专家的“转移注意力”的方法试一试，结果大大出乎所料——效果很好。比如一次稍不随意他要哭闹，他姥爷立刻从另一个屋里端出一个玩具碗和一个他平时玩儿的煮羊汤（来自电视剧《喜羊羊与灰太狼》中的情节）的火炉，嘴里说着：“谁和我一起来煮羊汤。”他立刻转哭为笑，嚷着跑过去说：“我要煮羊汤。”

2. 事先打预防针

比如上幼儿园前，我们会把上幼儿园的好处和不好的地方讲给他听，告诉他：“人到三岁必须上幼儿园，你已经三岁了，过几天妈妈就要送你去幼儿园了。”接下来我们会把幼儿园的好处讲全，但也告诉他去了幼儿园全天都看不到妈妈、爸爸、奶奶和爷爷；吃喝要自己，大小便也要自己等，他思想有了准备，在幼儿园的适应期就会缩短。事实也是如此，儿子初到幼儿园只在第三天小哭了一次且时间很短，基本上在一周之内就适应了，现在对上幼儿园很有兴趣，几乎能叫出班里所有小朋友的大名和小名，到家还会不停地讲幼儿园的事情。

当然，在其他事情上，我们都会事先打预防针，凡是打了预防针的事情，不管儿子多么不愿意也从不反抗。比如吃药，这是小朋友最不愿意做的事情，但只要事先和儿子讲好，不管药有多苦，他也能很顺利地喝下去。

3. 建立良好的亲子关系

孩子的反抗通常是“学”来的，比如，当孩子反抗之后得到了家长的注意，无形中，孩子就“学”会了用反抗来唤起父母对他的关注。所以，我们平时对儿子很少苛求，和他建立良好的亲子关系，从不因为他有了反抗行为才关注他、亲近他，相反，他的反抗会招来我们大家的疏远。

为了儿子，我推掉了所有业余活动。比如学校组织旅游但不允许带孩子，这时我会毫不犹豫地选择和儿子在一起。

4. 视而不见，无为而教

如上所说，我们尽量用种种办法防止儿子反抗行为出现，以防造成习惯性行为，但是，一旦儿子反抗行为出现，我们则采取视而不见的办法，当他发现他的撒泼打滚并没有引起家长的注意，他的反抗劲头会大减。当然也有父母经不起孩子的呐喊、尖叫、哭闹，而用各种方法哄孩子，这也就鼓励了孩子的反抗行为。

5. 指导孩子什么时候可以说“不”

孩子并不是不可以说“不行”或“不要”，但什么时候应该表达肯定，什么时候应该表达否定，孩子需要有明确的认识。在这一点上，我们很注意引导，如我们会告诉儿子在恰当的时候用“不要”来表达否定，例如，当陌生人给你食物时，你要说“不要”。一旦他这样做了，我们也会称赞、鼓励他的做法。

6. 全家口径一致

娇惯任性往往是溺爱的结果，孩子最常使用的手段是哭闹、发脾气，以此来达到自己的目的。这时父母要坚持原则，让孩子的无理取闹不能得逞。全家配合一致是很重要的，如果母亲认为该批评的，父亲或者奶奶出来护短，孩子就会学会钻空子甚至用说谎的办法——如“爸爸答应过的”来达到目的，这样不但任性会发展下去，还会酿成多种不良行为。儿子入园前主要是公婆带，当儿子进入第一次反抗期时，我们经过调适（开始也有挫折）后，取得共识——口径一致帮助儿子顺利度过他人生中的第一个叛逆期。

家长

2010 年 9 月 5 日

教　师　节

早读，圆圆像往常一样走进教室，但明显感到气氛与往日不同——同学们各个睁着明亮清澈的眼睛望着她，一向与同学嬉笑打闹、无话不说的圆圆反而有些不自在起来。但当她刚刚迈上讲台，只听一声："起立!"同学们突然刷的站立起来，这在早读课上是不曾有过的情况。圆圆还没有缓过神来，全班震耳欲聋的一声"祝老师节日快乐!"让圆圆为之一震。正想回复，班长已经快步走到讲台前，像变戏法儿似的，双手递上一束鲜花："老师，这是我们全班同学送给您的节日礼物，祝愿您像花一样四季常开!"圆圆的胸腔被挑起一股热气，眼眶里隐含了如春雨降至的潮湿。

圆圆感动了。自打分班后，（1）班就成为全年级乃至全校的"差班"，全班只有三个女生，后来还有一个"移民"走了，男生调皮捣蛋出了名，班级常常受到德育处的点名批评，有时圆圆也有恨铁不成钢的怨气。今天这一幕，让圆圆刻骨铭心。看着全班同学可爱的笑脸，一种幸福之感油然而生。圆圆感觉到不论多么调皮的学生都有他可爱的一面。

圆圆和同学们过了一个快乐的节日。

教师节，区里给获得奖励的教师发了两张国家大剧院的歌剧票，是为优秀教师演的专场。圆圆给我拿过来了。

晚上七点十分，我们来到大剧院门口。

国家大剧院确实很雄伟，内部检查也很严格——不能带照相机；我带了个水杯，里面盛着的水也被要求倒掉。

歌剧的名称是《山村教师》。

我也沾圆圆的光，享受了一次久违了的节日祝福。

2010 年 9 月 10 日

普教科长听课

今天是区教研员带各校教学人员到学校督导听课的日子，共听不同学科的五位教师的课。所有课都排在第二节。圆圆的语文课也不例外，上课的班级是（2）班。

早上，圆圆早早来到学校。因为不是自己带的班级，她要到（2）班与学生共同找找感觉。正在她与学生交流感情的时候，几位陌生人来到（2）班，似乎是来听第一节课的。圆圆突然意识到可能第一节课有人听课，她迅速结束与（2）班学生的交流，来到自己的（1）班。（1）班教室的后边已经有人坐好了，其中一位还是教委普教科科长。圆圆感到很突然，因为学校一直强调只听第二节课。

圆圆把所有精力都放在第二节课上，可想而知第一节课讲得实在不怎么样。圆圆感到很窝心。

毕竟圆圆是有七年教龄的“老教师”了，第一节课的失败并没有影响第二节课的质量，所有听课教师一致评价课讲得好。这对圆圆来说也是一种安慰。

不只是圆圆发生两节课反差很大的现象，一个理科骨干教师在第一节课上，面对听课教师更是漏洞百出，失误不少。

晚上听圆圆讲述这些，我第一感觉是学校领导经验不足，既然是大型的教研活动，且在学校活动一天的时间，就应该要求所有的教师准备好每节课，以防有的教师推门听课，怎么还能向教师强调只听第二节课呢？其次，我感到三类校的教师在专业水平上还是有一定差距——课上出现失误，肯定是教师的知识功底不深。

我反而庆幸这种平时课与公开课反差的情况能让管普教的领导了解到，这对教育反而是件好事。

我非常反感圆圆对无人听课的课不重视的表现，我告诉她："学生是不可以糊弄的。"但圆圆说她平时很注重每一节课的准备，也从不曾糊弄过学生，学生如果不认可她的教学，也不会认可她这位教师；只不过这次是特殊情况，如果没有第二节课的公开课，第一节课她不会仓促上课的。

不管怎么说，我对圆圆今天的表现是不满意的。

2010 年 9 月 13 日

会场外罚站的学生

下午班主任开会，学生上课。圆圆班有两名学生迟到被德育处的教师抓住，不知学校对迟到学生有何处理规定，但这位主管德育的教师却把学生带到了班主任开会的现场，让他们站在会场外面壁罚站，等圆圆散会处理。这种做法让人匪夷所思。这样做的目的是什么呢？是德育处的教师不懂教育，不能处理这种事情，还是德育老师泄私愤，故意在全校班主任面前给圆圆难看？圆圆心里很不舒服，认为这是给自己难看；也觉得德育处的教师无能，什么事情都要推到班主任身上。

圆圆问旁边的班主任李老师："德育处的职责是什么？不是做班主任的后盾，处理学生中出现的问题和突发事件吗？"这话引起李老师的共鸣："是班主任做他们的后盾。没有班主任，他们能处理什么问题？"

圆圆向来不发牢骚，即便是在她最困难、最委屈的时候，她也从不发泄不满情绪，这次德育处的这位老师真是激怒了她。

对此，我不由得想起我"重操旧业"的那所学校发生的一件事情：德育处在学校大门口抓住一名抢同学钱的学生，然后通知了班主任，但对处理决定却迟迟没有定论。班主任找过几次，想借学校给予处分的机会，对这位学生和全班学生进行一次教育，但都没有得到一个确定的答复。直到一个多月以后，在一次全校活动中，各班学生被要求在本班教室看录像，谁也没有想到的是，电视画面突然出现学校宣布处分五个学生的画面，其中就有这位抢钱的同学。其实，在事发后这位同学一直跟班上课，或许是出了这件事情心有余悸，也或许是班主任的工作见到成效，总之，这位学生在各个方面的表现都有了很大改变，班级同学也并不知道这件不光彩的事。当全班同学看到电视画面时，顿时目瞪口呆。因为他们在班主任的领导下，正在向学校优秀班集体冲刺，同学们打心眼儿里热爱自己的班级，不承想班里发生这样一件大事。这一盆冷水不但浇灭了全班同学的一腔热情，也浇灭了班主任一颗火热的心。至于学校为什么这么晚才宣布处分决定，德育处的老师解释说："首先，要了解情况，要调查清楚事情的来龙去脉；其次，要写出详细的调查报告，上报学校；最后，要等学校批复下来才能宣布。"那么，为什么不事先通知班主任就公布？德育处答复："我们接到学校的批复就到班会时间了，根本就来不及通知班主任。"这件事情给班主任的工作带来很大难度：首先，那位抢钱的学生破罐子破摔（因为他已经转变了还要处分），班主任已经无力教育了；其次，整个班级向上的风气被破坏了。这位班主任最后选择考研离开了学校。

作为学校德育的主管部门，本应该为教师教育学生提供服务，这种做法却给老师的工作设置了路障。

学校成立德育处是20世纪80年代末期的事情，其目的是加强学校德育工作。然而，德育处的成立却没有预想的效果那么好。老师们说："德育在加强中被削弱了。"这话很有道理——德育本来是学校每个教职员工的职责，但自从成立了德育处，德育任务似乎成了德育处和班主任的专利，有的科任教师只管教学，课堂出现问题，只向班主任一推了之；还比如学校考试，考务工作归教务处管理，考场作弊则由德育处处理——教学和教育分开必然削弱德育工作；更为严重的是，有的学校从人事方面考虑，将没有教师资历或不能胜任教育教学的职工或老师放到德育处，重大的德育工作，就落到这样一些不懂教育、没有教育能力的人的肩上……

会散了，圆圆没有理睬站在会议室外面的学生，直径走回办公室。她要听听德育处教师如何向她交代任务，指示她如何做。

2010年12月6日

参加区里“试阅卷”

这月6号，圆圆接到区教研员通知，让她双休日参加区统测的“试阅卷”。何为“试阅卷”？就是正式阅卷前，先找部分骨干教师、学科带头人模拟高考阅卷，把把关，把阅卷过程中出现的问题找出来，以规范正式阅卷。

参加“试阅卷”的教师都是重点学校有名望的教师，圆圆受宠若惊，同时自卑心理也油然而生。在阅卷现场，有老师问她是哪所学校的，圆圆都不好意思说自己学校的名字。在整个阅卷现场她年龄最小，她不敢与其他教师交谈，感到人家的水平高出自己许多倍。

圆圆这点儿真是不随我——虚荣心太强了。我要在这个场合，会抓紧一切时机学习——能与全区重量级的教师共事一场，这是一次多么好的学习机会呀？

2011年1月11日

轮换监考

高三模拟考试轮换监考，圆圆学校的老师到另外一所学校去监考。

周二、周三、周四这三天，圆圆都要七点十分到校；儿子没去幼儿园，她带儿子住在我这里。

圆圆回来说了她们监考发生的事情。我听后不禁思绪万千。开考后，一个学生坐着并不答卷，开考半个多小时的时候，他开始东张西望，扫看别人的答案（或许是提前约好），但监考老师只能提醒他“不要东张西望”，就是不能抓他——没有证据呀！他顶着监考老师的监视，不断看着、扫着、瞄着也将卷子答得差不多，并随着大多数交卷的学生一起，交卷离开了考场。另一位学生恰恰相反，他可能也事先与同学约好，但他们的约定恐怕是先交卷的学生到了场外给他发短信告知答案。在那个约定好的同学没交卷时，这个学生都是坐在座位上装模作样地答题，其实并没有写，而是坐等那个约好的同学交卷后给他发短信。但事实是，那位约好的同学交卷离场之时，也是大多数学生离场之际，教室里已经空荡荡的了。监考教师只监考几个学生，他当然不敢贸然看短信，直到学生们都考完离开了考场，只剩他一个人了，三个教师监考他一个人。可想而知，他动都不敢动。看到他的卷面空荡荡的，恻隐之心，让三位监考老师故意走到教室后边，打算给他点儿机会，让他能看点儿就看点儿吧，但这位学生很胆小，一直没敢看，最后只好胡乱写点儿就交卷了。

两个态度，两种结果，我们不能说作弊有正确与错误之说，但我认为前者是“智慧”的，后者是“愚蠢”的。如果这两个学生进入社会，我判断前者如果不误入歧途走上犯罪之路，那么他在社会上是能有成功作为的；后者进入社会虽然犯罪的概率很小，但在社会独立生存的能力会很弱（一孔见之）。

我和圆圆说，这两类孩子的发展不容乐观。

一个是胆子很大，荣辱不分，一旦品行出了问题，弄不好会危害社会，伦为犯罪青少年。目前青少年违法犯罪率高居不下，原因是多方面的，不能一概而论，但也不排除逼孩子学习不成反不成人的现象。

另一个是本质好，品德没有问题，虽然成绩不好，但胆小听话，放学后立即回家不与别人交往，每天在书桌前打发消磨时间。这类孩子的学习目的很明确，就是为了家长，做样子给家长看。家长看其这种“认真”的学习态度，即便低分也不好指责，只能认为孩子的“脑子笨”。这样的孩子既无考分——考不上大学，又无能力——不能在社会上立足。

对于前者，成人要把主要精力放在教会孩子如何做人，在防止品德走偏方面下功夫。对于后者，一定要给他实践的机会：在家要让他参与家庭的决策，在外要让他接触社会。另外，学生时期主要还是以读书为主，如让他们适当的读些课外书，读书的种类、范围尽可能的大——人物传记、工具书、智力竞赛的书、历史小说、侦探小说（锻炼逻辑思维能力）、科普读物、武侠小说（培养想象能力）、其他书等都可以有选择地读。“一个学生在他相应的年龄段，如果没有读过适合他读的书，那是人生无法弥补的遗憾，应该让读书活动伴随孩子的一生!”（记不住是谁说的了。）

2011 年 1 月 12 日

恋恋不舍

这学期圆圆经常念叨校长要退休了。今天晚上看了圆圆的博客，发现平日只记录家庭、老公、儿子的博客，首次记述了学校的事情，看得出圆圆对校长及几年前退休的主任和教师们有诸多的不舍。

校长退休了

来到这所学校转眼间九年了，一直觉得校长永远都那么有干劲儿，永远都不会老，可是就在今天——放寒假的日子，校长退休了。

我们学校是所普通校，当初选择这里，就是因为这里的领导很有人情味儿。八年间，闫老师、马主任、李主任、张老师，这些老人一个个都退休了，吴书记也调走了。今天，连校长也退休了，突然觉得学校很陌生，不再是我熟悉的那一个。

昨天，在楼道里碰见许久不见的校长，想跟她说些什么却欲言又止。校长看出来，搂着我说："没关系，正常退休嘛。"但我分明从她眼中看出恋恋不舍。

突然想送校长点儿什么，就当留个念想吧。回家拿出了用我和儿子照片做的日历。

今天早上到学校直接去了校长办公室，办公室已经收拾得很干净了。总务主任在帮她拿东西。她看到我就有点儿忍不住了，"不是说了不要来了吗，我都打算今天不出屋了……"看得出她对学校的那份感情，她怕和老师们难舍难分的场面。我赶紧拿出日历，说："您可别忘了我。"校长顿时哽咽了，搂着我，一切尽在不言中。最后还是不忘让我赶紧去班里"工作重要嘛"。

校长在业务上对人很严厉，我刚毕业的时候没少因为课上得不好遭到训斥。我也曾经在心里怨恨过她，总期盼着校长退休了，再来一个和我教不同学科的领导，这样就不会对我要求这么严格了。然而，这一天终于来了，我却舍不得了。以后再也听不到校长为了这节课有哪点不足，特地找到我，给我指出来；再也听不到校长看到我的进步，兴高采烈地鼓励我。每天早上再也看不到校园里那个忙碌的身影。唉，人就是这么矛盾，就是那么不懂得珍惜。

学校给校长开了欢送会，区里来人宣布了新校长。我以为她会流泪，可是校长很坚强，留给我们的是笑脸，是对新生活的希望。愿校长退休后的新生活更充实、更美好！

校长退休了，圆圆有些失落。

校长是严厉型的——她对教师教学的指导严格到有的老师接受不了。

校长也是宽容型的——她放手让基层主任自主管理不乱插手。

校长是节约型的——她勒紧腰带过日子，为学校留下数额可观的经费。

看过圆圆的博客，想到校长对圆圆成长所付出的心血，我发自内心地感谢校长。祝福她永葆青春、健康快乐！

2011年1月21日

福利提高

今天是学校开学教师报到的日子。上午召开全校教职员工大会，新校长是上学期开学初与吴书记对调过来的新书记兼任。来学校已经一个学期，他对学校情况很熟悉，这是他管好学校的优势。

新校长很严厉，大会上宣布了新的校规校纪，其中有一条是：学生如有特殊违纪情况，不惜开除一两个，以警示其他人。

新校长很有人情味儿，主要体现在对教师的态度上，大会上宣布将教工的午餐费提到八元——教工自掏两元，学校补贴六元。这在原来，学校是没有补贴的，每天中午就吃两元的伙食。原来教师用餐也没有专门的屋子，现在新校长为教师腾出了一间餐厅，教师用餐有了固定地方。还有，班主任费也提高到一百四十元（含国家补贴和学校补贴两部分）。

此举很得人心。老师们都说，原来的校长总是抱着家底不放，不舍得给老师投入，新校长一上任就给老师提高待遇，真不错。有老师还调侃说："看来领导还是经常换着点儿的好。"

在我看来，如果是为了稳定教师队伍，关心教工的生活无可非议，但如果是用老校长节省的经费讨好老师、物质刺激，是不会长远的。对于一所薄弱学校，学校并无什么创收所得，学校的经济状况能否承担这些福利待遇？一旦学校经济不允许，半截儿再降下来，那对于管理可是一个打击。圆圆说我瞎操心，新校长也不是吃干饭的——他不计算好了能这样决定吗？

圆圆还高兴地告诉我，学校今年暑期将安排高三年级全体教师到云南旅游，以示奖励，她虽然怀孕了，但她也决定去，因为这是自己来这所学校八年中唯一的一次机会，然而我却不赞同她去。

我国的学校体制与部分国外学校不同，据说有的国外学校教师的福利待遇是法定的，校长无权变更，也就无法把它变成管理人的资源。

圆圆说等学生到校就将学校的新规定告诉他们。她班是年级最差的班级，马上要毕业了，别真的发生有学生被开除的现象，那她可没法向学生和学生家长交代了。

圆圆沉浸在高兴和担心中。

2011年2月16日

高三补课的日子

清明节放假三天（3，4，5日），但圆圆还要补课，无法休息。

学校这学期安排高三年级教师利用双休日的时间给学生补课，每科一天，周六、周日交叉轮换。圆圆怀孕已近三个月，这时正是反应期，任何东西都吃不下，浑身乏力、疲倦嗜睡，整天昏昏沉沉地提不起精神，更没有兴趣做事情。补课成了圆圆的最大负担。

这阶段圆圆应该保持心情愉快，情绪稳定，有充足的休息时间，但这已成奢望。因为家离学校较远，圆圆每天六点多钟就得出发。加之第一次送高三，备课所需时间较多，好不容易熬到双休日，还要拿出一天来补课——紧张的高三工作，使圆圆喘不过气来。圆圆的脸色越来越难看。

我建议圆圆："推掉班主任吧！这样还能减轻点儿负担。"但圆圆不愿意，一来，(1) 班她已带了近三年，虽然高二初分过班，学生有变化，但已经有了感情，学生也不愿意在关键时刻换班主任。二来，生二胎，学校是不照顾的（这是圆圆自己想的），圆圆也担心提出来学校会拒绝，即便不拒绝，有谁又愿意接她这个"差班"呢？思来想去，圆圆决定，宁愿自己受点儿苦，还是不给学校添麻烦、不给同事增负担了。

就这样，圆圆拖着虚弱的身体坚持着。

女儿和女婿都是独生子女，按政策可以要二孩儿，婆家更希望再生一个，男女无所谓，关键是俩孩子是个伴儿。为了家庭，为了工作，圆圆辛苦地坚持，没落下一节课，没请过一天假——我的女儿受苦了。

2011年4月5日

学生的作文

圆圆带回来的试卷我浏览了一遍，(1) 班学生的一篇作文吸引了我，因为他是写圆圆的。

像火一样生活

火，带给人们温暖，它可以在寒冷的冬天让我们觉得那么温暖；在充满黑暗的夜里，它可以为我们照明要去的路。

有些人会像火一样生活在我们周围，他们带给我们温暖，指引我们前进的方向。他们用善良、真诚让我们铭记于心。他们的奉献、他们的无私，让我们永生不忘。也许他在你的生活中出现过，也许他在你的记忆里出现过，但他们都真实存在过，因为我们感受到了！

现在我读高中三年级，在生活中，我们的班主任像火一样。曾记得她带病来为我们上课，不病倒决不放弃。不放弃班中每一个同学，希望我们有很好的未来。看着班主任这么尽职尽责，我感到特别温暖。懂得为别人的付出，却不曾希望有所回报——班主任像萤火。

曾记得她特别愤怒地批评犯错误的同学，真是很严厉：对的可以一带而过，但错的则要一抓到底！对批评的事不留情面，但完全合乎情理，一条一条的清楚明了。如果同学明白了错误，便也大事化小，小事化得更小了，来得快，去得也快——班主任的怒火。

曾记得我们组织的每一个活动，她都会带着我们很出色地完成。她对于每个人的特点都把握得很好，把事情做得井然有序。个别人做得不好，她也会帮助个别人一点一点地去追求更好。她会把自己作为一个中心，在我们遇到事情时，帮我们出谋划策，辅助我们走向成功——班主任像炉火。

无数次的记得她与我们一起聊天、一起开心、一起难过。同学们有不开心的事愿意向她倾诉，她会认真地听并做出反应。我很喜欢她，我感受到她带给我的温暖，很温暖很温暖——班主任像烟火。

我感觉我的生活很温暖很幸福。

2011年5月6日

填写志愿前的家长会

区里高三第二次模拟考试于 6 日结束，成绩下来后学生要填志愿了，今天学校召开高三家长会——学生和家长一起开会。

距高考还有二十多天，这是高考前的黄金时间段，学校集中谈了考试应该注意的问题。

学校责任人首先谈了填报志愿的依据。主要依据是两次模拟考试成绩，哪一次成绩更能反映自己的实力，就以哪一次成绩为正式填报志愿的依据；正式填报志愿后，要把精力、注意力放在复习上，千万不要再纠缠已经上交的志愿表。因为决定志愿能否达到的关键是高考成绩，一旦志愿表交上去了，这件事情就算结束了，这叫快刀斩乱麻。

其次是黄金时间段的复习要领。这段时间主要在基础知识、基本技能、基本方法上下功夫。因为高考在考查知识的同时更考查能力。考查能力，必须基础知识扎实。因为不管怎么考查，不管题型如何变化，不管是难题还是中、易试题，每一道题都离不开基础知识，就像盖楼打地基一样。所以，这段时间要把各科的基本知识再捋一遍，分析、整理错误——把总复习过程中、练习当中、一模、二模中的错误收集起来，分科、分类整理、分析、改正，高考过程中避免错误重犯。

另外，黄金时段的复习就不能整天抠各区、县的模拟试卷了。会做的题反复做会使智力下降，不会做的题反复做会使自己一次次遭受打击。在复习的过程中，肯定会出现一时清楚一时又糊涂的情况，这时千万不要自我否定、丧失信心。从北京的高考录取情况看，大多数学生能上大学，所以同学们要有信心。在复习过程中，要长自己的志气，要不断给自己打气，要让自己充满信心，相信自己行。只要认真复习，高考就在你的把握之中。

最后讲了黄金时间段的生活安排。

1. 起居要正常化

通过黄金时间段的复习，生活安排要走向正常，这个正常要跟高考考试的时间配合起来。早上习惯睡懒觉的、中午习惯睡上一大觉的，从现在起要有所调整。一定要把生物钟调整到与高考时间一致，保证自己在考试时是精力最旺盛、最兴奋的状态；否则，平常睡懒觉的时候，正是高考答题的时候，精神状态不好，答题就会受到影响。

2. 适度锻炼，保证体能

高考本身，除了知识考试、能力考试、心理考试，也会对体能进行消耗。这种体能不仅仅靠睡眠来保证，也不仅仅靠饮食来保证，还需要适度的锻炼，以保持体能。但不要剧烈运动，要注意在这个时间段万万不能有意外伤害发生，如手指扎一个刺也会疼，使你精力集中不起来。如果再出现脚骨折、手骨折的情况，肯定会影响考试。当然，也不需要过分谨慎，过分谨慎反而会出事，正常即可。

3. 注意饮食卫生，防病治病

夏季传染病主要是病从口入。这段时间尽量少吃生冷食品，少买外边的熟食，万万不能吃不洁食品，以防拉肚子，父母要辛苦点儿，自己做。

4. 营造轻松、和谐、向上的家庭氛围

父母这段时间，除陪孩子看看新闻，其他节目就不要看了，让孩子在自己的屋里踏实复习。这一段时间家长尽量不要接待客人，别人也能理解——家有考生啊！一个轻松、和谐、向上的家庭氛围，对考生复习是很重要的。

2011 年 5 月 11 日

高考前的提示

距离高考还有十天的时间，学生也快要回家自己复习了，圆圆感觉在学生回家复习前，有必要给学生讲讲考试时应该注意的事项。圆圆这些天一直在查资料，在心中有些底的情况下，圆圆和学生进行了讨论式问答。

学生问："考试时要不要把全部卷子看一遍。"

圆圆答："一定要把卷子检查一下，看卷子有几页，共有多少道题，以防落页、落题，这是必须的。至于是否把题逐一看一看，这倒不一定，要根据自己的习惯而定。一模、二模你怎么做的就怎么做，不要轻易改变自己的习惯。但第一天考语文时的作文题，我感觉还是看看为好，因为它占分的比重大。你看了作文题目心里踏实了，等到作文时再仔细认真考虑，可能会好点儿。"

有的同学问："前面的选择题，我蒙也能蒙点儿分吧！"圆圆笑了，但同学们没笑，或许不少同学都想问这个问题。

既然提出这个问题，圆圆就得回答。圆圆笑着说："听听你们这出息，平时不把精力放在学习上，到时还想'蒙'上大学，唉！真拿你们没有办法。那我们就来说说'蒙'吧。评价标准有一条，正确选项均匀分布，把你'蒙'的概率降到最低点，比如你都选择 A，肯定有对的，但得分率很低，命题人也不是吃干饭的，他比你聪明，不会让你蒙对那么多的。所以，你们还是要把基础复习扎实些，不到万不得已不要蒙。"圆圆想告诉学生，有的同学卷子中的选择题竟然一个也没有蒙对，但话到嘴边她又咽回去了，她不想在临近高考的时间里吓到学生。

有学生问："最后一题是最难的吗？"

"不一定，每年都有同学最后一题连看都没看。有的同学说：'最后一题我认为最难所以没看，但出来以后发现能做，很后悔。'所以，有些题可以不会做，但如果有时间一定要看题，能做几步做几步，最后一题不见得是最难的，有时候也能上手得几分。”

圆圆又再三嘱咐：“见到不会做的题，一定不要让它空白，尽力答也要写，蒙对了也能给几分，要是一个字不写，那真是一分也没有了。”——真的是极致的应试策略。

有学生问：“像我们这样基础差的，很可能答不完卷子，那么还要不要最后检查一下全卷?”

圆圆紧盯着这位学生：“你怎么尽说丧气的话?你就不会说自己一定行、一定能答完题?”圆圆接着说：“没有时间检查怎么办?我看如果你最后都剩不会做的题了，就不要再抠了，不如留下十五分钟的时间做做检查。你算算账，如果十五分钟你抠不会做的题，可能无果而终，就不如你舍弃难题，用这十五分钟检查做过的题，让会做的题少丢分或不丢分。有的同学没有检查，结果会做的题丢了分，不会做的题也没抠出来，这多遗憾?”

说完，圆圆还不放心，又嘱咐道：“据高考专家说，一卷的前五题错误率高，这是因为在答前五题时部分学生心态紧张，他们是在没有进入状态时答的，容易出错，所以提醒同学们：前五题要重点检查。”

高考考场瞬息万变，圆圆也怕说不到，造成误解，还不如不说，于是她又补充道：“但是，我们检查出问题时也要谨慎对待，千万不要把正确的改错了。因为有时第一判断很重要。比如，我们去买衣服，第一眼看上的服装往往是最后要买的服装，也即第一眼的服装被选上的概率很高。这就是说我们平时积淀的判断力往往在第一判断上。所以，检查时，推翻第一判断一定要慎重。”

最后圆圆又从查阅的资料中把专家概括的“答题要领”的三句话传达给学生：“第一句，慢做会的求全对。会做的题千万不要着急，慢慢做保证全对，最遗憾的是会做的题马虎了，丢分了。第二句，稳做中档题，一分也不浪费。中档题有时上手容易，但大多做不完，高考是按步给分的，所以要步步为赢。第三句，舍去全不会的。根本没法上手的题，干脆舍去。但这句话要慎用。一看这题不会，舍去，再看一个不会，又舍去，都舍去你怎么得分呀！还是前边的话，如果有时间，也要认真思考，不会做尽力答也要答，不能空着。”

圆圆这次与学生的对话是学生听得最认真的一次——当然也是最后一次

了，圆圆看到了他们脸上渴望上大学的表情，也看到了有些学生对曾经虚度时光的行为懊悔不已的眼神。

2011 年 5 月 27 日

没有送考

6月4，5，6日三天是端午节小长假时间，4日早晨我和圆圆全家及亲家两口共计五个大人一个小孩，出发去内蒙古自治区乌兰布统草原游玩儿。

草原环境与北京相比天蓝、地绿、空气新鲜、气候宜人，真是游玩儿的好去处。三天时间，我们开车玩儿遍了附近的大小草原、白桦林、沙漠。

6日下午返回北京。

7，8，9日是全国高考的日子。这之前，区教研员通知圆圆参加高考阅卷——圆圆学校只通知了两位教师，另一位是历史老师。

圆圆很想参加高考阅卷，我也很希望她能参与这个每年一次的、全国都关注的焦点考试，但圆圆怀孕已近五个月，因为高考阅卷全部使用电脑阅卷，恐有辐射，圆圆决定不参加阅卷工作。

在从内蒙古返程的路上，我问圆圆："你不去送考吗?"圆圆说："学校没有安排我送考。"因为怀孕的缘故，学校没有安排她送考。

圆圆不参加阅卷是可以理解的，但她不去送考我很不赞同，很替她遗憾。师生三年，圆圆与学生的感情很深，如果学生在高考考场的门口能看到自己的班主任来为他们助威，哪怕一个眼神都是对学生的鼓励……特别是考试第一天第一科就是语文，我能想到学生们的心情——他们需要班主任的支持和鼓励。记得6日在我们返京的路上，还有学生给圆圆打电话咨询问题呢。

圆圆和我不一样——要是我，学校没有安排，我也会自己到考场看看学生。

2011年6月8日

友谊不必费力经营

我在北京城市学院做督导已经两年了。昨天下午，例行督导会议，我如期参加。因为有暴雨预警，督导会决定提前到四点散会，但一磨蹭也过了四点。这时天阴得很厉害。考虑好容易出来一趟，我还是决定去北大口腔医院给小外孙咨询一下挂号信息——外孙的前门牙有一道腐蚀的线，可能是吃夜奶的缘故。所以，我没有直接回家，而是向家的相反方向走了。

在公交站牌前询看开往中国人民大学方向的公交车时，暴雨倾盆而下。

这是北京十年以来最大的一次降雨，局部地区雨量达到百年不遇标准。大雨导致多条环路及主干道积水拥堵，造成部分环路断路，地铁 1 号线、2 号线、13 号线、亦庄线等线路部分区段停运。我辗转到晚上九点多才到家。

区教研员给圆圆打来电话咨询暴雨天气，问首都机场的飞机是否会受到影响——因为她的儿子恰巧今天晚上的飞机出国。圆圆咨询她在国航工作的老公后给予了答复：只要没有雷电，飞机不会受到影响。

我对这种答复很不满意：教研员之所以打电话，不就是想得到确切的消息吗？如果飞机不能如期起飞，这么远的路程就没有必要再从市内向机场跑了。我希望圆圆能重视教研员的咨询，甚至认为应该让她老公跑趟机场（家离机场很近）仔细询问一下，给教研员以明确的答复。因为教研员对于教师来说，说高了能决定教师的专业命运；说低了，也是指导教师专业发展的重要人物。特别是像圆圆这样的年轻教师，更需要教研员的指导和帮助，圆圆理应利用这次机会好好表现一番，但圆圆不以为然。

早上，我建议圆圆打电话给教研员，询问一下她儿子昨天是否如期出发，以示关心。但圆圆回答说："如果已经出发，你打电话就成了向人家邀功，向人要'谢'了；如果没能按期出发，你打电话有什么用？"圆圆虽然是我的女儿，但她这种思维方式却是我没有想到的。细想起来，这或许是圆圆不愿给教研员打电话的托辞，她骨子里试图与“有权”的人保持距离，不想让人感觉自己是依靠“权势”得到的发展——圆圆骨子里有我的基因遗传。

我虽然不希望圆圆为了既得利益对权势溜须拍马、甜言蜜语，失去做人的尊严，但我也不想圆圆以后路走得不顺。

我想多了。圆圆说她和教研员有缘，她们关系不错，没有上下之分——友谊是平等的，友谊不必费力经营，不必谨小慎微，那样是很累的。

人与人之间的友情不是累赘，而是让人从心底产生幸福。

2011 年 6 月 24 日

付出与回报

知道我在整理日记，圆圆不再和我谈论学校的情况了，她不愿意我以她的背景写什么东西、出什么书。

高考成绩公布，我几次问圆圆成绩如何，圆圆都不正面回答。她不想我用这个成绩进行对比。她说，我努力是为了学生，而不是为了比过人家。与初中阶段对成绩的诚惶诚恐相比，圆圆成熟多了。但我下意识感觉，圆圆的学生这次高考成绩不理想。

为了这本日记的结尾，我必须获得高考成绩，哪怕成绩很糟糕，我也要在日记中有一个交代。我偷翻了圆圆的书包，找到了年级高考成绩单。圆圆班的情况比我想象的好，出人意料的是全年级唯一一个不需要加分超二本分数线的学生竟然在（1）班——圆圆的“差”班。

语文成绩，圆圆所任教的班级（1）班和（2）班在年级来看成绩也是高的：高于 90 分的（1）班有 8 个，占全班人数的 36％；（2）班有 21 个，占全班人数的 66％；（3）班有 7 个，占全班人数的 30％。高于 100 分的（1）班有 3 个，占全班人数的 13. 6％；（2）班有 3 个，占全班人数的 9.4％；（3）班有 2 个，占全班人数的 8.6％。

以上数字是我照成绩单自己统计的。我向圆圆表示，你班的高考成绩还行。她非常反感，怒我偷看她的东西。她也一脸的无奈，苦涩地说：“我的付出远远超过这个成绩，我现在才知道教师的付出与回报是不成正比的。”

圆圆说，高中三年自己的付出远远高于初中三年，但高考成绩与中考成绩相比差距很大。圆圆对自己高中三年所付出的心血和汗水没有得到回报而遗憾。

我说：“高中怎么能与初中相比呢？初中学生小，可塑性大，有付出就会有回报；但高中学生不同，高中学生基本已经定型，原来不良的学习习惯、不好的学习态度和薄弱的知识基础，别说你用三年的时间，就是用十年的时间，恐怕也很难扭转。再说理科的学习是需要意志品质来坚持的，比如数学在“新课标”中就特别强调学生的意志品质培养，而你们学校的学生缺乏的恰恰就是这个，短时间也很难培养。”我说这些，只有一个目的，就是安抚圆圆——她怀孕在身，已经伤感不起了——我很后悔支持圆圆带着孕身送高三。

我接着说道：“你的回报已经不少了，这三年，你被评为‘区级骨干教师’，评上了‘一级职称’，获得了区级‘教育新秀’称号。这些不都是对你的付出给予的肯定吗?”我要让圆圆高兴起来。圆圆低沉地说：“何止三年，这是我八年积淀的结果。”

说到付出，圆圆最辛苦的是高三下学期——身怀六甲，带着不到四岁的儿子，却没落一节课，没缺改一份卷子，没缺席一次会议（活动），没少当一天班主任，没少看一次午自习……体力上的透支已经影响到了圆圆的健康，最近检查，怀孕五个多月的圆圆体重却不见长——胎儿的成长也受到了影响。看到这些，我心如刀绞。我的女儿，你太要强了。别说现在的年轻人，就是我们那个经历过困苦洗礼的一代人，怀孕后一般也会辞去班主任工作。当前学校又有多少年轻教师，在准备怀孕时，就跟学校打好招呼，不要安排班主任工作。记得有一个教师，每次期末都以“下学期准备怀孕”为理由不当班主任，却连着几年没有怀孕。“会哭的婴儿有奶吃”确有道理。从不发牢骚的我，今天例外了——我太心疼我的女儿了。

（学校领导在全体教职工大会上表扬了理科班：“……今年理科班成绩有突破……”这话是在暑期后开学的全体教职员工大会上讲的，我把它放在这里，或许能给圆圆以安慰——付出是会有回报的。但这代价太大了。）

2011 年 6 月 25 日

两位出乎意料的学生

与圆圆聊天，聊到这次高考成绩，圆圆说他们班有两名学生的成绩出乎老师的意料：一个是李慧生，他是年级唯一一个不需要加分就超过二本分数线的同学；另一个是老师们都认为很有希望考上大学的王文海，却连专科线都没上。

圆圆说李慧生原来在班级的学习成绩并不显眼，老师当中没有一位认为他有考上大学的希望，但到了高三下学期，他的成绩突然以“加速度”的态势发展。

我问：“他假期报课外复习班了？”

圆圆说：“没有，不主动学习，报补习班也没用。主要是他的学习态度发生了一百八十度的大转弯。原来他在课堂上疲疲沓沓、萎靡不振，高三下学期突然来了精神，上课全神贯注，课下跟在老师的后头问问题；家长也说这段时间，他每天晚上都要学到深夜一点，家长要催他几次才能上床睡觉。他真是学进去了。”

我遗憾地说：“咳，如果这种精神提前到高一年级，他上一本是没有问题的。”

圆圆笑着说：“提到高一是不可能的。你知道他的动力是哪儿来的吗？”

我以为圆圆又在卖关子，说：“呵！你用什么办法把他的精神头儿调动起来了？”

圆圆说：“我哪儿有这个本事，是我们班移民走了的何颖倩给他的动力。”过一会儿，她又补充说：“快高考时，他突然要寻死寻活，原来何颖倩要和他分手。但没过几天，何颖倩回来了，他们又和好了，还一起来看老师。如果没有那次折腾，他可能还会考得好些，不过要上一本线也难说。”

原来，李慧生和何颖倩谈恋爱是人所共知的事情。何颖倩随父母移民加拿大，全班还为她召开了一个欢送会。从这以后，李慧生一直处于萎靡不振的状态，干什么也没有精神。他们之间的关系后来怎么样？圆圆不得而知。高三下学期，李慧生突然把所有精力都投入到学习上来，老师们都为他高兴。原来为了何颖倩他下定决心要考上大学。

老师们私下还说："看来恋爱也能给人以动力，以后还是少干涉为好。"

王文海在班里成绩一直不错，因为他有希望考上大学，所以老师们也很关注他。但高三开学，王文海的妈妈找到学校提出申请，说王文海暑假报了一个辅导班，感到收获不小，想继续在这个班学到高考，希望在学校保留学籍，高考时随学校报名。学校同意了家长的要求。整个高三王文海是在社会辅导班学习的。令老师们没有想到的是，王文海的高考成绩连专科线也没上。

2011 年 6 月 26 日

续 合 同

这段时间，外孙没上幼儿园，所以，圆圆从进入 7 月份就过来住了。

今天是学校放假前教师集会的时间，会议内容除了布置假期工作，最主要的一项是与教师续签下阶段的工作合同。

为防止教师流失，据说今年的新校长要求骨干教师一次签五年的合同，普通教师签三年。学期结束，学校一下子走了四位好教师——越防教师流失越流失，这大概是新校长没有想到的。

圆圆很郁闷，年前本来一所市属重点学校向圆圆伸出了橄榄枝，但因为圆圆打算要第二胎，不想在新学校歇产假而没有成行，说好歇完产假过去，踏踏实实地干一场。一旦签约五年，圆圆的打算就彻彻底底地成了泡影。

圆圆说原来的校长与教师基本是一年一签合同，原校长说一年一签的好处是，对差的教师是个压力，不好好干可以随时解除合同。对想走的教师，你用合同留住他的身，也留不下他的心。事实证明这个做法是正确的，在原校长退休前并没有教师流失。

正是延长合同的信息透露出来后，在教师中传得沸沸扬扬，陆续有教师走了——走的都是骨干教师。

原校长是专业型、自信型的，她用专业精神、宽松环境凝聚教师力量是成功的。

新校长是政治型、不自信型的，他用物质刺激、提高福利待遇来收买人心的做法，起码在防止教师流失问题上是失败的。

学校下发了“续签合同”表，骨干教师的合同是五年。既然改变不了事实，圆圆二话没说就在上面签上了自己的名字。

我倒是希望圆圆能到重点学校锻炼锻炼，这对圆圆提高专业素质是有好处的。

我甚至在想，重点学校和非重点学校的教师应该建立交流机制，这对两类学校的教师也是一个互补提高的机会。因为生源问题，可能重点学校的教师专业素质要高过普通学校的教师，但对学生的管理，特别是对“差生”的转化，恐怕不如非重点学校的教师——经常交流，能提高教师的综合素质。（注：我对当前教师流动制度持观望态度。）

2011 年 7 月 12 日

我的整体教育观（一）

记录圆圆阶段性成长的日记，随着圆圆签订新的工作合同而结束。我坐在电脑桌前手握鼠标愣神，突然有一种言犹未尽的感觉。

在电脑上打出“我的大教育观”几个字，不禁脸颊发热，太狂妄了吧？你只是一个普普通通的教育工作者，怎敢妄称大教育观？思想斗争的结果是，我把“大”改为“整体”。

跟着圆圆走过初、高中一整轮的教学历程，我对基础教育中存在的问题看得更加清晰，然而这些问题又是学校领导和教师无能为力的。孔庆东教授曾在他的《摸不着门》一书中写道：“……教育最后成了千军万马过独木桥……近来独木桥多造了一些，但后面涌来了更多的千军万马，挤过去之后又怎么样？彼岸还有很多独木桥……”是的，孔教授不愧为文学大师，比喻得很形象。眼见着大家都被大环境裹挟着在片面追求升学率的大道上狂奔，我们应该做点什么呢？

和圆圆一样，我当初任教的学校也是普通学校，接触“学业落后生”较多，可以说他们是弱势群体，是被忽视的群体，是没有话语权的群体，也是一个庞大的群体（含农村升学无望的学生）。他们有的并不奢望升入大学，而是希望能留在学校完成学业。但整个社会听不到他们的声音。相关教育部门不应该对此熟视无睹。

1991 年初，我从上海教育学院学习归来，从保定市教委德育处调入普教处，负责整个市区学校管理工作时，我就告诫自己，在制定政策时一定要考虑到教育的整体性，要面向全体学生，而不仅仅是学业优秀生。我走访全市区所有学校，摸清情况，对未来全市素质教育转轨制定了八年规划。规划中有一个章节叫“深化职教意识，实行教育开放”。这可以说是基础教育分流的雏形，这在20世纪90年代初期还是不多见的。现摘录如下：

最近，市教委改革普教课程结构，制定农村小学后、初中后分流渗透职业教育的有效措施，使农村升不上大学的孩子们既能学到比他们父辈多的文化知识，还能掌握一些比他们父辈多的农业技术及致富本领。这样既能培养大学生、中专生，又能教会学生一技之长的学校一定会受到社会、家长的欢迎，学生流失现象也会得到遏制。近郊区直第二十中学自1988年开始，对初三学生进行职业渗透，收到了很好的整体效益。1994年远郊的第十九中学面对一部分学生想利用“升学”跳出“农门”和一部分学生连毕业证书都不想要的情况，进入初三后学校把这两部分学生分开，因材施教。对升学有望的学生，学校克服条件差、资金短缺的重重困难，腾出空房、集中住宿、加深知识点、加宽知识面，为升学做准备；对准备回乡务农的学生，降低文化知识方面的要求，仅开设较实用的学科，如语文中的应用文写作、数学中的基本运算等，并取消了外语学科的教学，增加了农业技术培训，开设“大棚菜”种植等农业技术课，很受学生、家长欢迎。像十九中这类办学方向对、办学思想正确的学校，如果还用优秀率、及格率去衡量，就会束缚学校的手脚，回到只注重少数尖子生的应试教育办学模式上去。上海市教育局局长、著名教育家吕型伟说：“衡量教育成功与否的唯一标准，只能看社会效益，看对‘四化’建设的实用作用，其他标准都不是真正的最后标准。”基于这一点，市教委根据保定市的市情，制订符合保定市市区实际情况的学校评估方案，对成绩考核这一项采取开放政策、明确规定、灵活掌握的考核办法。1994年市教委取消对十九中学教学成绩的考核，让其放开思想，大胆改革，市区这类学校成熟一个放开一个。为保证一定的教学质量，对取消成绩考核的学校市教委将不定期抽查。

上述措施，使保定市由“应试教育”向“素质教育”转轨迈出了新步、大步。我们预计到2000年分两个阶段完成“素质教育”转轨的准备工作。

……

重读此文，当时我去学校与两位校长讨论的情景跃入脑海，同时跳出的还有一句话："校长队伍最容易产生教育家"，但怎么也想不起是谁说的、原话是什么了。

伟大的人民教育家陶行知早就提出"社会即学校""生活即教育"的理念。教育不能离开社会，教育应该为社会服务。作为教育管理者也是制定政策的权力者，需要本着"人无全才，人人成才""天生我才必有用"的整体教育观来指导教育的微观，克服就教育论教育的问题。

2011 年 8 月 27 日

我的整体教育观（二）

上海学习对我影响最深的是教育家吕型伟的报告。他当时已经八十多岁，但对教育仍然呕心沥血、努力探索。他的精神感染着我。他号召教育工作者要“让思想冲破牢笼”，要有胆量、有新意，不能有半点儿私心；要根据未来需要更新观念、改革教育；要冲破束缚、敢为天下先，闯出一条新路。他还提出要唤醒我们的干部，唤醒那些手中有权的领导干部……但他也重点提醒：教育只能改革不能革命。我虽然是理科出身，但内心常常是感性的。听了讲座，心潮澎湃，激动万分，欲欲跃试。

回到保定，我骑着自行车走遍所有市直学校，看到听到很多东西。我特别关注的是小学、初中教师的辛勤工作得不到肯定。受到高考升学率、高考第一名奖励的大多是高中学校、高中教师，与义务教育阶段的学校、教师无缘。但事实是学生的成长在每个教育阶段都至关重要。我在想：一个体育冠军的成长都会追踪到他的启蒙教练，我们培养的人才为何不能追踪到培养过他们的小学、初中学校，又为何不能奖励教育培养过他们的小学、初中教师呢？日本明治维新时就普及了小学教育。吕型伟曾说：“当他们战败大清帝国、沙皇俄国后，一致认为首功是小学教师。”我们已经普及了九年义务教育，“如果论功行赏”，我们的中小学教师也应该获得相应的奖励。

原国家教委副主任何东昌在谈片面追求升学率和高考指挥棒时曾说过：“是否能有另一个指挥棒，形成一套衡量教育质量的办法……”于是，我把这个思想纳入全市素质教育转轨的八年规划中，试图找到一个关注学生长远发展、引导社会重视各级教师辛勤付出的“指挥棒”。方法是跟踪各类学生的重大贡献，考核学生的综合素质来衡量学校的教育质量；跟踪各区就业的学生，考察学生服务社会的能力来衡量各区的教育质量。现将 1994 年参加“河北省中小学素质教育大会”的交流材料摘录如下。

> 市教委将研究制定一套切实可行的微机管理办法，主要是给每个学生建立一套跟踪档案，将每个学生每个阶段的毕业去向、学习成绩记录在档，凡为我市、我省、我国做出突出贡献的各种人才、知名人士都可以追踪到小学、初中所毕业学校的有关领导和教师，并大张旗鼓地进行表彰，以此来鼓励在基础教育一线上辛勤工作的教育工作者，达到引导学校注重学生能力的培养、制约短期行为的目的。
>
> 从1995年开始，市教委以三个行政区为单位，把各个街道居委会统一编号，将市区每个学生所在居委会的号码输入学生学籍中家庭住址一栏，并与街道办事处、派出所组成三位一体的联络网，对服务社会表现突出者和危害社会治安的违法犯罪者及学生流失情况追踪到所在区和学校，并定期通报。

需要说明的是“规划”因条件变化、人事变动没有落实。但规划的导向是正确的，如果经过完善执行下去一定能改变保定市基础教育的大环境。我甚至在想，用不了多少年，保定特有的古城文化就会恢复、人的精神境界就会逐步提升、尊师重教的风气就会形成。一旦形成习惯，由政府（教育行政部门）统得多的局面就会改变，“规划”也就自然失去存在的意义。这就是当初制订“规划”的目的——不要统，而要放。

2011年8月28日

一生能做一件有“成就感”的事情足矣

上海教育学院的学习收获满满，最大的变化是思想拓宽了，眼界扩大了，思维也从教师的范围跳出来了。回到教委思考基础教育存在的问题，我认为必须建立科学的教育评价系统（上海教育学院结业式上我宣读的论文正是评价方面的，不过那是班级评价）。于是，我尝试着去实践。区域性学校评估方案诞生了，虽然还存在许多问题，但在教委黄远瑞副主任的大力支持下方案进入试验阶段。我把这份不能称之于“报告”的报告，作为这本日记的结束放在下面。

区域性学校评价的试验报告

长期教育实践经验告诉我们，只要单纯以“教学成绩”作为衡量一个学校办学水平的重要内容，学校就会加重学生负担，甚至千方百计排挤“差生”；只要取消或放松“教学成绩”的评估，又会出现学校放任自流，使学生文化素质下滑。这是影响“素质教育”实施的一个难点。为此，保定市教委从1992年开始，改革了仅用“教学成绩”或“升学率”一项指标来衡量学校办学水平的片面做法，改用七项指标，即优秀率、合（及）格率、按期毕业率、学生巩固率、特长生率、社会遵纪守法率和视力正常率来衡量学校办学水平的量化目标管理办法，效果很好。

一、试验背景和目的

1. 试验背景和方案设计过程

保定是历史文化名城，文化底蕴深厚，仅市区就有百年老校5所。“文革”前保定市的基础教育在河北省一直位居首位。但“文革”之后，教育质量直线下降，高考升学率一直徘徊在河北省的末位水平。这与“保定的历史文化名城”称号反差很大。保定市基础教育的落后状况，受到全社会的关注，更受到市委市政府的重视，为达到文革前的水平，市政府采取了多种措施，仅1986年到1991年五年时间就更换市教育局正副局长十一人（不含正常离职的），平均每年换两人以上；五年撤换正职五人，平均一年一个。

在这种压力下，教育局领导人人自危，每个新上来的领导首要的任务就是抓升学率。升学率上不去其它免谈。因此保定市当时片面追求升学率现象非常严重。中、高考升学率成了衡量学校的唯一指标。由此引发的校际间、教师间的畸形竞争愈演愈烈。

全社会的关注，就像阳光聚焦到纸上会将纸烧焦烤煳一样，保定市的基础教育，陷入了升学率越上不去越追的恶性循环中不能自拔。

1991年底，市政府对教育局领导班子又一次进行了调整，市教育局也更名为市教育委员会。

1992年初市教委根据保定市的实际情况，对初中校改革了传统的用参考学生人数做分母，成绩优秀、及格的学生人数做分子的计算优秀率、及格率的计算方法（这种方法排挤出的“差生”越多，分母越小，成绩越高，这是畸形竞争的根源），采取以基础成绩为底，统计不同层次学生成绩的提高率来衡量学校的教学水平。

为保证公平竞争，防止歧视、排挤“差生”及挖他校墙角的现象发生（当时学生没有学籍制约，重点学校有挖薄弱学校优质生源的优势条件），我们增加了按期毕业率和学生流动率两项指标。为此，用优秀率、合（及）格率、按期毕业、学生流动率四项指标评价学校的量化管理办法出台，首次打破了单纯用升学指标、教学成绩评价学校的现状。

方案经过走访学校征求意见后确定。1992年用两个月的时间对全市初中进行了学籍清理，统编了学籍号，统计了各校学生各分数段的人数作为基础成绩下发学校，以增加管理的透明度。

一切准备就绪，1992年10月份教委以文件形式下发方案，试验正式启动。

经过一年的试验，反响很好，特别是二、三类学校感到能够和重点学校站在同一个起跑线上公平竞争，工作有了奔头。同时，我们在执行过程中发现新方案的成绩计算公式对重点学校不公平，于是对方案作了微调，采用两个公式计算优秀率和合（及格率）格率的超出部分。

可以说第一年的试验方案主要是为了保证给重点高中输送优质生源，控制畸形竞争的发展势头，为提高升学率创造良好的环境。

但这仅是过渡，我们最终的目的是向素质教育转轨。为此，我们在试验的同时，开始深入学校、社会进行调研，了解情况，听取反馈意见。通过深入听课，我们发现教师对学生不正确的学习姿势常常视而不见，有的学生把下巴放在桌面上写字也没人纠正；再看高考填报志愿，很多学生因为视力问题被挡在自己喜欢的学校和专业外。更有家长每到体育测试、高考体检都要为孩子的身体、视力过关焦虑，为了过关他们不惜托熟人走后门、请客送礼。为此我们修改了下一年的试验方案，增加了“视力正常率”的指标。以引导学校重视学生的身体素质。

根据青少年犯罪率呈上升趋势的情况，我们与教委德育处合作（方案是普教处设计的），与市公安局建立联系，每年他们的案情通报中青少年犯罪部分也破例发给我们一份（有时我们去抄），这样一来，我们掌握了全市青少年违法犯罪的基本情况。根据个案分析也发现青少年违法犯罪的原因主要来自家庭，但学校为了成绩把“差生”轻易排挤出去也是因素之一。为了引起学校的重视，采取措施控制在校生流失到社会上去，我们在方案中增加了“社会违法犯罪率”的指标，虽然权重很小，但目的是引起学校对德育工作的重视。

20 世纪 90 年代初期，各地都在学习上海建平中学的“合格＋特长”的办学模式，积极开展第二课堂活动。但在保定市，由于升学率上不去，加之学校的硬件条件欠缺，严重的制约了学校开展活动课的主动性，基础教育偏离教育目标的现象很普遍。为此，我们增加了“特长生率”以强化学校开展丰富的课外活动，对学生全面培养。

至此，评价方案由四项指标发展到七项指标，基本上涵盖了学生德、智、体（配合体育考试）全面发展的目标，可以说此时的方案向素质教育评价方向迈出了一大步。

经过 1993—1994 学年度的试验，成果是显著的。但我们没有满足这一年的试验成果。准备把目标管理方案扩大到小学——当时小学直属区文教局管理。

我们深入三个行政区实地考察，发现小学阶段也存在片面追求升学率的问题。许多小学在片追的压力下，忽视学生的能力和良好习惯的培养。我们抽查部分学校，95%的学生不会做笔记，不会自学，近60%的学生坐立姿势、握笔姿势不正确。由于许多学生进入初中后不适应，加上青春期对学生心理的影响和心理素质低下等诸多原因，许多学生出现了多种学习障碍的现象。有的甚至无法继续学习，完不成九年义务教育。根据这一情况，我们决定把小学纳入目标量化管理体系中来。

考虑到小学是磨刀阶段，不宜急于要成绩，我们对三个区的小学遵循"欲高先低""欲快先慢"的辩证关系，取消了优秀率的考核，采取微机跟踪各区小学毕业生的中考成绩，用中考的优秀率、合（及）格率，检查"先低，后高"的情况，通过分析学生小学毕业成绩与初中毕业成绩的相关性，为各区提供小学管理目标和方式，促使小学对学生学习能力的培养，使学生学有后劲。也引导小学从学生的坐立姿势、握笔姿势、写字姿势、学习习惯、行为习惯、劳动习惯入手，加强养成教育。

对小学阶段的目标管理我们采取六项指标评价区文教局。

至此，我们初步完善了义务教育阶段目标管理的区域性评价方案，并于1994—1995学年度开始新一年也是最后一年的试验。

说是最后一年试验，是因为方案实施到1996年终结。终结的原因是，市教委执行国家政策，取消了小学毕业统一考试。方案失去了基础成绩，如果继续执行，则优秀率和及格率的计算又回复到原来传统的计算方法上去，又会给不同学校带来诸多不公平，又会引发畸形竞争，致使评价回到老路上去。

2. 试验目的

国家教委原副主任何东昌在谈片追和高考指挥棒时曾说过："是否能有另一个指挥棒，形成一套衡量教育质量的办法……"本试验的指导思想是针对片面追求升学率的痼疾对症下药。试验的目的是为了规范学校办学行为，促进教育发展，保障素质教育的全面实施；是为了把住基础教育的底线，对教师和学校以及区域性作弊等违背教育道德现象进行制约；是用评价做导向，为素质教育铺平道路、创造环境，控制基础教育违背《义务教育法》和《教育法》的现象；也是对教师、校长、学校、教育行政部门的评价体系建立暂时的“指挥棒”，促其全面贯彻教育方针和素质教育的要求。

二、试验方案（略）

三、试验效果

经过四年的试验，方案各项指标的设计目的均达到了预期效果。

第一，方案的前四项指标的考核方法，缓解了畸形竞争给教师带来的巨大压力，调动了不同层次学生和不同层次学校的积极性，有效的制约了教育质量的滑坡。在防止学生流失方面，因为给了学校一个正常的学生流动范围，不需要用假转学证明来说明学生去向，堵住了学校排挤“差生”的借口，歧视、劝转、劝退差生的现象大大减少；按期毕业率和学生巩固率的考核方法，关注差生的利益，因为排挤出一名“差生”损失的量化分值，远远超出保留差生所失成绩的量化分值，这促使教师在转化差生上下功夫，促进了师德水平的提高。

第二，把在校生违法犯罪率纳入学校管理体系，将其作为一项指标评价学校，还是首创。虽然这项指标的权重分值不高（青少年犯罪责任不完全在学校），但它引起学校的高度重视，大部分学校采取措施控制学生流入社会。各校提高了对在校生德育重视的程度，主动指导家庭教育。有效遏制了青少年违法犯罪率的上升趋势，也创建了教委与公安局联动预防青少年犯罪的先例。

第三，目标管理特长生一项激励了各校开展第二课堂活动的积极性，如三中学习上海建平中学的办学模式，加大学生课外活动投入，落实合格加特长的办学理念，收到了很好的效果。经过两年的试验导向，我市常年坚持活动的各类活动小组从数量和质量上都有很大发展。

第四，目标管理促进了学校内部的管理改革。我市中学各校都不同程度地改革完善了学校管理办法，大多数学校把各项管理措施辑印成册，使学校一切工作有章可循，有法可依。加强学校管理，向管理要质量已成为保定市各学校的共识。八中、二十四中、十五中等校地处城市边缘，经济条件不佳，生源又差，但目标管理办法使这些学校可以平等地与条件较好的学校公平竞争了。1994 年目标管理评比结果，总分和优秀率、合（及）格率的积分，八中、二十四中分别排在全市第三、第四名，十五中排名第七。如果用传统评估方法，这些三类学校是永远翻不了身的。

第五，目标管理促进了教师整体意识的提高。目标管理办法用量化分值直接反映学校的整体水平，使大多数学校认识到：教师工作是个体劳动、集体结果的特殊效应，也可以说是木桶效应，即决定木桶中水多少的不是最高的那块板，而是最低的那块板。因此许多学校把奖励重点转移到集体效绩方面上来。保定十七中制定了平时奖个人、最终奖集体的政策，大大提高了教师整体的功能。1994年目标管理总分居全市第一名。

第六，本方案虽然是义务教育阶段的目标管理，但当时保定市初中、高中合校，初、高中管理一体，管理方式辐射到高中，促进了高中质量的提高，更为主要的是初中质量提高，高中生源得到保证。仅就高考升学率来讲，1992年是市区滑坡到谷底的一年，全市区六十多万人口，仅一百余人升入大学(专)。本方案从1991年制订，1992年实施，经过四年的实践，到96年终止时全市升大学人数前两年每年纯增100多人，后两年每年纯增200多人（扩招前)，当然，成绩的取得因素很多，但学校的目标量化管理功不可没。

第七，本方案用微机操作，简便易行；一切量化分值均用公式计算，任何一个人用基础数字都能计算出任何一所学校的量化分值，避免了人情评价，排除了人为因素的影响。无论是对所谓的一类学校，还是薄弱学校都体现了公平、公正的原则，受到了所有学校的认可和好评。

四、保证方案落实的条件

1. 方案的落实，要和督导评估相结合

从评价内容上，本方案实际上是实施素质教育的过渡方案，虽然量化指标由一个扩大到七个，但对学校的全面评估还显单薄，因此应纳入督导评估体系当中（前提是科学的督导评估体制已健全、评价人员素质有保证)，作为督导内容的一部分，而不是在督导评估体系之外又建立一个体系——多头评价会给学校带来不必要的压力。

从理论上，评价方法和评价手段要多样化，最常用的体现方法是定量＋定性的方法，而目标量化评价方法和督导评估方法，正好体现了这种评价模式——不能采取描述性评价。

2. 素质教育过渡阶段评价实践要求不能过高

在新课程改革的背景下，教育评价问题成了全国上下关注的焦点，各大学、科研机构纷纷设立课题进行研究。从目前看，对学校评价研究的理论成果不少，但务实办法不多。人们总是把太多、太高的期盼放在评价上，要求它完美无缺和无所不能。许多理论让人读来感到十分正确，但对实践却于事无补。本方案如果从理论家的视角看，问题还很多，比如，成绩的考核是用原始成绩作基础，这就要求小学生必须有毕业考试成绩，这似乎违背国家政策。其实这种考试（不与升学挂钩）与传统考试目的是相反的：前者是为了减轻学生负担；后者是为了升学，加重了学生负担，二者应该区别对待，不能一说考试就是与素质教育相背。

用原始成绩作基础计算提高率，就需要有基础指标和完成指标的比较，但这个指标不同于给学校下达升学指标，前者是为了给学校松绑，后者是给学校施压，不能一概而论。

3. 管理评价要加强与被评单位的对话与协商

评价看似自上而下的管理活动，但这绝不意味着上一级行政部门所关心的只是下一级部门或学校做了什么，而不关注自己为下一级部门或学校做了什么。我们在试验之前广泛征求意见，学校也强烈要求优化育人环境，制止不良竞争现象。作为教委主管部门应该为他们分忧，有责任也有能力为学校创造公平竞争的环境，制止作弊现象发生。在整个试验过程中，我们也本着服务下级部门和学校的目的，经常深入学校听取意见，不断完善方案。这也是方案实施受到广泛认同的重要原因。

4. 方案权重比的确定，要视不同时期的工作重点有所侧重

方案的权重比的确定，要根据试验区的实际情况及不同时期的工作重点、针对具体问题有所侧重。例如本方案制订时，正值保定市区高考成绩低迷时期，从统计数字看，当时市区的薄弱环节是中上等学生的提高率低。当时的工作重点是提高优秀率。因此，优秀率的权重较高，以后视情况可逐渐降低。其他指标（除犯罪率）也类似。

5. 指标确定要便于操作

特长生率这一项，是特定时代的特殊产物，用他来衡量学生素质也有偏颇。另外根据试验情况看，操作较难。建议这一项指标可由督导评估的定性指标代替，或研究一个更科学的量化指标代替。

社会违法犯罪率的计算，需要当地公安部门配合，公安系统要将处理过的青少年违法犯罪案件及时记录在档。

社会违法犯罪率的计算权重任何时候都不能定高，这是因为青少年犯罪原因很多，且主要因素在家庭而不在学校。另一方面受公安系统提供的数字影响，可能会有漏报，计算不能十分精确，权重高了不公平，设立这一项，主要目的是为了引起学校的重视。

6. 试验适应的范围

本方案适合中小城市及县级区域性学校管理（含私立学校）。本试验也适应学校对老师的管理，其中每个指标都可以用来评价教师，使教师在学校有一个公平的竞争环境。

这是我一生最有成就感的一段经历，让我终生难忘。

在此，我要感谢保定市教委主管普教的领导黄远瑞副主任，他来自重点高中校长职位，非常懂教育。他赞同试验方案并给予我极大的支持和信任。他无私、无欲，正直、务实、敬业的人品是我敬重的长辈、领导之一。

2011 年 8 月 29 日

后　　记

日记终于出版了。首先请允许我对阅读本书的读者朋友表示衷心的感谢，同时我也向读者朋友们承诺：本书所记录的事情都是真实的，只是隐去了每个故事中学生和老师的真实姓名，但对我要感谢的老师、朋友还保持着实名。这些事至今在我的脑海中历历在目，记忆犹新。

时间过得真快，转眼圆圆从教已满二十周年，距我整理日记收笔也整整十二个年头。今年又是我七十二岁本命年，心里高兴，不由得想把近些年圆圆的情况分享给读者朋友们。

圆圆是幸运的，五年合同还不到一半的时间，区教育系统整合全区优质教育资源，以重点学校为龙头组建教育集团。她第一个被交流到重点中学初中部任教。

圆圆最反感我对她用“幸运”一词，她说她是用汗水、泪水加牺牲的脑细胞换来的。“四十岁的我已增白发。”她说。

但我还是要说你是幸运的。你的幸运在于你的刻苦，在于你对教育事业的钟情，在于你谦虚谨慎的做人态度，也在于你面对困难和挫折所表现出来的勇气和毅力……当然更在于你入职时就遇到了解你、懂你、帮助你、指导你的好校长和婚后爱你、爱家庭、负责任、有担当的爱人。

在此，我衷心地感谢学校领导，感谢你们为教师发展创造的人文环境使女儿顺利成长，也感谢我的女婿对家庭的付出。

八年的回忆喜、忧、痛、乐将永远保留在这本小书里。

现在圆圆供职于教科研部门。她是慢热型的人，当初离开学生还真有些不适应，感觉无着无落。然而，学生们并没有忘记她。

又是一年高校录取季，学生们看她来了，他们考上大学后首先向她报喜。

他们在教科院大门外的牌子下合影留念。那一张张笑脸像柔和的春风拂去她的辛苦和思念，那一句句话语像一个个深情的乐句送进她的心田。

我知道，作为一名教育工作者最纯真、最温暖、最能给人安慰的情感是学生的爱戴、同事的肯定、家长的支持、领导的认同。圆圆体验到了。但还远远不够，还需深耕专业，勤奋思考、勤奋读书，努力提升自己的专业素质。

如今的我从北京城市学院督导室二次退休在家颐养天年。

需要说明的是，因为日记完成时间与出版时间跨越将近十二年，因此，书中可能还有引用的专家理念或话语无处查询也就无法标注了（以前认为这种题材的作品不需要标注）。如果有，希望得到有关专家的谅解。

本书出版过程中得到了保定市教育科学研究所王旭光研究员、河北大学出版社邓一鸣副社长、吕常岭主任的大力支持。我特别要感谢中国教育科学院储朝晖研究员在百忙之中为这本书作序。我更要特别感谢邓一鸣副社长在繁忙的工作之余对这本书做了最后的文字把关、打磨，以及本书编辑马敏老师的辛勤付出。在此一并表示衷心的感谢。

也希望本书能给予读者朋友以启迪和帮助。

作者

2023 年 7 月 7 日于北京东直门寓所